suhrkamp taschenbuch 1667

Solneman der Unsichtbare (1914) war der erste Roman Alexander Moritz Freys (1881-1957), eines bürgerlichen Schriftstellers, der im ersten Weltkrieg mit Hitler im selben Schützengraben gelegen hatte, aber 1933 freiwillig emigrierte, weil er mit dem Nationalsozialismus nichts zu tun haben wollte – trotz Anbiederungsversuchen der Nazis. Zu den Bewunderern Freys zählte auch Thomas Mann (siehe auch das Nachwort in diesem Band).

Rätselhaft und hintergründig wie der Name des Fremden, ›Hciebel Solneman‹ (der rückwärts zu lesen ist), ist auch sein Gebaren. Er richtet ein Ansinnen an die Stadtverwaltung, den Stadtpark für eine ungeheure Summe zu erwerben und mit einer riesigen Mauer zu umgeben. Er will »allein sein, sich vergraben – unsichtbar« sein. Sein wahres Gesicht verbirgt er hinter Masken. Möbelwagen und Kisten, angefüllt teils mit exotischen Tieren, teils mit unbekanntem Inhalt, verschwinden hinter der Mauer und nähren die Neugier der Stadtbewohner, die damit zu immer neuen Versuchen, die Mauer zu überwinden und Solneman zu entlarven, angespornt werden. Das Wechselspiel von Angriff und raffinierter Abwehr variiert der Autor in phantastischen, grotesken, äußerst reizvollen Einfällen. Solneman ist ein phantasievoller Außenseiter, der die Spießer herausfordert.

Alexander Moritz Frey
Solneman der Unsichtbare

Roman

Phantastische Bibliothek
Band 241

Suhrkamp

Redaktion und Beratung: Franz Rottensteiner
Die Erstausgabe dieses Buches erschien 1914 im Delphin Verlag.,
Dr. Richard Landauer, München
Umschlagbild: Tom Breuer

suhrkamp taschenbuch 1667
Erste Auflage 1990

Druck: Nomos Verlagsgesellschaft, Baden-Baden
Printed in Germany
Umschlag nach Entwürfen von
Willy Fleckhaus und Rolf Staudt

1 2 3 4 5 6 – 95 94 93 92 91 90

Solneman der Unsichtbare

Der Glasklumpen

An einem Wintermorgen erschien ein Mann, vom Kopf bis zu den Füßen in einem Blaufuchs, dessen Haare er nach außen trug, auf dem Rathaus und begehrte das Oberhaupt der Stadt zu sprechen.

Der Türhüter musterte den Mann und beschloß nach einigem Zögern, nicht kurzerhand ihn abzulehnen, sondern zu Erklärungen sich herbeizulassen. Der Fremde hatte etwas von einem gutmütigen Wunderdoktor oder Jahrmarktszauberer in Wohlhabenheit; er trug gelbe lange Locken, einen weißen Bart, eine rot überhauchte Brille.

»Was wollen Sie? Sind Sie Bittsteller?« fragte der Pförtner und bedrohte mit den tabakschwarzen Höhlungen seiner großen Nasenlöcher den kleinen Mann unter sich.

»Doch wohl nicht«, sagte der.

»Was denn?« verhörte der andere weiter. »Wollen Sie um Erlaubnis für Schaustellunternehmungen nachsuchen? – Gut. III. Stock, Gang 3, Zimmer 333.«

»Bequem. Leicht zu merken«, billigte der Fremde und hob dann die dünne Stimme, die merkwürdig fest klingen konnte. »Aber geht mich nichts an. Will – sag' es zum letztenmal – den Oberbürgermeister sprechen.«

Der – – *Herr* Oberbürgermeister, erklärte der Türhüter streng und betonte nach einer Schnupfpause das »Herr«, sei nicht so ohne weiteres zu erreichen, und ob dem Herrn nicht der dritte Bürgermeister genüge.

»Nein«, sagte der Fremde.

»Dann vielleicht der zweite.«

»Auch der nicht«, entgegnete der Fremde.

Dann müsse er nachmittags wiederkommen. Der Herr

Oberbürgermeister habe Sprechstunde von vier bis fünf Uhr. –

Der Fremdling erschien des Nachmittags wieder. Nun eröffnete der Türsteher ihm, daß er sich für den nächsten Tag anzumelden habe. Gleich werde nie jemand vorgelassen. Und wie sein Name sei?

Der Fremde schien auf diese Wendung vorbereitet, reichte dem Beamten ein verschlossenes Papier, sagte, alles Nötige stände darin, man möge den Brief dem Oberbürgermeister übergeben. Morgen um vier Uhr sei er da, um als erster vorgelassen zu werden. Ging, ohne Gegenäußerungen sich anzuhören.

Der Oberbürgermeister fand folgendes in dem Brief:

»Geehrter Herr! Wünsche Sie in einer Sache zu sprechen, die gleich wichtig ist für mich wie für Sie, das heißt für die Stadt. Ersparen Sie es mir, meinen Namen zu nennen – habe die Marotte, ihn zu verbergen. So wie es Menschen gibt, die sich nicht in ihre Geschäftsbücher hineinriechen lassen, in ihre Liebesbriefe, in ihr gelebtes Leben. Auch nicht in ihr noch zu lebendes. Ganz einsame Gegenwart ohne Titel und Geschrei. – Bin nachmittags zur Stelle.«

Oberbürgermeister Bock überlegte. Schlimmstenfalls hatte er es mit einem Irrsinnigen zu tun. Er fand sich begierig, den Schreiber dieser steilen, hochgetürmten Buchstaben kennenzulernen. Die wenigen Sätze füllten vier Seiten eines großen Briefbogens. Etwas Rätselhaftes ging aus von der violetten Tinte – Gesicht und Atem einer unbekannten Welt schienen darin versteckt.

Punkt vier Uhr kam er. Dem Unterbeamten, der ihn melden wollte, nahm er die Tür aus der Hand und trat ein. Er verbeugte sich kurz und vollendet. Im Stehen, während er den Pelz zurückschlug, sagte er: »Freut mich, Sie zu begrüßen. Klar meine Absicht: wünsche den städtischen Park zu kaufen. Dies der erste Punkt. Der zweite: biete der Stadt für das Objekt dreiundsiebzig Millionen. Darf ich bitten, dies an entscheidender Stelle vorzutragen. Hole mir Antwort – nächste Woche«, und er wollte schon wieder zur Tür.

Der Oberbürgermeister glaubte seine Vermutung, einen Geisteskranken vor sich zu haben, bestätigt. Trotzdem hielt er den Gehenden zurück. Er dachte an die Riesenbuchstaben des Briefes, sah einen kleinen schlanken Mann, zart beinahe, dem irgendwie dennoch diese Riesenschrift vollkommen angemessen war – und er wollte mehr von dem Fremden hören.

»Erlauben Sie«, sagte er, »mir ist nicht klar, worauf diese Scherze hinaus sollen. Wollen Sie sich erklären.« Dabei sah er prüfend in eine rosa Brille, hinter der nichts zu entdecken war als die Anzeichen einer gewissen Milde. Doch lag diese wohl mehr in der Farbe der Gläser.

Der Fremde schwieg einen Augenblick. »Mir ist ernst«, sagte er dann. »Ist aber Ihr gutes Recht zu zweifeln – daran, daß ich dreiundsiebzig Millionen besitze und mehr. – Wie soll ich beweisen? Habe kaum zehn Mark bei mir; die dürften nicht genügen.«

Er sah umher, kramte in den Taschen. »Vielleicht genügt dieser Stein«, sagte er dann und warf ein faustgroßes Stück Kristall auf den Schreibtisch. Die scharfen Ränder hackten ein Loch in den grünen Überzug.

Den Oberbürgermeister ärgerte das Loch. »Was soll es mit dem Glasklumpen?« fragte er.

»Zeigen Sie den einem Juwelier. Der wird Ihnen etwas erzählen. Ich übergebe den Klumpen ohne Sorge; weiß, Sie sind ein Ehrenmann; Ihre Stellung verbietet Ihnen schon,

etwas anderes zu sein«, und er lachte – der Oberbürgermeister wußte nicht recht, ob es ein spöttisches Grinsen war, und wußte auch nicht, ob er sich geschmeichelt fühlen sollte oder vor den Kopf gestoßen.
Der Fremde hatte schon die Tür in der Hand. »Auf nächste Woche. Dreiundsiebzig Millionen. Adieu.«
Allein gelassen, reckte Bock ablehnend die Hand. »Komödie«, sagte er. Immerhin war er darauf aus, eines Juweliers Meinung über das glasharte, durchsichtige Ding zu hören. Er sandte einen Diener zu dem nächstbesten.
Der schrieb mit zitternden Händen auf eine Visitenkarte:
»Einem hochzuverehrenden Oberbürgermeisterlichen Amt teile ganz ergebenst mit, daß vorgelegtes Objekt ein ungeschliffener Diamant reinsten Wassers ist, von einer Größe, wie die Welt zuverlässig keinen zweiten besitzt. Den unermeßlichen Wert auch nur annähernd kalt abzuschätzen, fühlt sich infolge tiefer seelischer Erschütterung augenblicklich außerstande

der Obige.«

Alfred Brunner

»Nehmen Sie diesen Stein zurück. Er fällt mir sozusagen vom Herzen«, erklärte der Oberbürgermeister dem Fremden bei dessen nächstem Besuch. »Die Stadt möchte nicht länger die Verantwortung tragen, ihn zu hüten. Kein Kassenschrank schien mir fest genug. Wissen Sie, wieviel er wert ist?«
»Nein, Nebensache«, sagte der Fremde und streichelte den Diamanten wie ein folgsames Tier. »Aber er hat seine Pflicht getan – braver Stein! Guter Befähigungsnachweis!« –, und

er ließ ihn gleichmütig in die Tasche gleiten. – »Unser Geschäft – wie steht es damit?« fragte er dann.

»Hochverehrter Herr!« sagte der Oberbürgermeister. »Sie werden zur Genüge wissen, daß die Entscheidung am wenigsten von meiner Person abhängt. Der beratende und verwaltende Körper der Stadt hat über den Fall zu befinden. Im allgemeinen steht man ihm, so außergewöhnlich er ist, doch nicht ganz ablehnend gegenüber.«

»Hauptsache«, warf der Fremde hin.

»Wenn auch«, schränkte der Oberbürgermeister ein, »viele und starke Stimmen allerschärfstens dagegen sich erheben.«

»Deshalb«, schloß der andere, »klar meine Forderungen: Gegen den Kaufpreis, bar bezahlt –«

»Wie, bitte?!« durchbrach ihn Bock, und seine Augäpfel berührten die Brillengläser.

»– bar bezahlt«, fuhr der Fremde fort, »verlange die Abtretung des Parkes zusamt den Bäumen, dem Rasen, den Wasserläufen und Brücken, dem griechischen Tempel, den Ruhebänken, den Rasengittern und dem Entenbestand. Die Schwäne stelle der Stadtverwaltung zur Verfügung. Schwäne liebe ich nicht.«

»Ganz wie Sie wünschen«, sagte der Oberbürgermeister entgegenkommend. »Nun regen sich aber auch Forderungen von unserer Seite: nämlich Auskünfte darüber –«

»Halt«, rief der Fremde, »keine Auskünfte. Gegen niemanden und über nichts. Dagegen freiwillig dies: der Baumbestand, die Wasserläufe bleiben erhalten. Gebäude zu errichten steht mir frei. Wasserläufe, Wege zu ändern steht mir frei. Abzuholzen sei nur so viel gewährt, als nötig ist, um das Gelände mit einer dreißig Meter hohen Mauer einzuschließen –«

»Wie, bitte?« fragte Bock fassungslos.

»Da die Häuser am Park entlang, wie ich mich vergewissert habe, eine äußerste Höhe von sechsundzwanzig Meter besitzen, das Dach eingerechnet. Ich will allein sein. Wenn Sie ein Zimmer mieten, wollen Sie sich vom Nachbarn ins Bett schnüffeln lassen?«
»Also keine Terrainspekulation. Sie wollen nicht bauen?«
»Bauten für meine persönlichen Bedürfnisse errichten zu können, beanspruche ich.«
»Aber Sie planen nicht, unserer Stadt einen neuen Stadtteil anzugliedern?« forschte der Oberbürgermeister. »Oder«, frug er erschrocken, »sind Sie Theosoph und wollen ein Reich gründen?«
Der andere ward ungeduldig. »Kurz, will mich vergraben – unsichtbar«, sagte er barsch.
Bock, der von der merkwürdigen Art des Fremden alles erwarten zu müssen glaubte, meinte unsicher: »Wie, bitte, Sie wollen – sich wirklich eingraben lassen?«
Der andere schlug mit der kleinen Faust auf den Tisch. »Meine Sache!« krähte er gereizt. »Sollte mir's einfallen –: werde niemanden um Erlaubnis anflehen.«
»Also wirklich keine großen Gründungen? Vielleicht industrieller Art?« wagte Bock noch einmal zu forschen.
»Nichts von allem. Dies meine Garantien: Verpflichte mich, *schwarz auf weiß,* zur Einhaltung dessen, was zugesichert wird.«
»Dann«, atmete der Oberbürgermeister auf, »kann die Stadt immerhin ernsthafter dem Projekte in die Augen sehen.«
»Gut. Wann die Entscheidung?«
»Sie geht ihren sicheren Weg und braucht ihre gute Zeit. Darf ich Ihnen Nachricht geben, sollte der Zeitpunkt zum Eintritt in festere Verhandlungen überhaupt herankommen? Allerdings –« und der Oberbürgermeister lächelte

lüstern, »müßten wir endlich Ihren werten Namen kennenlernen.«
»Wohne im ›Roten Hahn‹. Lassen Sie den Herrn mit dem Blaufuchspelz nach außen – oder den mit dem Glasbrocken in der Manteltasche rufen.«
»Es geht nicht, hochverehrter Herr, es geht wirklich nicht auf die Dauer«, klagte Bock. »Wie können wir später Urkunden gültig abfassen, wenn wir Ihren Namen nicht kennen.«
Der Fremde zögerte noch. Er wollte wissen: »Ist es unumgänglich notwendig, ihn anzugeben?«
»Unumgänglich«, sagte der Oberbürgermeister feierlich.
Der Fremde besann sich – so wenigstens sah es aus, fand sein Gegenüber – und sagte dann langsam, und er lächelte dabei, als entschleiere er Kostbares: »Hciebel Solneman.«
Da der Oberbürgermeister hilflos war, buchstabierte er und erklärte freiwillig, Hciebel sei eine Abkürzung, besser eine Umgestaltung von Isabellus und einem christlich getauften Negerstamme der Ostküste Afrikas entnommen. Das H vor dem C bedeute, daß man das C vor dem I wie ein R zu sprechen habe. Übrigens in Solneman die Endsilbe nur mit einem N; sie habe nichts mit dem deutschen Wort »Mann« zu tun.
Bock malte eigenhändig die schwierige Reihenfolge der Buchstaben auf ein Blatt Papier.
Dann verabschiedete sich Hciebel Solneman.
Dem Oberbürgermeister war gar nicht gegenwärtig gewesen, daß Solneman doch im Hotel schon längst hatte seinen Namen nennen müssen. Aber es stellte sich heraus, daß er dort den Namen Alfred Brunner angegeben hatte. Solneman erklärte, zur Rede gestellt, dieser Name sei eine platte

Erfindung von ihm, die nur bezweckte, seinen ungern genannten wahren Namen zu verbergen.
Er wurde wegen falscher Namensangabe zu fünf Mark Strafe verurteilt.

Beratungen

Die Berater des Wohles der Stadt ballten sich in zwei Haufen. Die einen rumorten gegen Solneman. Die anderen meinten, man könne doch in Gottesnamen vielleicht für eine anständige Summe dem verrückten Kerl den Park abtreten. Garantien gegen Übergriffe müsse man allerdings haben; die aber seien urkundlich zu bekommen. Der neue Park im Nordnordwesten der Stadt, gut herangewachsen, genüge für die Bevölkerung. Kinderwagen könne man dort so sanft wie im alten schieben, Liebespaare seien durch Büsche nicht weniger sorgsam geschützt, Vögel flöteten hier wie dort, und hier wie dort sei der Frühling am Werk, der Sommer und überhaupt jede Jahreszeit. Und der alte Park bleibe ja Park; die Sauerstoffabrik der Stadt werde nicht angetastet.
Dagegen stemmten sich Solnemans Feinde mit Einwürfen wie: Man solle dem Ausländischen, dem Hergeschneiten doch nicht über den Weg trauen. – »Garantien? Und wenn er nach Petroleum bohrt und welches findet und die ganze Stadt verstänkert? Wie? Oder wenn er gefährlichen Erfindungen nachspürt, und alles fliegt eines Tages in die Luft, das Rathaus auch und die Weinstuben und alle Bierlokale? – Kann man denn so einem Menschen über den Weg trauen? Wie? Vielleicht hat er heimtückisch Goldadern im Park entdeckt. Er betrügt uns vielleicht um Dinge, die ihm

niemals zufallen können kraft des Gesetzes. – Wohl möglich das mit dem Gold! Meine Frau sagte vor einem Vierteljahre schon, etwas Glänzendes sei ihr auf dem Wege zum See seitlich im Gestein aufgefallen – wie eingesprengt in den Block, der dort liegt. Sie wissen schon wo, meine Herren.«

Aber die anderen meinten, man dürfe sträflich nicht außer acht lassen: die dreiundsiebzig Millionen. Hier läge der Grund, auf die Kaufvorschläge, wenn auch mit einer leisen Kühnheit, einzugehen. Geld brauche man so nötig: für das neue Fürstendenkmal vor allem. Auch der Gemahlin des regierenden, wie der des verflossenen hohen Herrn – diesen beiden allerhöchsten Frauen könne man endlich ihrer Würdiges errichten. Desgleichen dem im zartesten Kindesalter verstorbenen Erstgeborenen und ehemaligen Thronerben des Landes, womit eine höchst sinnige Ehrung, wie sie noch keine Stadt – ja, vielleicht der ganzen Welt! – besäße, verwirklicht werden möchte. – Sodann sei es möglich, einen Fond zu gründen, der die Kosten der Stadtausschmückung aller künftigen Jahre decke. Die häufigen Besuche in- und ausländischer Majestäten würden dadurch nur noch reger – ein kaum zu ermessender Gewinn für die Stadt. Zudem sei jener merkwürdige Mann selbst ein gewaltiger Anziehungspunkt, nicht nur auf Fürsten – auf die gesamte Welt! Deshalb schon müsse man ihn hier festhalten. Der Fremdenverkehr steige zuversichtlich ins Unschätzbare, wenn er bliebe. – Auch das mißliche Problem der Arbeitslosenversorgung sei, wenn nicht restlos, so doch teilweise zu lösen: man könne die Zinsen eines zu diesem Zwecke geschaffenen Kapitals von einigen zehntausend Mark, also immerhin ein paar hundert Mark jährlich, für die Arbeitslosen verwenden.

Der Streit wogte. Unterdessen ließ der gewiegte Oberbürgermeister auf städtische Kosten Solneman beobachten. Aber es war nicht viel herauszubekommen. Im »Roten Hahn« bewohnte er ein mäßiges Zimmer des zweiten Stockes. Eine Dienerin war mit ihm. War es eine Dienerin? Jedenfalls bekam man ab und zu eine Negerin in seiner Gesellschaft zu sehen. Sie war blauschwarz und sehr dick und mußte Riesenkräfte haben. Sie überragte um zwei Köpfe den mittelgroßen Herrn. Ebenso wie Solnemans Alter war auch ihres nicht zu bestimmen. Eigentlich sah sie aus wie die Amme dieses Mannes, der, obwohl im weißen Rauschebart, den Gang eines Jünglings hatte. Säugte sie ihn vielleicht heute noch? Nahm er aus ihr unheimliche Kräfte, über die er – man konnte sich's einbilden – vielleicht verfügte?

Sie wurde von ihm sehr wechselvoll behandelt. Ein Abend brachte das Ereignis, daß man Solneman und Negerin in der Fremdenloge des Opernhauses wahrnehmen konnte. Solneman im Frack, die dekolletierte Riesin in schwerer weißer Seide mit grünen Glanzsternen. Vom wolligen Haupt herab wehte ein grün gefärbter Paradiesreiher unerhörter Güte in die Augen eines aufstaunenden Parketts. – Aber am nächsten Morgen beobachteten Leute auf dem Markte, wie Solneman hundert lebende Goldfische bei Händlern zusammenkaufte, sie in einem Eimer durch die Negerin forttragen ließ, aber nicht weit mit ihr kam, da die Riesin plötzlich ein Zischen und Spucken anhub, mit den Händen wie mit schwarzen Präsentierbrettern durch die Luft fuhr und sich erst beruhigte, als Solneman seinen Stock auf ihren breit ausladenden Hüften zerschlug und ihr den Goldfischteich über den Schädel stülpte. Da wurde sie folgsam, weinte leise in das Wasser, das ihr vom Haupte troff, und ging dumpf dröhnend einen Schritt hinter ihm durch die Straßen.

Rätselvolle Einkäufe, wie dieser Erwerb der Goldfische, geschahen manchmal. Er trug nicht gerne Geld bei sich. Große, wenn auch vereinzelte Käufe, die gänzlich sinnlos erschienen, machte er mit Hilfe seines Diamanten. Er bestellte zwei Dutzend elektrischer Drücker aus Mondstein mit einem Smaragd als Druckknopf, ließ fünfzehn Bände Schopenhauer in ungegerbte Menschenhaut – aus China bezogen – binden und an die Adresse einer Dame in Port Said senden, sorgte dafür, daß Stiefelleisten angebohrt und mit Platin gefüllt wurden, kaufte zweiunddreißig Jahrgänge der Fliegenden Blätter und ließ sie von achtzehn Schreibern handschriftlich in je drei Exemplaren wiederholen, versah sich mit sechs zahnärztlichen Plombiermaschinen, die vergoldet wurden.

Es ward niemals offenbar, zu welchen Zwecken er derlei Dinge beschaffte. Und immer, wenn Solneman solche Käufe machte in Geschäften, deren Inhaber ihn persönlich noch nicht kannten, pflegte er sich durch seinen Stein zu legitimieren, von dem jeder natürlich gerüchtweise wußte. Er bekam auf das Vorzeigen des Edelsteines hin unbegrenzten Kredit – bis eines Tages ein Einsichtsvoller mit Hilfe eines Glasscherbens und falschen Bartes ihm den Rang ablief. Von jenem Tage an mußte Solneman sich schon entschließen, braune Scheine in der Westentasche bei sich zu tragen.

Über sein früheres Leben, den Ursprung seiner Reichtümer, war nichts Handfestes zu gewinnen. Es gab keine Spuren, die aus dem »Roten Hahn« weiter zurückführten

als bis an die Bahnsteigsperre, an der Solneman sein Schnellzugsbillett dritter Klasse abgegeben hatte.
Solnemans Sprache war ein korrektes, wenn auch ausländisch klingendes Deutsch. Er hätte aus der Provinz Hannover stammen können.
Und niemand konnte bestimmt behaupten, ihm je schon begegnet zu sein. Einmal meldete sich zwar ein Mensch, der bekundete, er habe Solneman vor sieben Jahren in einer belgischen Stadt auf einem Jahrmarkt gesehen. Dort sei der kleine Mann als Flammenkünstler aufgetreten. Sein Bart, in Spiritus getaucht, brannte lichterloh in zwanzig Vorstellungen des Tages – ohne je zu verbrennen. Nur immer weißer wurde er, immer mehr vom Feuer ausgeglüht. Aus seinen gelben Locken sprangen kleine Feuerfrösche, winzige Raketen zischten auf – der gelbe Wald blieb unversehrt. »Hujo, das lebende Flammenhaupt« habe jener sich genannt. – Und dieser Nabob hier in der Stadt sei wohl derselbe.
Jener Feuerkünstler habe übrigens plötzlich aus Brüssel verschwinden müssen, da schlimme Gerüchte über ihn auftauchten. Es hieß, er habe eine Frau umgebracht. Eines Morgens fand man nämlich in einem Wanderzirkus, der sich zur selben Zeit dort aufhielt, eine Zirkusreiterin hoch über der Manege am Trapez aufgehängt, den zarten Hals in einer Schlinge, die aus der weißseidenen Binde des Stallmeisters geknüpft war. Man vernahm den Stallmeister als den mutmaßlichen Mörder. Er konnte sich entlasten. Er hatte schon zwei Tage vor dem Verbrechen darüber geschimpft, daß ihm seine Halsbinde abhanden gekommen und er in einem Schnupftuch als Krawatte des Abends aufzutreten gezwungen sei. – Man dachte an eine Selbstvernichtung. Jedoch dagegen sprach der ungewöhnliche Aufenthalt der

Leiche. Sie war doch wohl betrügerischerweise an das herabgelassene Trapez geknüpft und dann erst fünfzehn Meter hoch gezogen worden. – Die hartnäckigsten Erklärer aber wisperten – als Ankläger – gegen Hujo, das Flammenhaupt. Täglich trat er in Gehrock und roter Krawatte auf. Zwei Tage vor dem Tode der Zirkusdame trug er plötzlich eine weiße Halsbinde. Und am Tage nach dem schauerlichen Morde scheinbar grundlos eine grüne. Nie wieder die weißseidene!! Einige wollten wissen, die Tote sei seine Geliebte – andere sogar, sie sei seine heimliche Gattin gewesen. Er selbst repräsentiere so eine Art von Blaubart – wenn auch mit weißem Bart. – – Der Fall wurde nicht geklärt. Der Verdächtige verschwand, gerade als die Beschuldigungen sich soweit verdichtet hatten, daß die Polizei zugreifen sollte.
Man schenkte diesen Darlegungen über Solnemans Person wenig Vertrauen. Zuverlässige Auskunft erhielt man eigentlich nur über seine Beschuhung. Sie sei äußerst kräftig, versicherte der Detektiv – hohe, fast damenhafte Absätze ohne Gummiplatte. – Er mußte das wissen, denn er hatte eines Tages, da er hinter Solneman her bis in die Toilette gekrochen kam, einen derben Tritt in das Gesäß bekommen.

Niemandes Betulichkeit

Unterdessen erwog man weiter, ob man dem Fremdling den Park abtreten sollte, diesen großen prächtigen städtischen Garten mit seinen weiten Rasenflächen, der den einfach stolzen Namen »Bürgerpark« führte, Park der Bürger. – Die Aussichten standen nicht gut für Solneman. Man saß bei den Beratungen auf gewichtigen Hinterteilen, die ihm nicht wohlwollten, man wölbte Bäuche über verfettete Schenkel, deren Klumpfüße feindlich den Boden stampften, man schnob und blies gegen ihn.

Man war der Ansicht, dreiundsiebzig Millionen seien wohl ein ganz nettes Stück Geld, aber der Nabob könne ruhig noch ein bißchen was darauflegen. Eine Stimme meinte: »Niemals, und wenn er hundert Millionen bietet, sind wir ihm zu Willen. Wir sind nicht feil, wir verkaufen uns nicht.« – Und ob es denn so wichtig sei, unterstützte jemand zaghaft den Vorredner, Standbilder und Gedenksäulen zu errichten und den Straßen grün-blau-rot-gelb-goldene Festgewänder verschaffen zu können. Ob es nicht zuträglicher wäre, im schönen alten Park jederzeit sich ergehen zu können und die Kinder auf seinen breiten Wiesen spielen zu lassen! – »Wenn man obendrein viel Geld bekommt, sind die Standbilder wichtiger«, entschied eine rauhe Stimme, »aber es muß *viel* Geld sein. Fraglich, ob die angebotene Summe genügt – weil sie doch von einem Narren kommt, der für seine Verrücktheiten tüchtig blechen soll an vernünftige Leute, wie wir sind.«

Solneman mußte ahnen, wie es stand. Eine Minute vor Eröffnung einer entscheidenden Sitzung trat er ungemeldet in den Saal. Alle sprangen auf, wenn auch murrend viele. Alle, auch die ihn noch nicht gesehen hatten, erkannten sogleich, wer vor ihnen stand. Es war einen Augenblick lang, als sei eine feindliche Macht eingetreten, der zu huldigen dennoch geboten schien.

»Tag«, sagte Solneman. »Gestatten Sie mir einen Nachtrag zu meinen Vorschlägen: nach meinem Tode mag der Park an die Stadt zurückfallen – gebe das schriftlich. Erbe des Parkes wird die Stadt. Dies zur Notiz.« Er grüßte. Dann, halb schon wieder fort, sprach er noch zurückschauend: »Ich vergaß: freiwillig erhöhe die Kaufsumme um das Doppelte, biete Ihnen also hundertsechsundvierzig Millionen, sagen wir einhundertfünfzig, eine runde Summe. – Empfehle mich.«

Da war keine Debatte mehr möglich. Schaudernd saßen Anhänger und Gegner. Eine Stimme nur, kaum erholt, sagte: »Ewig wird der Sauprotz wohl nicht leben. Vielleicht erstickt er bald in seinem Gelde.«

Einige murmelten diesen Worten Beifall. Die Abstimmung, sogleich vorgenommen, ergab den Sieg des fremden Mannes.

Aber später, als es an der Zeit war, die Urkunden zu unterzeichnen, drückte man sich wieder herum.

»Verstehe«, sagte Solneman. »Sie verlangen Garantien, mißtrauen mir. Begreife das. Verpflichte mich, keinen Spatenstich zu tun, bevor das Geld nicht in den Händen der Stadt ist. Werde Sorge tragen.«

Nach kurzer Zeit war er da, der Reichtum. Solneman bezahlte bar. Man wußte sich vor Geld nicht mehr zu retten. Aus vier Bankquellen floß es herbei: aus England, aus Rußland und aus Belgien.

Der große Morgen kam, an dem die Kontrahenten unterzeichneten. Solneman türmte steile Buchstaben auf gelbes Papier – eine Sekunde darauf war er Eigentümer des weiten Parkes.

Mit der Linken schob er die Urkunde in die linke Tasche, während er aus der rechten mehrfach gefaltete große Blätter holte und fragte, welcher Behörde er diese Baupläne für eine Ringmauer vorzulegen habe, damit sie genehmigt würden. Es zeigte sich, daß die Pläne bis ins kleinste schon ausgearbeitet waren. Er mußte seine Absichten Jahre hin-

durch bereits erwogen und im Auslande zu Papier gebracht haben – mußte das Gelände, mit dem er es zu tun hatte, schon genau längst gekannt haben.
Allein mit dem Bürgermeister, sagte er noch: »Eines, wenn bitten darf, ist strikte zu beachten: außer dem Park, den ich nun habe, verlange noch eine Leistung, von der gesamten Bevölkerung geleistet. Die ist: Ruhe, Abgeschiedenheit. Bin für die Stadt nicht vorhanden, für niemanden, und niemand ist für mich vorhanden. Will mit einhundertfünfzig Millionen nicht nur Bäume und Wasser bezahlt haben, sondern vorzüglich das Recht, ich selbst und allein und ungestört und einsam zu sein. Niemandes Bruder bin ich, bin niemandes Neugier, niemandes Fürsorge, niemandes Betulichkeit. Dies vor allem.«
»Sehr wohl«, beeilte sich der Bürgermeister. »Die Bevölkerung wird diese Wünsche zu respektieren wissen.«
Solneman wollte gehen; er kam noch einmal zurück, er sagte: »Etwas muß noch schriftlich gemacht werden: die über dem Garten aufragende Luftsäule gehört mir. Dulde keine Luftfahrzeuge in ihr – durch sie hindurch. Sollten dennoch Luftschiffer gezwungen sein, mein Gebiet zu berühren, zu überfliegen, dann nur in tausend Meter Höhe!« Er hob die Stimme: »Habe Apparate, dies nachzumessen. Hole jeden herunter, der neunhundertneunundneunzig Meter oder tiefer fliegt.«
Der Oberbürgermeister zögerte nicht, auch dies vorderhand zuzusichern und einen schriftlichen Nachtrag in Aussicht zu stellen.

Der Winter hatte sich mittlerweile verzogen. An einem warmen Frühlingstage begann Solneman zu bauen, begann zu hacken und zu graben. Im Parke selbst nahm er vorläufig noch nichts in Angriff. Aber mit einem Eifer, dessen Stetigkeit und Tempo dem Sturm eines Propellers glich, betrieb er den Bau der Ringmauer. An dreizehn Stellen zugleich wuchs sie empor. Ingenieure, Bauleiter, Architekten waren da, wie aus dem Boden gestampft, Männer, die längst schon orientiert schienen. Zu den einheimischen Arbeitern, deren Kräfte weitaus nicht genügten, kamen dreitausendfünfhundert Ausländer, meistens Japaner. Solneman mußte längst mit ihnen abgeschlossen haben, mußte den Zeitpunkt, an dem sein Plan genehmigt, der Winterfrost vergangen und er zu bauen befähigt war, genau vorausgewußt haben, denn einen Tag darauf waren die fremden Arbeiter – aus welch rätselhaften Weiten sie auch kommen mochten – pünktlich zur Stelle.

Sie kampierten in mitgebrachten Zelten auf den Wiesen des Parkes, hatten ihre eigenen Köche und ihre eigenen Freudenmädchen. Also nicht einmal die städtischen und staatlichen Bordelle verdienten etwas an ihnen. »Ja, ja, der Hunger und die Liebe – aus ihnen erwachsen sonst, wenn Fremde da sind, den Städtern die Haupteinkünfte. Aber diesmal ist es nichts damit«, sagte der Obersekretär Zapp, als man über die Köche und die Weiber klatschte. Er las Schiller, seit er nicht mehr im Amt war.

Solnemans gelbe Locken tauchten selten unter den dunklen Köpfen der Maurer auf; er kam selten zu den Bauplätzen. Öfter schon zeigte sich die Negerin, sprach Unverständliches, schrie, gestikulierte – schien zur Eile anzutreiben.

Einen Arbeiter, der ihr faul erscheinen mochte, legte sie kurzerhand über ihr ungeheures Knie, prügelte ihn mit einer Holzlatte wie einen Schulbuben. Solneman mußte sich ins Mittel legen, Schmerzensgeld bezahlen, sonst hätte man die Riesin eingesperrt.

Inzwischen strömten die Städter springflutgleich in ihren verkauften Garten. Man sah sich alles noch einmal an. Obwohl man schon kein Recht mehr hatte, auf diesen stillen Pfaden herumzulaufen, tat man es doch eifrig und mit harmlosen Mienen. Zwar wurde in den Zeitungen groß bekanntgegeben, daß Solneman Eigentümer des Parkes sei, was man ohnedies längst wußte – aber man hatte das einfach nicht gelesen. Der konnte noch lange genug die Früchte seines schandbar vielen Geldes genießen. Wenn man so unanständig reich war, mußte man bescheiden sein und anderen auch etwas gönnen.

Und sie trampelten in den Rasen, und brachen sich letzte Zweige ab, und schaufelten den Kies der Wege in kleine Eimer als Erinnerung, und nahmen alles mit nach Hause – giftig, nicht noch mehr erraffen zu können von dem, der da stank nach seinem Mammon.

Die Mauer wuchs, schon gewann sie stellenweise die gewünschte Höhe, schon begann man da und dort mit dem Bau der Brustwehr in schwindelnder Ferne. Wie Fliegen wimmelten die Arbeiter über ungeheure Quader, schon dehnten die dreizehn Baustellen sich so, daß einige sich berührten. Die steinernen Hochinseln wurden zur Kette. Und zwei Monate elf Tage nach dem ersten Stich in die Erde schloß sich der ungeheure Ring. Dreißig Meter war die Mauer hoch. Seltsamer war, daß die Plattform in dieser Höhe eine Breite von elf Metern maß. Niemand ahnte, weshalb die Mauer so dick sein mußte. Hallenartige Räume waren unter der Plattform, doch keine Fenster den Straßen der Stadt oder dem Flusse zugekehrt. Die Fenster lagen alle nach der Parkseite. Die Mauerfläche nach der Stadt ragte leer, ohne Schmuck, ohne Linie, gleichmütig steinern, kahl.

Der Oberbürgermeister bekam schon Vorwürfe – Drohbriefe wegen dieser schauderhaften Mauerfront, die das heitere Gesicht der Stadt in eine einzige graue Gefängnisfratze verwandelte – als Solneman vor ihm erschien und ihn rettete. Erklärte, er werde die Mauer teils bemalen, teils mit Schlingpflanzen überziehen lassen. Ersuchte um Gegenäußerung. Der Bürgermeister atmete auf, ihm war alles recht.

Zu dieser Zeit kaufte Solneman ein Haus in der Prinzenstraße, das, höher als alle anderen, fast dieselben Maße wie die Mauer zeigte. Als neuer Hausherr kündigte er den Bewohnern des fünften und vierten Stockes, verlangte, daß sie sofort auszogen, und entschädigte beide Parteien reichlich. – Die Einwohner des fünften Stockes hatten den Versuch gemacht, auf dem Fensterbrett stehend, mit gereckten Hälsen und mit Ferngläsern in den nun schon abgeschlossenen Park zu spähen. Sie hatten aber ihren Plan bald aufgeben müssen, weil seltsam stechende Lichtblitze ihnen in die Augen gesprungen waren. Vielleicht hatte Solneman von ihrer Neugier, die nicht schlau und heimlich genug gewesen war, erfahren. Man sprach sogar davon, daß in ihm der Urheber der schmerzhaften Augenblendungen zu vermuten sei. Jedenfalls ließ er Dachstuhl und fünften Stock abtragen, ein flaches Dach errichten und den vierten Stock zu Speicherräumen umgestalten.

Wie an vielen Stellen der Parkgrenze früher gleichzeitig gebaut worden war, so wurde jetzt auf die Mauerflächen gemalt. Auch seine eigenen Künstler hatte Solneman an der Hand; auch sie kamen rätselvoll aus der Fremde, schlossen sich nicht an die Städter an, sprachen mit keinem, so wenig die Arbeiter mit irgend jemandem verkehrt hatten, so wenig sie auszuhorchen oder zu beschwatzen gewesen waren. Diese ablehnende Schweigsamkeit war wohl ein Verlangen von Solneman.

Die Bilder, aus den Riesenflächen der Mauer tretend, blieben ganz unverständlich. Fast schon bereute der Bürgermeister die Einwilligung; schließlich aber erschienen ihm doch diese Farbenrätsel besser als das grenzenlose Grau, das vorher die Stadt sonnenbar und öde gemacht hatte. Die Bilder erregten den Spott des Pöbels, strenges Kopfschütteln bei Schulmeistern, die Lust am Rätselraten bei bunt Veranlagten. Einer glaubte eine Grablegung zu erkennen; nein, quiekte ein anderer: eine Gruppe von Akrobaten – ein Dritter entschied: keineswegs, sondern ein Luftschiff über einem Ährenfeld. – Sie alle sahen, was ihnen gemäß war.

»Das ist Kunst«, äußerte Solneman gegen den entwurzelten Oberbürgermeister. »So groß sind diese Bilder, daß sie alles enthalten: Akrobaten, Grablegungen, Luftschiffe, Ährenfelder und noch viel mehr. Die ganze Welt ist in ihnen, sie sind die Welt. – Nur vielleicht ein wenig anders, als die Menschen sie zu sehen belieben.«

Der Oberbürgermeister verstand es nicht und meinte, ob man nicht doch vielleicht mit dem Pinseln aufhören könne und die noch unverdorbenen Flächen der Mauer, wie schon geplant, mit Schlinggewächsen beranken möge.

Solneman war es zufrieden. Wagenladungen eines ausländischen Samens kamen an; er wurde gesät, und ein efeuartiges Gewächs mit Blättern, so groß wie Tischplatten, er-

kletterte in wenigen Wochen die ganze Höhe der Mauer. Die Blätter blieben immergrün, zeigte sich später.
Schon bevor die Mauer sich zu beranken begann, gleich nach Vollendung der Bilder, bezog Solneman den Park. Er packte seinen Handkoffer im »Roten Hahn« zusammen, bezahlte eine märchenhaft hohe Rechnung für die zwei mäßigen Zimmer – für sein eigenes und für das der Negerin – und siedelte über. Die Plombiermaschinen beließ er vorläufig im Hotel.

Abschiedsbesuch

Noch einmal suchte Solneman den Oberbürgermeister auf. Seine Locken waren schön gekämmt, der Bart kräuselte sich, er trug einen Zylinder. Es war ein Abschiedsbesuch.
»Darf ich noch einmal betonen«, sagte Solneman, »in Zukunft also – in alle Zukunft –: keine Störung meines Daseins. Keine Übergriffe. Kein Hineintappen in meine Kreise.«
»Was in meinen Kräften steht –« stockte der Oberbürgermeister.
»Mir unbekannt, was darin steht«, äußerte Solneman. »Nötigenfalls genügen die meinen.«
»O«, machte Bock, »Selbsthilfe – gestatten Sie, daß ich es ausspreche – ist strafbar.«
»Halte Frieden«, versprach Solneman. »Jedoch, bitte nicht zu vergessen, was Deutschlands Schiller gesagt hat: Es kann der Frömmste nicht im selben leben, wenn es dem bösen Nachbar nicht gefällt.«
»Unser Schiller«, äußerte der Oberbürgermeister über eine vorgewölbte Brust hinweg, »hat aber auch gesagt: Der Edle

strebt nach Ordnung und Gesetz. – Wissen Sie, daß diese goldenen Worte vom Portal unseres neuen Gefängnisses herableuchten?«

»Hat Schiller das gesagt?« mißtraute Solneman. »Hätte er gewußt – er hätte vielleicht Produktion unterbunden. Immerhin: Ordnung ist gut. Habe deshalb, mein Herr, auf der Mauer einen Galgen errichten lassen. Werde es möglich machen, meine eigene Justiz zu üben, sollte jemand vorlaut an mich herantreten.«

Bock rang nach Luft. »Das geht nicht, sehr werter Herr, das nicht! Das wären Übergriffe in den Machtbereich der staatlichen Ordnung. Seien Sie versichert: allenfalsige Missetäter werden zur Bestrafung herangezogen werden. Aber – das andere verbietet sich von selbst. Ich weiß nicht, in welchem Lande der Erde Sie zuletzt geweilt haben – ?« Der Oberbürgermeister hielt inne.

»Dies eine Frage an mich?« wollte Solneman wissen. »Also Sie selbst greifen damit bereits über?«

»Keineswegs«, beeilte sich Bock. »Dies war keine Frage, nur eine Pause, falls Sie den Wunsch hätten, etwas zu äußern.«

»Danke, keinen Wunsch.«

»Also«, fuhr Bock fort, »Ihr früherer Aufenthalt ist unbekannt. Unbekannt ist, welche Gesetze Ihnen dort zur Seite standen, vielleicht barbarische –«

»Vielleicht«, warf Solneman hin.

»Nun – ?« ermunterte lüstern der Oberbürgermeister.

»Nichts«, beschloß Solneman.

»Vielleicht barbarische, sagte ich«, wiederholte Bock ergeben, »– jedenfalls: die unseren sind uns heilig.«

»Angenehm. Mir die meinen. Leben Sie wohl. Bis zum Begräbnis.«

»Wie? Bis zu wessen? –« staunte schaudernd Bock und fühlte kalte Finger im Nacken.
»Zu meinem. Vorher kaum sichtbar.«
»Sie wollen sich uns ganz entziehen? Wie betrübend für uns! Wird auch keine Verpflichtung Sie rufen? Das Vaterland? Eine Kontrollversammlung? Die Reichstagswahlen? Ach, ich vergaß: Sie sind Ausländer. – Aber ein Wohltätigkeitsfest etwa? Ein Essen beim Gesandten Ihres Landes? – Zu welchem Gesandten müßten Sie da gehen?« Es klang harmlos.
Aber Solneman mahnte: »Der Galgen, Herr!«
»Ich meine«, beeilte sich Bock, »wenn kein Wohltätigkeitsfest, dann vielleicht die Einweihungsfeierlichkeit anläßlich der Enthüllung unserer dreiteiligen Viktoria – diesen Sommer. Majestät haben zugesagt. Darf ich Karten senden?«
»Empfehle mich«, sagte Solneman und ging.

Der goldene Klappthron

Ging an die Mauer, kratzte irgendwo, drückte leicht – eine Öffnung zeigte sich – er verschwand. Ganz geheimnisvoll waren diese kleinen Türen, diese großen Tore. Wunderwerke einer dämonischen Baukunst. Plötzlich tat sich irgendwo an flacher Wand, oder auch unter den Schlingpflanzen, etwas auf – und schloß sich wieder, ohne auch nur die Spur einer Ritze zu hinterlassen.
Nun war er drinnen. »Man« war draußen.
Wo wohnte er? Was aß er? Die Leute zerbrachen sich den Kopf. Schlief er auf einer Parkbank? Die Nächte waren noch kühl. Auch der steinerne Boden des offenen griechischen Tempels war keine Lagerstatt. Höchstens das Kaffee-

haus am See, aber der frühere Pächter hatte es ausgeräumt, es bot wenig Bequemlichkeit. Die Wohnung des seinetwegen zur Ruhe gesetzten Parkwächters hatte er niederreißen lassen. Sonst wäre dort wenigstens ein altes Ledersofa zu haben gewesen – ein städtisches Eigentum.

Ging es überhaupt, ihn mit der Negerin im Parke hausen zu lassen? Verstieß das nicht gegen Polizeivorschriften? Ging es an, ihn mit einer Frau zusammen – die *seine* Frau nicht war – gleichsam nur einen Raum bewohnen zu lassen? Ohne die Möglichkeit einer gesetzlichen Kontrolle? Lag hier nicht der berechtigte Verdacht eines unzüchtigen Verhältnisses nahe? – Der junge Assessor, dem diese Gedanken durch den Kopf schossen, teilte seiner Behörde den wichtigen Befund mit. Aber vorerst verzichtete man darauf, von dieser Handhabe gegen Solneman Gebrauch zu machen.

Von ihm erfuhr die Stadt – die ganze Stadt! – am nächsten Morgen. Denn man fand vor der Mauer unter einem Bild, von dem die einen sagten, es sei ein Drachenkampf, die anderen, eine Ziehharmonika, und die dritten, ein Frauenakt – unter diesem Bilde fand man auf einem goldenen Klappthron, den er in seinem Handkoffer gehabt haben mußte, Solneman sitzen. Ein wenig in sich versunken, dennoch steif. Sein Blaufuchspelz hüllte die Glieder, blonde Locken fielen über den Kragen, ein weißer Rauschebart berührte den Nabel. Volk sammelte sich. Ein Schutzmann rief den Unbeweglichen an. Er rührte sich nicht. Der Mann griff zu – da griff er einen hölzernen Arm, und als man dem Thronenden, um ihn besser sehen zu können, den Hut aus dem Gesichte rückte, da rückten die Locken mit. Denn sie wallten über dem hölzernen Rund einer Kegelkugel. Und als man den Bart von dem Holzpflöckchen hakte und den Pelz aufknöpfte, bekam man auf der überklebten Wölbung

eines Kopfkissens einen Satz zu lesen. Nur diesen: »Hier sitzt Solneman, den Ihr kennt. Den Ihr nicht kennt, der sieht anders aus.«
Der Stadtrechtsrat Schlicksupp, der gerade hinzukam und immer gegen den Hergeschneiten gewesen war, meldete dem Oberbürgermeister, sein Freund Solneman sitze als Kegelkugel und Kopfkissen vor der Mauer.
»Ein wunderlicher Kauz«, sagte der und täuschte sich selbst hinweg über ein unbehagliches Gefühl. »Hat so seine Marotten. – Wie den Einfall, den lächerlichen Galgen auf der Mauer errichten zu lassen.«
Auf Grund des Gutachtens Rechtskundiger betrachtete die Stadt jene Kleidungs- und Wäschestücke als ihr Eigentum. Da viele Anfragen einliefen, ob die Gegenstände käuflich seien, wurden sie an den Meistbietenden versteigert. Der Erwerber mietete einen leeren Bauplatz zwischen vornehmen Häusern und errichtete auf ihm eine kleine feste Holzbude im Jugendstil. Darinnen war Solneman auf seinem goldenen Klappthron für zwanzig Pfennige zu sehen. Fremde kamen von auswärts, der Budenbesitzer hatte dauernden Zulauf. Aber reich wurde er, als er entdeckte, daß der weiße Rauschebart und die gelben Locken feuerunempfindlich waren. Der Bart brannte lichterloh, kleine Raketen zischten aus den Locken – zwanzigmal des Tages. Man erinnerte sich einer Aussage über das Vorleben Solnemans – einer damals nicht geglaubten Aussage –, und jeder wollte dies seltsame Schauspiel nun genossen haben. Wenn Solneman so aufflammte, fehlte nur die rosa Brille. Denn diese hatte ein Amerikaner zu einem Preise gekauft, der die Stadt befähigte, fünf Bedürfnishäuschen, deren es ja nie genug geben konnte, zu errichten. Man mußte dankbar sagen: viel schon hatte Solneman der Stadt eingebracht.

Übrigens schien der Zufall dem merkwürdigen Manne auch noch helfen und ihn dichter verschleiern zu wollen. Denn als der Oberbürgermeister einmal aus den Urkunden das Alter des Fremdlings zu ersehen wünschte, fand er in sämtlichen übereinstimmend, daß auf Grund der eingetragenen Jahreszahl der Mann ein Alter von einhundertvierzehn Jahren hatte. – »Ein Esel schreibt es dem anderen nach«, dachte er. »Muß natürlich statt: geboren 1799 heißen: geboren 1899.« Und er verbesserte eigenhändig die vielen Fehler. Aber als er damit fertig war, entdeckte er, daß Solneman nun erst vierzehn Jahre alt war. Woran er nicht recht glauben mochte. Mißtrauisch hierdurch geworden, prüfte er den Geburtsort nach. Auch über diesen: Utkambä in der Provinz Sal-I-Khan in Nordchina, gelangte er nicht ins klare. Vergebens suchte er auf den größten Landkarten. Eine Anfrage bei der Philosophischen Fakultät der Hochschule brachte im ganzen negative Resultate. Utkambä gab es nicht, sollte vielleicht Utakumbe heißen, womit eine sagenhafte Stadt bezeichnet werde, die alten Schriften zufolge im Mittelalter auf einer Insel am Ausfluß des Peiho gelegen, über Nacht vom Meere verschlungen worden sei. Auch eine Provinz Sal-I-Khan gab es nicht. Nur Nordchina, das gab es.
Die Auskunft beunruhigte den Oberbürgermeister ziemlich. »Wir wissen nichts von diesem Menschen«, stöhnte er. »Nichts, gar nichts!«
Man versuchte, Solneman zur Korrektur der offenbaren Versehen über sein Alter und seine Herkunft zu veranlassen. Der Magistrat sandte einen eingeschriebenen Brief ab. Er entgegnete nicht mit Tinte und Feder, kam auch nicht selbst, aber in der Nacht erschraken die Städter, weil die Nordwand des Rathausturmes, die dem Parke zugekehrte

Wand, plötzlich geisterhaft hell aus tiefer Dunkelheit herausschnellte. Solneman bestrahlte sie mit einem Scheinwerfer von seiner Mauer herab. Riesenbuchstaben erschienen hüpfend und zitternd. Er schrieb mit ihnen seine Antwort. Sie lautete: »Weshalb Änderungen. Ihr habt mein Geld. Hauptsache.«

Zwanzig Möbelwagen

Außer dem Geld besaß man noch tote Locken und leblosen Bart. Solneman selber aber, der Lebendige –: wie sah er aus? Niemand wußte es. Es gab keinen Menschen in der ganzen Stadt, der auf ein Wesen mit zwei Beinen hätte deuten und sagen können: dies ist Herr Hciebel Solneman. Der Stadtrechtsrat Schlicksupp – und mit ihm andere Leute –, sie fanden, daß dies unbehaglich sei. Wie ein Idol war Solneman. Existierte er überhaupt? Er war vielleicht nur ein toller Gedanke, geisternd in einem großen Park hinter Riesenmauern. Herrn Schlicksupp fiel aus seiner Gymnasiastenzeit das verschleierte Bild zu Sais ein, die Bundeslade des Volkes Israel und ein Gemälde, betitelt: dem unbekannten Gott. Er war ärgerlich auf sich und seine unordentlichen Gedanken, auf den Oberbürgermeister und den ganzen Handel.

Solneman zeigte sich nie. Niemals ging die Mauer auf. Wovon lebte er? Fraß er Gras und Kräuter des Sees? Vielleicht briet er sich Enten am offenen Holzfeuer?

Man zerbrach sich den Kopf – bis eines Tages eine Ausstrahlung seiner Kräfte lebhaft zu spüren war. Die Eisenbahn bekam auf einmal unmenschlich viel zu tun. Alle Beamten fluchten auf Solneman. Denn an seine Adresse trafen Ruderboote, Möbelwagen, Automobile ein – mehr, als sei ein großer Wanderzirkus in die Stadt eingebrochen. Man wußte nicht, wo man alles abladen sollte, denn man kannte keinen Eingang zu Solneman. Doch bevor man irgendwie anfragen konnte, gab er schon Bescheid. Eines Morgens hing an der Stelle, wo der Klappthron gestanden hatte, eine Tafel an der Mauer, eine weiße Tafel an einer langen goldenen Schnur, die sich über die Balustrade hinweg verlor. Auf der Tafel stand zu lesen: Man schaffe das Gepäck vor das Bild der neunten Eva.

Man hatte das Plakat kaum gelesen, als es auch schon von unsichtbaren Händen hochgezogen wurde und verschwand. Dem Professor Lautenschlag, der, da er sehr kurzsichtig, ganz nahe herangetreten war, blieb der breitrandige Hut kleben und kroch wie ein ungeheurer schwarzer Käfer in schwindelnde Höhen. Überstieg die Brüstung. War weg.

Als die Fuhrleute an die genannte Stelle kamen, fanden sie das Gemälde nicht, an seiner Statt aber ein Riesentor geöffnet, vor dem schweigend die Negerin stand. Hier schien der sonst durch das Bild verborgene Haupteingang zu sein. Diese Stelle des Parkes war die höchstgelegene; die Ringmauer überwand hier einen sanften Hügel. Ein Schienenstrang, auf dem breitflächige Wagen liefen, führte in das Herz des Parkes. Die Wagen glitten, hatten sie Lasten aufgenommen, ohne treibende Kraft von selbst die matte Neigung des Geländes hinunter und verschwanden bald in sanfter Biegung um eine Baumgruppe – kamen wieder leer zurück –, unerklärlich hügelan bewegt.

So wurden die Boote, die Möbelwagen und die Automobile in den Park hineinbefördert. Kein Fuhrmann, kein Packer, kein Auslader betrat die totenstillen Wege des weiten Gartens, der, von einem hingehauchten Grün ganz leicht umsponnen, gerade frühlingshaft aufzuleben begann. Die schwarze Riesin deutete stumme Befehle, bezahlte aus einer grünledernen Tasche, die sie um den Stiernacken gehängt hatte, was zu bezahlen war, und trat, als alles erledigt, unter den Torbogen. Man sah sie noch gegen irgendeine Wandstelle drücken, dann rollte, schob und drehte sich etwas vor den Augen der Außenstehenden, und wo sie eben noch wehendes Grün erspäht hatten, starrten sie nun auf das Bild der neunten Eva.

Solneman hatte noch mehr ähnliche Einrichtungen, um mit der Außenwelt nicht in Berührung zu geraten. Das stellte sich später heraus. Schächte gab es und Tunnels, aber niemand konnte – so wenig wie bei den anderen Eingängen – Merkmale finden, die eine Durchbrechung der Mauer irgendwie verrieten. Auch eine Art von Rohrpost war da, die den spärlichen Postsendungen – ausschließlich von ausländischen Banken – diente. All dies mußte in den Plänen, der Behörde vorgelegt, nicht recht ersichtlich gewesen sein, denn die Baubehörde schüttelte ebenso verständnislos den Kopf wie das Heer der Laien.

Übrigens hatte Solneman die Möbelwagen mitgekauft. Sie wurden nicht etwa entleert und wieder zurückgegeben. Sie blieben im Park. Als die Stadt es erfuhr, fragte einer den anderen eine Woche lang, was um alles in der Welt Solneman wohl mit den zwanzig Möbelwagen mache? He?

Diese Neugierde wurde übertrumpft dadurch, daß man endlich von dem Unsichtbaren etwas zu *sehen* bekam. Eines Tages tönte hoch oben von der Mauer das rhythmische Grollen eines arbeitenden Motors, und als Hunderte zusammenliefen und hinaufstarrten, sahen sie etwas vorbeiflitzen: Solnemans Kopf, der gerade noch die Balustrade überragte. Nun wußten alle auf einmal, warum die Mauer

so rätselhaft breit angelegt war. Solneman saß hinter dem Steuer eines Automobils und fuhr ein haarsträubendes Tempo. Immerfort umjagte er den Kreis dieser idealen Rennbahn. Sein Gesicht, sein Gesicht! – Aber er hatte die Unverschämtheit, so rasch zu fahren, daß man weiter nichts wahrnehmen konnte als einen dahingeschnellten Strich. Die Menschen standen, Ferngläser vor den Augen, und starrten erbittert empor.
»*Über* der Erde wenigstens ist er noch«, äußerte der Oberbürgermeister aufatmend. »Er hat sich also bis jetzt nicht eingegraben, wie er einmal andeutete.«
Die Polizei maß schleunigst den Umkreis der Mauer aus und wußte damit auch die Länge der Bahnstrecke. Sie betrug fünf Kilometer. Vor dem Bilde: Der violette Lichtbogen, kniend im Wasser der Tiefe – stand ein Polizeiwachtmeister mit der Stoppuhr in der Hand. Alle drei Minuten kam Solneman über ihm vorbeigedonnert. Der Herr dort oben hatte also die Kühnheit, in drei Minuten fünf Kilometer zu durchrasen, das bedeutete eine Geschwindigkeit von hundert Kilometern in der Stunde, mitten in der Stadt! Hatte er vielleicht die Genehmigung zu einem Rennbahnbetrieb bei der Polizei eingeholt? Keineswegs! Die Behörde konnte sich diese Selbstherrlichkeit unmöglich bieten lassen. Obwohl sich Bock ins Mittel legte, wurde Solneman wegen Schnellfahrens mit einer Geldstrafe von fünfundachtzig Mark bedacht.
Nachdem Solneman zwei Stunden lang sein Hundertkilometertempo gefahren hatte und die Menschen immer noch mit verrenkten Hälsen zu ihm emporstarrten und doch nicht mehr zu sehen bekamen als in den ersten fünf Minuten, schien der Fahrer oben Erbarmen mit den Neugierigen unten zu bekommen, denn er mäßigte seine Schnelligkeit.

Als er aber langsam genug fuhr, zeigte sich, daß er eine schwarze Larve vor dem Gesichte trug und das wenige seines Körpers, das zu sehen war, unförmig verhüllt hatte. Schreie der Entrüstung blitzten zu ihm empor. Man glaubte sich mit Vorbedacht genarrt. Er höhnte ihrer wohl. Einer ballte die Faust. Es war, als hätten die Erbosten ein Recht darauf, nach so langem Warten jenes verhüllte Gesicht dort oben nackt zu sehen. Aber nichts derart geschah. Solneman sah mit keinem Blick hinunter. Nichts von Erbarmen! Er schien gar nicht zu wissen, daß Hunderte von Augen nach ihm griffen. Das Donnern der Maschine starb – und lebte nicht wieder auf. Man wartete vergebens. Der Fahrer kam nicht wieder. An einer entlegenen stillen Stelle mußte er haltgemacht, den Wagen verlassen, vielleicht ihn selber wieder in den Park geschafft haben.
Man zerstreute sich mißgelaunt. War er überhaupt in dem Wagen gesessen? so zweifelte man. Vielleicht nicht einmal das. Man hatte vielleicht nur die Negerin vor sich gehabt. Also nicht einmal so viel wußte man. Gar nichts wußte man.
Die Geldstrafe focht Solneman wenig an. Die nächste Woche donnerte die Gestalt im Wagen doppelt so schnell die Bahn entlang auf der Mauer. Täglich konnte man sie beobachten – dann blieb sie plötzlich aus.

Ihr seht alle gleich aus

Das war um jene Zeit, als wieder von auswärts Arbeiter kamen, die Solneman in Dienst genommen hatte. Sie wurden morgens durch das große Tor eingelassen, die Negerin stand daneben – abends verließen sie wieder den Park. Die

Bevölkerung stürzte sich, brennend vor Neugier, auf diesen etwa hundertköpfigen Haufen junger kräftiger Männer. Aber man sah sich bitter enttäuscht. Keiner sprach, keiner gab auf atemlose Fragen Antwort. Nicht einmal Silber und Gold sprengten das Schweigen. Solneman mußte die Leute unmäßig bezahlen, weil jeder sich so sehr davor scheute, durch Geschwätzigkeit, die vom Arbeitgeber verboten war, den Dienst zu verlieren.

Nur einer ließ sich schließlich doch verleiten, auszuplaudern. Die Stadt selber, die ihre Aushorcher geschickt hatte, bot ihm heimlich und hintenherum eine beträchtliche Summe. Er erzählte: Verworrenes, Zusammenhangloses – Dinge, von denen man kein auch nur einigermaßen geschlossenes Bild erhielt. – Was ist mit den zwanzig Möbelwagen? Was steckt in ihnen? Was macht er mit ihnen?

Die Möbelwagen – also: Möbel sind keine darin, sondern Sachen, die Verwendung finden an und in den Häusern, welche wir zu bauen haben.

Also doch wohl Möbel? – Und Häuser? Was sind das für Häuser?

Ja also: das sind eigentlich keine Häuser, in denen Christenmenschen wohnen können. Sie sind zu groß – und auch wieder zu klein. Mächtige Baumstämme verwendet er und baut ganz merkwürdige Hallen. Vom Bau der Mauer her sind noch riesige Steinhaufen vorhanden – die werden zum Ausmauern tiefer und breiter Gruben verwendet; Gitterwerk, aus den Möbelwagen ans Licht gezogen, fügt sich zusammen zu merkwürdigen Gelassen. Teile der Wiesen werden eingezäunt mit schweren hölzernen Barrieren. Die geleerten Möbelwagen bilden auf einer Wiese eine Kette, und man kann von dem einen in den anderen gehen wie in einem D-Zug.

»Und Herr Solneman, der Arbeitgeber, ist er zugegen bei den Arbeiten?«
»Freilich.«
»Also, wie sieht er aus, dieser Herr?«
»Nun, wie so die Menschen eben aussehen.«
»Hat er einen Bart?«
»Nein.«
»Hat er Zähne?«
»Nein.«
»Was, er hat keine Zähne?«
»Ich hab' sie nicht gesehen. Doch können schon welche da sein.«
»Aber er muß doch sein eigenes Gesicht haben. Sieht er aus wie ich – oder mehr wie dieser Herr – oder mehr wie jener?«
»Ihr seht alle gleich aus.«
»Was hat er auf dem Leibe? Einen Rock?«
»Wohl, einen Rock.«
»Was für einen Rock?«
»Einen Bärenführerrock.«
»Was versteht Ihr darunter?«
»Unter einem Bärenführerrock versteh' ich einen Bärenführerrock.«
»Und was bekommen die Arbeiter zu essen?«
»Oh, gutes Essen, feines Essen.«
»Was für Essen?«
»Nun, eben Essen.«
»Was für Fleisch und was für Gemüse?«
»Nun, eben Fleisch und eben auch Gemüse.«
»Und wo kommt es her, das Essen?«
»Die Frau Negerin trägt es herbei – aus dem Möbelwagendurchgangszug. In riesigen Eimern.«

»Und wo nimmt sie die Speisen her? Doch nicht aus diesen verdammten leeren Möbelwagen, he?«
Der junge Arbeiter wußte es nicht.
»Konserven werden es sein«, sagte seufzend der Oberbürgermeister. Man schien ja nicht gerade den Klügsten gefangen zu haben in diesem jungen Burschen. Aber man wollte den Mut nicht sinken lassen. Er solle nur weiter recht gut aufpassen, sagte man ihm, und sich alles merken. Es werde ihn nicht gereuen, wenn er vieles und Verständiges zu berichten wisse.
Aber die Hoffnung, hinter Solnemans Geheimnisse zu kommen, wurde jäh zerstört. Des Merkwürdigen Augen und Hände schienen überall zu sein. Er mußte wohl erfahren haben, daß der junge Arbeiter den Versuch gewagt hatte, auszuplaudern. Denn zwei Tage nach seiner Verräterei verschwand dieser Mann. Auf dem Bahnhof ward er noch gesehen und mit Fragen bestürmt. Der Versuch wurde gemacht, ihn zurückzuhalten. Er schüttelte, Tränen in den Augen, zu allen Überredungen den Kopf. Er reiste schweigend ab.
Dafür fand sich, seltsam schnell, ein anderer. Man triumphierte. Solnemans Macht über seine Leute schien zu schwinden. Aber die Freude dauerte nicht lange. Man merkte bald, daß man einem Spaßvogel ins Garn gegangen war – vielleicht einem, den Solneman selber abgerichtet hatte. Er berichtete so Haarsträubendes, daß nach einigem Schwanken niemand mehr ihm Glauben schenkte. Und man ließ ihn fallen. Er mußte auch nicht abreisen wie der andere. Das war der sichere Beweis, daß er geschwindelt hatte. Was für eine Schilderung von Solnemans Aussehen war aus seinem Lügenmaul gegangen! Nach ihm sollte Solneman gar keine Nase besitzen, blaue Backen, die er

täglich polierte, einen unbeweglichen Mund, der immer offen stand und keine Zähne zeigte – aus dem die Stimme kam wie aus einem Sprachrohr. – Das alles war frecher Unsinn.

Weitere Bestechungsversuche blieben erfolglos. So reisten die Arbeiter wieder ab, ohne daß man erfahren hätte, wozu sie gekommen und womit sie beschäftigt gewesen waren.

Sport

Der Automobilfahrer nahm seine Hetzjagden wieder auf. Bald aber änderte sich das Bild. Eine zweite grollende Maschine tobte der ersten entgegen. Die elf Meter breite Mauer erlaubte dies Manöver. Nun wußte man wenigstens: einer von diesen beiden tollen Fahrern konnte nur Solneman sein, da nicht mehr als zwei Menschen im Parke waren. Das neu laufende Automobil wurde wohl von der Negerin gelenkt: riesige schwarze Affenarme verbanden das Steuer mit einem in kurzen Stößen flatternden Rosakattunkleid. Der Lenker trug über dem Kopf einen ungeheuren Sturzhelm, auf dem ein knallgrüner Busch im Druck des Gegenwindes unbeweglich waagerecht lag. Einige wollten diese Federn in einer Fremdenloge des Opernhauses im verflossenen Winter schon gesehen haben. – Die beiden Fahrer vergnügten sich damit, so zu sausen, daß sie stets an den gleichen Stellen einander begegneten. Und sie fuhren so meisterlich, daß diese Kreuzungspunkte durch Stunden um keinen Viertelmeter sich verschoben.

Wieder bekam die Eisenbahn zu tun. Wieder fluchten die sämtlichen Beamten. Tiersendungen trafen ein. Man war es nun schon gewohnt, daß alles, was für den Unsichtbaren im Parke ankam, stumm von der Negerin am großen Tor in Empfang genommen und auf Rollwagen ins Garteninnere befördert wurde. Man kam nicht ganz dahinter, mit wieviel Arten von Tieren man es zu tun hatte. Aus einigen Käfigen drang scharfer Raubtiergeruch. Sie waren so verschlossen, daß man nicht ins Innere spähen konnte. Linste man, vorsichtig und achtsam auf Prankenhiebe, durch die Luftlöcher, so sah man nichts als Dunkelheit. An reißenden Tieren schien Solneman übrigens nicht viele sich verschrieben zu haben. In der Hauptsache waren es Pflanzenfresser: eine kleine Herde Guanakos steckte die schmalen und hochmütigen Schnauzen durch das Gitter, fünf Gnus zeigten ihren gehörnten Ochsen-Pferde-Gazellenleib, ein Pärchen ganz gewöhnlicher Esel stand familienhaft zufrieden beieinander, zwei Elefanten schaukelten die grauen Felsenköpfe, die mit allen Geheimnissen Indiens beladen waren, ein riesiges Trampeltier, zottig, einsam wie seine Kirgisensteppe, sandte von hoch oben anmaßende Blicke über die bunte Schar. – Am meisten bestaunt wurden die Affen. Sie saßen groß, äußerst bekümmert und frierend in ihren Heuhaufen, ließen weltfremde Augen in die Runde gehen, beleckten und küßten die Glasscheiben ihrer sorgsam ausgestatteten Wagen oder zupften verdrossen an ihren Geschlechtsteilen.

Ein paar Tage später kam noch eine simple Herde von Schafen und ein Trupp schneeweißer belgischer Hengste. Es war erstaunlich zu sehen, wie die Negerin mit diesen

plumpen, dennoch feurigen Tieren umging. Zuletzt trafen tausend Hühner ein, alle möglichen Spielarten, eine Wolke von leisem Gegacker entrüsteter Hennen – dazwischen bunt aufblitzende Hähne, so schillernd wie der Oberbürgermeister, wenn er seine sämtlichen Orden angelegt hatte.
So sagte wenigstens der zur Ruhe gesetzte städtische Obersekretär Zapp, der faul auf der Straße herumstand und unbehindert frech sein konnte, weil ihm kein Dienst mehr das Maul verband.

Groteske Scherze

Eines Morgens hing etwas am Galgen. Das Dienstmädchen des Oberbürgermeisters sah es zuerst, als sie in früher Stunde die Hosen des gnädigen Herrn verbotenerweise aus dem Fenster nach der Straße hinausschüttelte. Sie meldete sofort ihre Entdeckung. Bock bewohnte eines der früher so vornehmen Häuser am Park, denen jetzt durch die Mauer das Grün der Bäume und das Licht benommen waren. – Den Oberbürgermeister riß es aus dem Bett. Er stolperte im Schlafrock ans Fenster. Sollte dieser Wahnsinnige wirklich jemanden aufgehängt haben? Bock bedachte, wie reichlich seine Mitbürger von Neugier geplagt waren und daß vielleicht einer es unternommen hatte, irgendwie den Garten zu betreten. War dieser Fürwitzige von Solneman erwischt worden? – Wahrhaftig, da hing etwas! Etwas mit langen dünnen Beinen und einem entsetzlich ausgerenkten Hals, in einem schwarzweißen Anzug – anscheinend ein sehr kleiner Mensch. Der Ärmste – welch eine haarsträubende Tat!

Dem Oberbürgermeister schlotterten die Knie. – Man muß sofort in den Park eindringen, der Kerl ist irrsinnig, die Gummizelle wird das Ende dieser goldenen Bestie sein! – Bock raffte sein Fernglas herbei, den Leichnam genauer zu beschauen – da sah er, daß es kein Mensch war. Irgend etwas anderes, ein Sack mit ein paar Stöcken daran, eine vogelartige Puppe – jedenfalls kein Mensch. – Aufatmend ließ er das Glas sinken; ein wenig war ihm, als werde er selbst von einem Morde freigesprochen.
Das Ding am Galgen baumelte drei Tage. Dann lag es eines Morgens vor der Wohnung des Oberbürgermeisters, mit dem Strick um den Hals. Und an dem Strick hing außer einem Storch ein Brief:
»An die Bürger der Stadt. – Storch von Euch gesandt, wie? Haustier der besten bürgerlichen Familien. Sollte wohl kundschaften in Eurem Namen? Saß auf meinem Dach und klapperte. Drehte sich, wandte sich, äugte – wohl in Eurem Namen, wie? Liebe nicht die, welche klappern, sich drehen und äugen. Warne Neugierige. Solneman«
»Verrückt«, sagten die Leute. »Nicht einmal witzig. Eigentlich nur dumm und roh.«
»Groteske Scherze liegen uns nicht recht«, begütigte Bock. »Wir dürfen nicht allzu streng mit ihm sein.«

Seuchen des Geistes

Solneman selbst bekam man nicht zu sehen. Er zeigte sich nicht mehr auf der Mauer. Auch die Negerin blieb verschwunden, seit sie zuletzt beim Empfang der Tiere groß und stumm unter der Mauer gestanden war. Und die Mauer blieb unerbittlich geschlossen. Sie schwieg fünf Kilometer in der Runde. Ihre Bilder starrten rätselhaft, das Gewinde ihrer Schlingpflanzen kroch üppiger himmelan und schaukelte gleichmütig im Sommerhauch – ihre Balustrade tat, als sei sie selbstverständlich und gottgewollt. Vögel nur verbanden den dort drinnen mit der Stadt und der Welt. Sie flogen über die steinerne Scheide, als sei das nichts, als trüge die Luft dort wie hier, als sei kein Unterschied zwischen Sonne und Sonne, Regen und Regen, Wind und Wind. – War das wirklich so? Fast fing man an, daran zu zweifeln.

Um diese Zeit war es, daß die Neugier der Städter, ihre krankhafte Sehnsucht, Solneman, den Belächelten, Bestaunten, Mißachteten, Gefürchteten, von Angesicht zu Angesicht zu sehen, erschreckend wuchs und die Form einer Seuche annahm. Man wollte und wollte den Rätselhaften enträtseln. Ein Gesicht sagt viel, ein Gesicht sagt alles. Die Seele steht darin. Wo ist sein Gesicht?

Unerträglich, es nicht zu kennen. Haufen umlagerten die Mauer, nicht nur tagsüber, auch des Nachts. Die Polizei war machtlos – und ebenso neugierig wie alle anderen. Es hätte auch nichts genützt, in das Gewimmel hineinzuschießen: eine offene Revolte wäre dadurch ins Leben gerufen worden. Und weiterhin Standrecht, Kriegsrecht in der Stadt und ähnliche ungemütliche Einrichtungen! Man vertraute darauf, daß das Fieber von selbst wieder nachlassen werde, und verzichtete auf die beliebte Kur, deren stärkste Dosis, eine freundliche Mischung aus Pulver und Blei, mit Schießgewehren verabfolgt zu werden pflegt.

Da die warme Jahreszeit herrschte, wurde es modern, im Schutze der Mauer auf Feldstühlen vor Klapptischen sitzend, Gesellschaften abzuhalten und dabei auf den Einsamen zu lauern: ob nicht sein unverlarvtes Gesicht über die Brüstung sich beuge – man hatte scharfe Gläser bei sich –,

ob nicht plötzlich an irgendeiner Stelle die Mauer auseinanderklaffe und ihn gebäre.
Die Gesellschaften in milden Mondnächten verliefen unter einer matten und gekrampften Heiterkeit. Manchmal ward es plötzlich ganz still im Kreise, das aufblühende Lachen eines jungen Mädchens starb, fiel unter den Tisch und wurde dort staubig, ein Scherzwort brach mitten entzwei und sah grau und sinnlos aus –: denn einer der Teilnehmer war aufgesprungen und hatte hinauf zur Brüstung gestarrt. Viele starrten mit ihm – und sahen nichts. Der Mond spielte um den Stein, machte ihn weißer, ferner nur und einsamer. Wie immer war es nichts gewesen. Und man ging heim, beschämt ein wenig voreinander und doch verbissen in das eine: morgen wiederzukommen, um ihn vielleicht morgen zu sehen.
Diese Neugier wurde für einzelne äußerst bedrohlich. Denn es kam vor, daß Menschen ohnmächtig weggetragen werden mußten, die tagelang ausgeharrt hatten, verbohrt in ihre Absicht, eine Erscheinung zu erzwingen. Andere wurden mit Hals- und Kinnbackenkrämpfen, entstanden durch ewiges Emporspähen, in das Krankenhaus geschafft. Die Väter der Stadt, selbst in den starren Wahnsinn gezogen, wußten kein Mittel, das Unheil zu steuern – bis dem Oberbürgermeister ein Gedanke kam, der ein wenig doch das Übermaß an Neugier milderte und erträgliche Zustände schuf. Bock machte den Vorschlag, Solneman in Anbetracht seiner Verdienste um die Stadt, das heißt in Anbetracht der großen Schenkung von Todes wegen, der Freskomalereien auf der Mauer und der Bedürfnishäuschen, zum Ehrenmitbürger zu ernennen. Eine Mehrheit war einverstanden, es geschah. Und geschah nicht aus einer inneren Notwendigkeit, zu danken, sondern um sich heranma-

chen zu können. Nun war man dem Unheimlichen doch wenigstens etwas wieder nähergerückt, hatte ihm, der schon aufhörte, in den Gehirnen der Besessenen ein gewöhnlicher Mensch zu sein, etwas Menschliches angehängt und ihn zurückgeschleppt in die gesellschaftliche Ordnung, der er schon zu entschweben drohte. Das Fieber ebbte ab, die Zusammenkünfte an der Mauer kamen aus der Mode, und man dachte ruhiger, gefaßter, schicksalergebener an den Unsichtbaren.

Andere Fälle von geistigen Verranntheiten trugen ein anderes Gesicht. Folgendes Geschehnis war tief bedauerlich. Der Schneidermeister Schnecker, Große Maigasse 4, verwirrte sich in dem Zwirn größenwahnsinniger Gedanken und erklärte, Solneman zu sein. Er schickte seine Frau mit acht Kindern aus der Wohnung, verbarrikadierte sich und malte das neunte Kind, seine älteste Tochter, schwarz mit Tinte an. Sie war die Negerin und mußte nackt gehen. Die beiden Hauskatzen stellten abwechselnd jedwelches Getier dar. Er hatte sich eine Larve geschneidert, trat verhüllt ans Fenster, turnte um die Fensterkreuze und leerte seine sämtlichen Knopfschachteln über die aufkreischende Menge. »Gold!« schrie er. »Blaues Gold, grünes Gold, schwarzes Gold! Meine Banken in Kalifornien, Pernambuko, Senegambien und Ohio haben dessen mehr. Das blaue zu Timbuktu, das grüne nur in Malta, hei! und das schwarze wohl in Bern!«

Die Polizei hatte längere Zeit zu kämpfen mit ihm. Er ward endlich gefaßt, in eine Irrenanstalt gebracht und auf städtische Kosten mit Solnemanschem Gelde dort verpflegt. Die Frau bezog von der Stadt eine Pension; die schwarzbemalte Tochter kam in eine Besserungsanstalt.

Solneman zeigte sich wieder – kaum hatte der Wahnsinn,

ihn zu sehen, nachgelassen – auf der breiten Bahn der Mauer. Er ging in seiner schwarzen Larve und schien etwas zu erspähen, zu erforschen, zu beobachten. Oft beugte er sich über die Brüstung, betastete den Stein – beugte sich weit hinab, befühlte das Gemäuer. Das hatte sich allmählich, ohne daß man recht darauf geachtet hätte, mit einer gallertartigen Masse überzogen, die glashart wurde. Die Masse schien langsam von der Fahrbahn oben herabzurinnen und unterwegs zu erstarren. Sie trug sich überall ziemlich gleichmäßig auf. Den Bildern schadete sie nicht, denn sie war kristallklar und wirkte nicht auf die Farbe. Auch die Schlingpflanzen trotzten ihr: sie stiegen darüber hinweg; und der Kleister beließ in seiner sonst so glatten Fläche kleine Unebenheiten, in denen die Ranken Fuß faßten und weiterkletterten. – An den meisten Stellen schien die Masse ein paar Finger dick zu werden, niemals floß sie weiter als bis an den Fuß der Mauer. Sie war härter als Glas, denn ein Diamant ritzte, wie die Probe ergab, den rätselhaften Überzug nicht. Der Diamant wurde dabei beschädigt.
Diese Mauer: schon glaubten die einen, sie beherberge Verbrechen, andere vermuteten hinter ihr ungeheure Lustbarkeiten verborgen. Wußte man, was durch die zwanzig Möbelwagen eingeschmuggelt worden war? Vielleicht ein ganzer Harem – Kinder vielleicht. Manchmal war es, als flöge über das haushohe Gestein vielstimmiges Lachen, Weibergekreisch. Waren das immer nur die Möwen, die so schrien? Schwer zu glauben. Hätte man nur hinübergelangen können – böse Dinge wären offenbar geworden! Wegen dieser Dinge hätte man den Herrn und sein sauberes Handwerk gewiß lahmlegen können. Aber man war ja matt gesetzt, man mußte dulden, daß mitten in der Stadt Verruchtheiten geschahen.

Einige gab es auch, die glaubten, es müsse jenseits der Grenze das Rätsel des Lebens gelöst schon der ganzen Menschheit harren. – Ein junger Mann kniete nachts weinend auf der Straße, das Gesicht gegen die getürmten Quader gehoben. »Drüben ist der Friede«, schluchzte er. »Ruhe, heiteres Leben ist dort, Glück und Liebe. Tag ist dort, ewiger Tag. In mir ist Nacht.« Er fühlte sich als ein Ausgestoßener. Nirgends war zu weilen sinn- und wertvoll, nirgends als dort drüben!

Solneman schien zufrieden mit seiner Prüfung der Mauerbeschaffenheit. Er vergnügte sich wieder sportlich: ritt auf seinem zweihöckerigen Kamel, abwechselnd auf dem großen und auf dem kleinen Elefanten. In schwindelnder Höhe sah man ihn in bunten Kostümen – und immer verlarvt. So sehr verlarvt und in so weiten, körperverhüllenden Gewändern, daß man sich wieder fragte, ob es vielleicht die Negerin sei. Das Ausmaß der Gestalt besagte nichts, denn die Entfernung täuschte ebenso wie die verdeckende Brüstung und das weite Gewand. Manchmal am hellen Tage starrte die Gestalt im Burnus – im roten Seidenmantel – oder im grünen Hemd stundenlang in die belebte Straße – unbeweglich. Schon glaubte man eine leere Maske hohnhaft aufgestellt dort oben, ein paar Tücher über einen Kleiderständer gehängt – bis auf einmal ein Arm sich hob, ein paar langsame Schritte getan wurden, ein Haupt wieder gegen die Straße sank. Die Gestalt sah aus, als möchte sie hinunter, als wünschte sie – *ersehnte* sie Gemeinschaft mit denen dort unten – mit den Menschen, die bösartig emporblickten – – aber als halte sie irgend etwas Unerklärliches zurück.

Nachts ging sie auch um, diese Gestalt. Sie beschäftigte sich damit, auf der Balustrade zu balancieren – ein halsbrecherisches Kunststück. Menschen sammelten sich an auf der

Straße. Gierige Augen sogen sich an dem Schwebenden fest. Wird er nicht am Ende stürzen? Möchte er doch! Jetzt – er schwankt sehr, er greift mit beiden Armen aus, flattert mit ihnen wie mit Flügeln, steht nur auf einem Bein – ein ungeheurer Vogel im Dunkeln, der sinnlose Tänze vollführt. – Nein, er fällt nicht. Wie schön wäre es doch, wenn er hier vor uns niederstürzte – krachend auf die Straßensteine. Man könnte die Maske ihm vom verfluchten Gesicht reißen, man könnte ihn sehen, sehen, sehen – könnte ihn anfassen, den Zuckenden – Verröchelnden, und die Gewißheit mit nach Hause nehmen: er war aus Fleisch und Blut – war nicht *mehr* als wir, auch ihm hat ein Sturz aus dreißig Meter Höhe schlecht bekommen müssen. – Aber der dunkle Vogel tat ihnen nicht den Gefallen, zu stürzen. Alles blieb, wie es war.

Der große Tag

Bis eines Tages die große Stunde kam! Die Stunde, da Solneman sich larvenlos auf der Mauer zeigte. Auf dem kleinen Elefanten ritt er, deutlich konnte man seinen blauen, agraffengeschmückten Turban erblicken, und sein Gesicht – sein Gesicht war nackt. Feldstecher nahm man zur Hand – in welch einen Abgrund von Scheußlichkeit blickte man! Er schien eine Nase zu haben, so lächerlich klein, daß sie auf die Entfernung ganz verschwand. Der blaue Turban warf scheußliche blaue Schatten auf feiste Wangen. Sein Mund stand offen – starr und groß – gelähmt im Kinnbackenkrampf. Das ganze Gesicht glänzte, wie mit Butter eingerieben, triefend von Fett. – Man war wie erlöst, man lachte, freute sich aufrichtig über den Anblick, bedauerte behaglich dies armselige Monstrum, das weit mehr komisch als unheimlich aussah, und konnte sich kaum satt sehen an der Entschleierung dieser Lächerlichkeit. Halb war man versöhnt, eine joviale Stimmung lag über der Straße. Solneman selbst schien bedrückt. Er verbarg seine Blöße nicht, aber oft drehte er seinen Beobachtern scheu den Nacken zu. Einmal nur umritt er die Mauer, dann verschwand er.

Das Ereignis sprach sich herum in der Stadt. Die Menschen strömten zum Park, aber an diesem Tage zeigte er sich nicht mehr. Am nächsten Morgen jedoch zur selben Stunde wie tags vorher kam er wieder. Man hatte sich das erwartet, und man war auf seinem Posten. Die dem Herzen der Stadt zunächst gelegene breite Straße längs der Mauer war mit aufwärts spähenden Menschen vollgestopft – die Fenster der Häuser, die Balkons waren ausgefüllt mit Köpfen. Er ritt den großen weißen Elefanten. Er drängte das Tier nahe an die Brüstung, dorthin, wo die Menge am dichtesten stand. Er hielt still. Man glaubte, er wolle reden, und spitzte die Ohren. Aber er sprach nicht. Er hob den Arm – und nahm plötzlich sein Gesicht in die Hand. So sah es aus. Am Kinn packte er sich und schwenkte diese fettigen Züge seitlich. Dort aber, wo das Gesicht gewesen war, dort schwieg wieder die wohlbekannte schwarze Larve. Und was er in der Hand hielt, war eine Maske aus lackierter Pappe, grell bemalt, wild und widerlich geformt. Er zerknickte und zerpflückte diese Pappmaske mit gespreizten Fingern – allen deutlich sichtbar – und ließ die einzelnen Stücke, die kleinen Fetzen, hinunter auf die vielen Köpfe flattern.

Alles schwieg, von Verwirrung ganz geschlagen – bis man begriff: sein Hohn gegen die Menge – gegen uns –, seine

grenzenlose Verachtung für uns hier unten wird offenbar in dieser Schelmentat! Er trieb Schindluder mit ihnen. Entrüstung brauste zu ihm hinauf, gellende Pfiffe der Wut und Aufstachelung, Gassenjungen warfen mit Steinen nach ihm, Spazierstöcke flogen lächerlich niedrig, ein Revolverschuß fiel wie ein aufreizender Peitschenschlag in den Tumult. Einer schämte sich vor dem anderen, haßte beinahe den anderen, weil jeder den anderen klein gesehen, als Opfer eines unbedenklichen Schurken gesehen hatte – und doch waren alle einig in dem Wunsche, den dort oben zu züchtigen, ihn zu vernichten. Man warf sich gegen die Mauer. Ohnmächtig tobten die Menschen gegen die Bilder, gegen diese sinnlosen scheußlichen Malereien, ohne ihnen schaden zu können. Die Schirme, die Stiefelabsätze, die Fäuste zerschlugen sich an dem harten kristallklaren Überzug. Und die Schutzleute brüllten und zogen blank, indes der, dem zuliebe das alles geschah, seinen Elefanten langsam rückwärts gehen ließ und sich ruckweise den vor Wut brechenden Augen der Genarrten dort unten entzog.
Was ihm zuleide geschah, war nur, daß die Polizei ihm einen Strafzettel übermittelte: wegen Erregung eines öffentlichen Ärgernisses, verbunden mit einer Verkehrsstörung. – Er bezahlte prompt.

Der Mann in der Mauer

Die Empörung, wenn sie auch äußerlich nachließ, wurde noch allgemeiner in der Stadt durch einen Zwischenfall, für den Solneman doch keineswegs verantwortlich gemacht werden konnte. In der Nacht nach jenem Massensturm gegen die Mauer versuchte ein junger Mann dieses steinerne Hindernis zu überwinden und Solneman einen Besuch abzustatten. Er mußte keine guten Absichten gehegt haben, denn als er schwerverletzt in das Krankenhaus eingeliefert wurde, fanden sich in seiner Tasche zwei Schlagringe, eine Stinkbombe und ein großer Pfropfenzieher.

Der junge Mann hatte seinen Plan auf die Schlingpflanzen gebaut. An einer Stelle der Mauer, stadtabgewandt und am Fluß, waren sie besonders üppig emporgerankt, vielleicht durch die Wassernähe so sehr in ihrem Wachstum befördert. Sie reichten hier schon bis an die Brüstung, überkletterten diese fast. Einem kühnen und gewandten Turner mochte es gelingen, hier in die Höhe zu kommen. War er nicht allzu schwer, so hielten wohl auch die Ranken, bis er einen Vorsprung der Brüstung fassen konnte. An diese Ranken, die solcherweise flinken und leichten Muskeln Eingang in den Park schaffen konnten, hatte der kluge überlegene Solneman offenbar nicht gedacht. Mit ihrer Hilfe sollte er überlistet werden.

Der junge Mann machte sich mit zwei Freunden bei tiefer Nacht auf den Weg. Außer den Gegenständen, die man im Krankenhaus später bei ihm fand, trug er nur noch ein langes Seil über Brust und Rücken gerollt bei sich.

Die Gegend war menschenleer. Kein Schutzmann drohte Schwierigkeiten zu machen. Der junge Mann begann die Kletterarbeit. Sie gelang, die Ranken trugen ihn, er schwang sich über die Brüstung und entschwand den Augen der unten harrenden Freunde.

Nun mußte das Seil ihm weiterhelfen. Aber da gab es gleich Verlegenheiten, wie der Jüngling später erzählte, denn auf der Gartenseite der Mauer – wie auch auf der nach der Straße – fanden sich keine Befestigungspunkte für das Seil.

Die glatten Brüstungen wollten es nirgends halten. Er mußte es in das zähe Geschlinge der obersten Ranken knüpfen, so gut es ging. Dabei sahen ihn seine Freunde noch einmal, wunderten sich über sein Auftauchen, riefen ihm aber nicht zu. Und auch er hantierte schweigend und lautlos.

Dann verschwand er abermals. Und die beiden warteten. Und schneller, als sie gedacht hatten, meldete er sich wieder. Sie sahen ihn nicht, aber sie hörten ihn. Er schrie. Über die Mauer herüber, wohl schon aus der Gartentiefe, kam sein Gebrüll: sehr laut, sehr angstvoll und sehr jämmerlich. Die beiden Wartenden lauschten entsetzt. Helfen konnten sie nicht, also liefen sie planlos zehn Schritte – und horchten wieder. Das Geschrei war verstummt. Die beiden überlegten schon zähneklappernd, ob sie zur nächsten Polizeiwache stürzen oder die Feuerwehr alarmieren sollten – da erschien jemand an der Brüstung und warf das freie Ende des Seiles im Bogen hinunter. Es war der junge Mann. Er stieg mühsam und stöhnend – man hörte es durch die totenstille Nacht – und dennoch hurtig, wie ein Blessierter, der Eile hat, aus Feindesnähe zu kommen, über das Geländer und ließ sich am Seil herabgleiten, beinahe sausen – sehr schnell. Die Hände verloren die Haut. Unten fiel er zusammen, die Freunde fingen ihn gerade noch auf. Er blutete, beide Beine bluteten, und die Hosenschläuche waren zerfetzt.

Die Freunde lallten: – wo – und wie – und warum. Sie nahmen den Halbtoten zwischen sich und trugen ihn fort. Da sahen sie plötzlich noch, daß jemand – wie aus der Erde lautlos gewachsen, wie vom Himmel herabgeschlichen – an der verfluchten Mauer lehnte und sie anschaute: ein kleiner Mann mit einem Kindergesicht, halb traurig, lustig halb. Eng war er an das Gestein geschlossen, fast wie ein Relief.

Er schien wie ein Teil der ganzen ungeheuren Mauer; er atmete wohl, dennoch war er Stein. – Oder atmete er doch nicht? War er nur ein Bild, eines der vielen Gemälde, das die Nacht jetzt verzerrte – dem die Dunkelheit ein trügerisches Leben verlieh? – Die beiden standen festgebannt und schauten – mit dem wimmernden Stumpfsinnigen in ihrer Mitte, der nichts bemerkte und ihnen schwer in den Armen hing.

Da war es, als nehme das Relief für einen Augenblick an schauerlicher Rundung zu, als schmölze der Stein weg hinter ihm, als stehe es frei. Wankte die Mauer zurück – oder glitt das Bild vorwärts? Irgend etwas bewegte sich entsetzlich rätselhaft – ohne doch die Phasen der Bewegung zu verdeutlichen. Oder wurden die Zuschauer selbst bewegt? – und wußten es nicht? Irgend etwas glitt – schob – rollte sich. Sie selbst? Aber nein – griff das Auge nur fest und unverwandt zu, so war alles dauernd und starr. Doch – sowie die Blicke flüssiger wurden, floß auch Das dort, wogte, schwankte. Und nun hob jemand entsetzlich langsam die Schultern – oder verdunkelte nur ein Schatten den Mond? Glitt nur Bewegung *über* die Gestalt hin? nicht aus ihr heraus? – Wo war die furchtbar geheimnisvoll treibende Kraft? Wo der Quell dieser herzzerkrampfenden, unfaßbaren Veränderungen? Dieser teuflischen – ?

Da gleißte plötzlich das Gesicht der Erscheinung auf, ganz weiß, ganz verwischt, zerfressen von bösen Monddämpfen, hüpfte vor, duckte sich zurück – verwehte stumpf mit einem Male, blauschwarz in das Gemäuer, aufgesogen zusamt der Figur . . .

Das Grausen riß die beiden herum – hinweg von diesem Nachtgeschehen. Sie klapperten und schleiften sich und den Verwundeten durch tote Straßen, so schnell ihre Last es

ihnen erlaubte. Ihre Schatten stürzten und kugelten stumm vor Entsetzen vor ihnen her . . .
Erst in der Klinik vermochte der junge Mann zu erzählen: Er habe sich also auf der Gartenseite hinuntergelassen – unbedenklich, wenn der Abgrund auch in die tiefste Finsternis führte. Langsam hinunter. Der Weg sei endlos gewesen. Er habe schon gefürchtet, die Länge des Seiles genüge nicht, und inständig gehofft, nun endlich unten anzukommen – da sei ein Knurren zu ihm emporgewachsen – kaum menschlich, eher schon tierisch, und gleichzeitig sei jemand zu ihm emporgesprungen und habe mit zehn Messern zugleich auf seine Beine losgestochen. Da sei er zurück und hinauf mit der Kraft der Verzweiflung und auf der anderen Seite wieder hinunter – wie, das hätten sie selbst gesehen.
Der junge Mann verstummte und ließ sich die Beine in Watte und weiße Binden wickeln.
Der eine der Freunde, der Jurist war, sagte nach einigem Schweigen – und er sagte es gemessen, wenn auch mit versteckter Erschütterung: »Dennoch hast du, Hermann, eine große Tat getan. Nun ist das Maß dieses Scheusals hinter der Mauer voll. Dein Eindringen war ungehörig, gewiß. Trotzdem darf kein Grundstückseigentümer dergestalt seine Rechte wahren. Jener hat ein Abwehrmittel gehandhabt, das unter allen Umständen verwerflich ist. Er ist ein Verbrecher. Das Gesetz wird ihn zur Verantwortung ziehen und muß ihn verurteilen. Wir sind ihn los. Ich gratuliere dir, Hermann, zu deinem Erfolg.«
Hierauf ließ man den Verletzten allein; er bekam ein Schlafmittel und verbrachte eine leidliche Nacht.
Am nächsten Morgen fand man vor der Mauer bei dem Bilde: »Die Durchkreuzten« – von Verständnislosen mit

dem seit Jahrhunderten so geläufigen Titel: »Die Gekreuzigten« fälschlich belegt –, vor diesem Bilde fand man ein kleines Tischchen, wie es die Zauberer auf der Bühne verwenden, ein leichtes Tischchen mit vergoldeten Beinen und einer roten Plüschdecke. Darauf lag, behutsam in die ehemalige Form gebracht, ein sehr mitgenommener Hut, der äußerst schmutzig gewesen sein mußte und, so gut es ging, ausgebürstet war. An dem Hut stak eine Visitenkarte, auf der stand zu lesen:

»Sie haben dieses Kleidungsstück heute nacht bei mir vergessen, Herr Hermann Hagedorn. Erstatte es Ihnen hiermit zurück. Meine Tigerin liebt keine Nachtbesuche. Ist ihr peinlich, wenn man von der Mauer aus in ihren Zwinger klettert. Kommen Sie lieber mittags zwölf Uhr. Dann hat sie gespeist und ist guter Laune. Hciebel Solneman.«

Also: mit der Verantwortung vor dem Gesetz und mit der Vernichtung des Mannes im Parke war es nichts.

Die Benzinkanne

Einer der wenigen, die noch zu Solneman hielten und an seiner Art Vergnügen fanden, lachte und sagte: »Er hätte gewiß an jener einen, einzigen Stelle die Schlingpflanzen nicht so hoch wachsen lassen, hätte er nicht gewußt, daß auf der anderen Seite die Tigerin lauert. Er hat ganz richtig überlegt, daß, wer da hinaufsteigt, nicht erst einen Spaziergang auf der Mauer macht, sondern ohne viel Federlesens querübergeht und hinuntersteigt – mitten in den Rachen des Strafgerichtes.«

Die Menge aber sagte: »Absichtlich hat er an jener Stelle die

Ranken so hoch gezogen, der Teufel: um Ahnungslose zu verlocken, überzusteigen. Es ist schmählich, daß das Gesetz keine Handhabe bietet, ihm auf den Leib zu rücken.«

Übrigens sahen Spaziergänger, deren viele in den nächsten Tagen jene verwünschte Mauerstelle aufsuchten, nach den vertrockneten Blutspuren forschten, die Zähigkeit des Schlinggewächses prüften, die harte Glätte des Gesteins abtasteten – sie sahen hoch oben die Ranken abgehackt. Bis zu drei Meter unter der Brüstung mußte Solneman sie nächtlicherweise gekürzt haben.

Er selbst nahm seine Autofahrten wieder auf. Die Negerin saß neben ihm; zuerst lenkte er, später war sie am Steuer. Der Wagen fuhr langsam, eine ganze Woche lang, und man fragte sich, weshalb dem Unberechenbaren auf einmal nun dieses Getrödel Spaß machte. Aber dann steigerte sich von Tag zu Tag die Geschwindigkeit, schließlich fuhr die Negerin wieder allein in einem Gefährt, das die dem anderen entgegengesetzte Richtung hatte. Und zuletzt jagte sie, ganz wie in früheren Wochen, in ihrem Rennwagen Solneman entgegen und war wie früher angetan mit Sturzhelm und rosa Kattun. Aber die Menschen im dritten Stock der Häuser am Park – sie, die den fahrenden Gestalten am nächsten waren – wollten bemerken, daß die Negerin ganz außergewöhnlich lange Arme hatte und daß die Arme dicht und lang behaart waren. Sollte da einer der großen Menschenaffen zu dem Kunststück des Automobilfahrens von Solneman abgerichtet worden sein?

Man wußte es nicht. Dauernd wußte man nichts von ihm und seinem eigentlichen Treiben. Ein halbes Jahr hauste er nun schon in seinem Park – und man war so klug wie am ersten Tag und hatte wenig Hoffnung, daß es anders werden könnte.

Das wurde dem Leutnant von Eckern-Beckenbruch zu dumm – von der Fliegerabteilung. Er faßte einen Entschluß, mit dem er gleichzeitig eine Wette verband. Er verpflichtete sich eines Abends im Kasino, als die vier Jüngsten beieinander saßen, dem amerikanischen Dollaronkel einen Besuch abzustatten. Zwar nicht zu Fuß in den Park zu dringen, wohl aber diesen zu Fuß zu verlassen und sich bei der Gelegenheit alles genauestens anzusehen.
Wie er das machen wolle, ward er gefragt. – »Ohne Präliminarien«, erklärte er. »Ich deichsle ganz einfach eine kleine Notlandung auf seinem Gebiet. Die muß er dulden, dagegen kann er nichts einzuwenden haben. Diesem separierten Parkfritzen wollen wir's doch einmal zeigen. Sollte er ungemütlich werden: mein Revolver hängt ja am Hosengurt.«
Übrigens hatte schon früher einmal eine Gesellschaft von kühnen Luftschiffern versucht, im Freiballon über Solneman hinwegzufliegen. Der Plan war der großen Menge ebenso vorenthalten worden, wie der Leutnant nun den seinen geheimhielt. – Wochen hindurch hatten die Luftfahrer damals alles in Bereitschaft und warteten nur auf günstigen Wind. Aber als habe der Teufel seine Klauen in dem Handel: wenn der Himmelsraum nicht windstill ruhte, was meistens der Fall war, wehte ein östlicher, ein nordöstlicher – immer ein unbrauchbarer Wind. In der vierten Woche unterzog man sich der Mühe, den Ballon nachts und geheim um die ganze Stadt herum in ein östlich gelegenes Dorf zu schaffen. Da regnete es den folgenden Tag und die nächsten Wochen, und westliche Stürme brachen los. Aber endlich kam doch ein Mittag, der günstige Luftströmungen brachte. Die wenigen Eingeweihten nahmen Abschied von den Fahrern als von Männern, die einem fast sicheren Tode

entgegengingen. Die Waghalsigen wollten photographische Aufnahmen machen und gedachten, falls Revolver- oder Gewehrkugeln zu ihnen heraufpfeifen sollten, durch eine sinnreiche Erfindung gegen den Feind sich zu schützen. Sie hatten nämlich einen mächtigen Zerstäuber an Bord (Reichspatent, unter dem Namen Ilosierflatulator), durch den sie binnen weniger Sekunden eine riesengroße mehlige Nebelwolke erzeugen konnten, die sie den Blicken des Angreifers entzog, in die gehüllt sie dahinflogen, sorgsam wie in Watte verpackt. Aber diese milde Maschine sollte sich nicht betätigen, so wenig die Photographenkästen schnurren sollten – so wenig überhaupt irgend etwas geschah. Denn kaum war man in der Nähe der Mauer, so bockte das Fahrzeug wie ein Pferd vor der Hürde – wie die Ballons an den Wasserscheiden. Die Fahrer klebten am Platze, wurden schließlich die Mauer entlang getrieben, nördlich, dann wieder zurück und südlich – immer ganz nahe dem Ziel ihrer Wünsche, niemals an dies Ziel gelangend. Nach zwei Tagen mußten sie herunter, an genau demselben Platz, an dem sie aufgestiegen waren. – So endete diese Unternehmung. Wer hatte seine tückische Hand im Spiel gehabt? Sah es nicht wirklich aus, als hätten dunkle Kräfte gewaltet? Nun – man wollte nicht abergläubisch sein, aber man mußte sich wehren gegen mancherlei Gedanken . . .

An einem schönen Morgen also stieg der Leutnant auf. Nur zwei der Anwesenden wußten um das eigentliche Ziel seiner Fahrt. Sie drückten ihm schweigend die Hand und sahen ihm bewundernd nach. Alles ging gut. Er überflog, um ja kein Unrecht zu begehen, in vorgeschriebener großer Höhe den Park, bis er eine zum Niedergehen geeignete Wiese ausgekundschaftet hatte. Dann wußte er es so einzu-

richten, daß die »Notlandung« sich auf ihr vollzog. Die Wiese war gemäht, das Heu schon eingebracht, denn der Sommer ging zur Neige. Die Räder sprangen über kurzes Gras und standen still. Gerade überlegte der Leutnant, herabkletternd, nach welcher Richtung er wohl am besten ginge, als aus einer nahen Baumgruppe ein Mensch sich löste und auf ihn zukam. Der Mensch trug die stadtbekannte schwarze Larve und ein grünschillerndes leichtes langes Gewand. Die schwarze Larve verbeugte sich obenhin, jedoch nicht unhöflich, nickte auf des Leutnants Frage, ob er der Herr des Gartens sei, und nahm die scharfgezackte Vorstellungsverbeugung v. Eckern-Beckenbruchs wohlwollend entgegen. Unter Schweigen hörte die Larve dann die glatt vorgetragene Geschichte von dem plötzlichen Versagen des Motors und von der Dringlichkeit einer Notlandung mit an und zeigte Bedauern und eine sehr genaue Kenntnis von Flugmaschinen und Motoren.
Der Motor sei schwer beschädigt, erklärte der Leutnant. Er müsse in die Stadt, Hilfe holen, und – so leid es ihm tue – für seine Maschine vorerst die Gastfreundschaft von Herrn Solneman in Anspruch nehmen. Auf welchem Wege er wohl am besten stadteinwärts aus dem Park käme?
Aber Solneman versprach, seine Erfahrungen in der Aviatik zur Verfügung zu stellen. Er meinte, man solle nicht gleich den Mut verlieren, und begann flink an dem großen Vogel herumzustreicheln und zu drehen, so daß er unter seinen helfenden Händen alsbald wieder Leben zeigte.
Der Leutnant zuckte die Achseln, verbarg seine Wut hinter dreifacher Korrektheit und erklärte, es fehle an Benzin. Deshalb müsse er den Apparat nun doch hier stehen lassen, aus dem Parke sich zu Fuß entfernen und in der Stadt Brennstoff beschaffen.

Solneman hörte sich auch dieses freundlich an – und dann geschah das Wunder, daß er zehn Schritte beiseite und hinter einen Baum trat und mit einer Kanne voll Benzin zurückkehrte. Er habe den Herrn Leutnant in der Luft beobachtet und für alle Fälle sich vorgesehen.
Von Eckern-Beckenbruch giftete sich so, daß er nun schon kindisch erklärte, er wisse nicht, wie man den Behälter nachzufüllen habe; das sei keine Arbeit für ihn.
Solneman stieg, leise, aber hörbar lachend – und der Leutnant dachte, fahl vor Wut, an seinen Revolver – in das Gestänge und speiste das ohnehin gefüllte Reservoir. Er kam herab und setzte die Kanne beiseite. Erklärte dann: Nun fehle nichts mehr zum Aufstieg, alles sei in Ordnung. Habe ihn gefreut, dem Herrn Leutnant erfolgreich behilflich sein zu können. Der möge jetzt nur seinen Führersitz einnehmen; er werde schon die Schraube anwerfen.
Und dem Krieger blieb nichts anderes übrig, als sich an die Hebel zu setzen und den Vogel über die weite Wiese laufen zu lassen. Als er, schon in der Luft, einen Bogen beschrieb und noch einmal an Solneman – über ihm – vorbeikam, winkte der mit zwei Fingern zu dem verärgerten Geknatter hinauf. Drohte er vielleicht mit zwei Fingern? –
»Aber warum hast du denn nichts gesehen und hast nun deine Wette verloren?« fragten am Abend die vier Kameraden. »War denn gar nichts Sonderbares in Augenschein zu nehmen?«
»Nichts«, entgegnete mürrisch der Leutnant. Und er hatte in der Tat keine Merkwürdigkeiten erspäht, sei es, daß ihm nichts bemerkenswert erschienen war oder daß er das Unglück gehabt hatte, auf einer dem eigentlichen Dasein Solnemans fern gelegenen Wiese zu landen – jedenfalls war ihm nicht das kleinste aufgefallen, das nicht in den Rahmen

eines jeden anständig geführten Parkbetriebes glatt hineingepaßt hätte. So versicherte er.

Majestät

Der Herbst kam. Er brachte das bunte Sterbekleid mit für Bäume und Sträucher. In manch eines Brust stieg die Sehnsucht auf nach den Farben des Laubes im verlorenen Park. Am See war eine Stelle, da spiegelten uralte Kastanien sich, große Buchen bluteten in das Wasser – nirgends wie dort waren die Farben so jäh und köstlich. Konnte man denn wirklich nicht hingehen und sich das anschauen? Nie mehr? Vielleicht starb man *vor* diesem Ungeheuer – dann konnte man also nie mehr sich aufmachen und diese Herrlichkeiten genießen. Man war wie verbannt – als habe man ein Paradies verloren.

Wenn die Stadt mit Nebel überzogen, von Regen durchnäßt war, fühlte mancher sich versucht, zu glauben, jenseits der unmenschlichen Mauer sei das Wetter anders. Freundlicher dem Leben gesinnt; ein trockener und reiner Himmel, ein heiterer Wind. »Eine Sonne, zehnmal klarer und gütiger vielleicht als die, welche manchmal – ach, wie selten – uns leuchtet. Eine Luft, in der sich leichter atmen läßt – gütige Sterne, nicht die unerbittlichen, die hämisch über uns gleißen, und ein sanfter Mond, nicht, wie bei uns, ein kaltes weißes Licht, das tückisch um Hausecken schielt und giftig in Schlafzimmer sickert – den unselig Träumenden auf die Bettdecke.

Sind das Kindereien? Vielleicht; ja – gewiß. Aber nachprüfen lassen sie sich nicht. Niemals. Niemand kann hingehen und sich überzeugen: ob in diesen Herbsttagen dort drüben kein Nebel drückt und kein Regen trostlos macht – ob Sonne, Mond und Sterne gefälliger arbeiten, ob alles versöhnlicher gestimmt ist. Niemand kann hingehen. Auch ich nicht. Niemand darf hinein – zu den Kindereien. Also sind es am Ende doch keine?«

Die Buntheit des Parkes, der die gefühlvollen Städter entsagen mußten, ward ersetzt durch eine plötzliche aufschießende Buntheit der Stadt; sie begann zu blühen und zu gleißen. Denn, seit der Park verkauft worden war – zum ersten Male seit jener Zeit, kamen Majestät wieder zu Besuch in die Stadt. Anläßlich der Einweihung der dreiteiligen Viktoria. Da es galt, auch noch ein Säuglingsheim, eine Ölgemäldefabrik und das neue Gefängnis zu besichtigen, so blieben Majestät drei Tage in der Stadt.

Diese fabelhaft auszuschmücken, ging man mit Solnemanschem Gelde an die Arbeit. Zum ersten Male trug jene Grundstücksentäußerung bemerkenswerte Früchte. Man holzte Wälder von Tannenbäumen ab und ließ das Grün wieder zauberhaft an den Häusern emporwachsen. Die Fahnentuch- und Goldlitzenfabrikanten wurden über Nacht steinreiche Leute. Der Vorrat an Silbertinkturen ging im ganzen Lande auf die Neige. An jeder Straßenkreuzung jubelte ein Triumphbogen. Gewaltige Postamente mit Pechpfannen für Gasbeleuchtung standen trotzig, doch untertanentreu mitten im fieberhaft großstädtischen Verkehr. Sie verursachten Straßenbahn- und Automobilunfälle, weil sie den freien Blick über die Wege zudeckten – aber der überfahrene Bürger hätte seine Augen besser aufmachen sollen; mit Majestät war eben nicht zu spaßen.

Ein paar Tage bevor Majestät ankamen, lief ein geheimes Handschreiben für den Oberbürgermeister ein, worin diesem ein Wunsch, mehr schon ein Befehl übermittelt wurde,

der ihn mit starker Sorge erfüllte: Majestät wollten Solneman beaugenscheinigen. Nicht nur das Gefängnis, die Ölgemäldefabrik und das andere. Majestät wußten wohl von den Eigenheiten jenes Mannes, schienen aber doch nicht zu ahnen, wie gänzlich abgeschlossen der Sonderling lebte. Man wünschte zwar keine persönliche Vorstellung, aber man wollte doch eine Situation herbeigeschafft wissen, in welcher der oberbürgermeisterliche Finger etwa flüchtig in eine Ecke deutete mit der leisen Erklärung: »Wenn Majestät geruhen – dort steht Hciebel Solneman.«
Bock, als er den Brief gelesen hatte, lachte ein wenig und betrübt, durchaus respektvoll: »Also, auch Majestät leiden an dieser fressenden Neugier, welche schon die ganze Stadt in ein wütendes Fragezeichen verwandelt hat.«
Dann bedachte er näher einen Vorfall, der sich vor einigen Wochen zugetragen hatte und der ihm beim Empfang des Briefes gleich eingefallen war. Aus jenem Vorfall gebar sich vielleicht die Möglichkeit, den allerhöchsten Wunsch zu erfüllen. Dem Bürgermeister war nämlich zu Ohren gekommen, daß – zu Ende des Sommers – *ein* Mensch den Solneman von Angesicht zu Angesicht gesehen hatte – mitten in der Stadt – in einem öffentlichen Gebäude! Dieser eine Mensch war ein Kassierer vom Steueramt. Der hatte eines Abends – ganz verwirrt noch und stockend – beim Bier erzählt: Am Nachmittag sei ein Mann mit einem Steuerzettel vor ihm erschienen, und auf jenem Zettel sei die Steuerschuld des Herrn Solneman verzeichnet gewesen. Anstandslos und gleichmütig habe der Mann die ungeheure Summe hingezählt, und er, der Beamte, habe den Empfang bescheinigt. Da sei nun aber noch eine Unterschrift zu geben gewesen, und als der Beamte erklärt habe, hier müsse Herr Hciebel Solneman eigenhändig seinen Namen hinset-

zen, da habe der fremde Mann gesagt: »Weiß schon. Her damit. Bin es selbst!«, die Feder ergriffen und steile, unverkennbar echte Buchstaben darunter gemalt. – Auf diesen Bericht hin waren alle über den unvorsichtigen Erzähler hergefallen: er möge beschreiben, doch schnell beschreiben, wie jener aussähe – jener, den keiner sonst noch ohne Verhüllung gesehen habe.
Der Bürgermeister hatte sich den jungen Mann kommen lassen und mit ihm geheim unterhandelt. Aber da stellte sich heraus, daß der dumme Mensch mit Blindheit geschlagen war und so wenig zu sagen wußte wie früher die ausgehorchten Arbeiter.
Wo er denn seine Augen gehabt habe?
Er habe sie gesenkt gehalten und zu erheben nicht gewagt, ganz überwältigt von der gefährlichen Nähe dieses Großen.
Ob ihm denn nichts, gar nichts in der Erinnerung geblieben sei von dem Äußeren des Mannes? Er habe doch vor der Entdeckung, Solneman gegenüberzustehen, die Augen jedenfalls nicht niedergeschlagen gehabt, wie?
Aber der Gefragte stotterte nur immerfort und wußte gar nichts zu nennen: keine Krawatte, keine Haarfarbe, keine Zähne, kein Schermesser. – Er könne sich nur noch – nur noch an einen Rücken erinnern, der zur Tür hinausging; der sei braun gewesen – oder auch grau – ganz ausgeschlossen sei es nicht, daß der Rock vielleicht blau gewesen sei.
»Mensch«, hatte ein Kollege zu ihm gesagt, »war denn kein Photographenapparat in der Nähe? Wärst du ihm nachgelaufen und hättest ihn geknipst! Eine Zeitschrift wie ›Die Welt in Köpfen‹ hätte dir ihre tausend Mark gut und gern für ein solches Bild bezahlt.«
Dies war also das Erlebnis jenes Esels von einem Kassierer. An diesen Vorfall dachte der Oberbürgermeister jetzt, und

auf ihn glaubte er vielleicht einen Plan aufbauen zu können. Solneman schien ja pünktlich auf den wichtigen Ruf der Behörden zu kommen, zumal wenn es sich um die Steuerbehörde handelte. Ließ darauf nicht eine List sich gründen, wie? Man zitierte Solneman zu einer bestimmten Stunde in ein bestimmtes Bureau. Majestät warteten in einem Zimmer nebenan, sahen durch ein zu diesem Zweck gebohrtes Loch in der Tür oder traten, war Solneman da, kurzerhand in den Raum. – Ging das nicht? Es mußte sich machen lassen. Gelang es, so waren Majestät zuversichtlich so huldreich wie noch nie. Dabei konnte etwas herausspringen.

Aber die näheren Umstände! Wie erkannte man Solneman, den keiner kannte? Schließlich wollte es der böse Zufall, daß man Herrn Müller oder Meier für ihn nahm. Man mußte sich seiner unzweideutig versichern. Etwa so! Man lockte ihn zur Steuer, indem man ihm einen ungeheuren, knallgrünen – oder rosaroten – auch marineblauen Brief übersandte – ein Schreiben, so groß und hart, daß er es nicht in die Tasche stecken konnte. Derartiges von Behörden zu erhalten war doch nicht überraschend oder gar verdächtig, wie? Jeder war daran gewöhnt. – In dem Brief teilte man mit, er solle auf das Rentamt kommen und das Schreiben mitbringen; zu der und der Stunde (zu welcher: darüber mußte man noch mit dem Zeremonienmeister Telegramme wechseln) und in das und das Zimmer.

Also: Solneman kommt, und man wird wissen, der, welcher mit einem knallgrünen, auch rosaroten Wisch in der Hand – er vermag das feste Ding ja nicht in die Tasche zu stecken – in der Nähe des Steueramtes auftaucht, kann unumstößlich nur Solneman sein. Wie durch eine Fahne kündigt er sich an. Man wird alle Zugänge zum Amt unauffällig mit Spähern besetzen lassen und von einem dieser erfahren:

Solneman ist da. – Das übrige – ist in großen Zügen schon bedacht.
Der Oberbürgermeister freute sich, wie trefflich dieser Ring sich schloß. Auf einmal kamen ihm Bedenken: Konnte man es überhaupt wagen, Solneman in die Nähe von Majestät zu bringen? Kannte man ihn denn? – Sein Innerstes so wenig wie sein Äußeres! War er vielleicht ein Anarchist, ein Bombenwerfer? Wenn er auch schwerlich ahnen würde, wes hoher Atem in seiner Nähe ging, und ungekränkt und ungereizt jener List erlag – war das Ganze nicht am Ende doch gefährlich?
Übrigens: ungereizt? Irgend etwas mußte doch in dem Brief stehen, der Solneman herbeilocken sollte. Etwas, das nachher als belanglos sich herausstellte, als ein Mißverständnis oder ein Versehen. Was?
Und da kam dem Oberbürgermeister ein glänzender Gedanke: Wir schreiben ihm in dem rosaroten Brief – hierzu eignet sich diese Farbe besonders –, das Rentamt habe sich bei der Steuerveranlagung zu Solnemans Ungunsten verrechnet. Er bekomme, sagen wir, siebentausenddreihundertvierundachtzig Mark sechzig Pfennige vom schon bezahlten Gelde wieder heraus. – Da kam er gern! Und war er einmal da, eröffnete man ihm einfach, die Rechnung stimme *doch*. Da konnte er wieder gehen. Aber was erreicht werden sollte, war erreicht.
Bock war mit seinem Plan zufrieden. Seine Bedenken, Majestät in Solnemans Nähe zu bringen, ließ er wieder fallen. Standen wir nicht alle in Gottes Hut? Und jener Gottgewollte ganz besonders? Oh, alles wird gutgehen!
Majestät waren eingetroffen und sprachen gleich am Bahnhof bedeutungsvolle Worte über den Schmuck der Stadt. Es entzückte den Oberbürgermeister, daß Seiner Majestät

auch das vortreffliche Aussehen der Schutzleute und Gendarmen auffiel. Also hatte man auch dieses nicht umsonst unternommen! Man hatte nämlich die gesamte Schutzmannschaft und Gendarmerie verschönt, gleichsam verjüngt. Was irgend an der Ausrüstung der Leute von Metall war, hatte man von Grund aus erneuern lassen. Man wußte, Majestät liebten das Blitzende, und die beifälligen Reden aus Allerhöchstem Munde ließen erkennen, wie sehr Majestät es liebten. Man hatte das Richtige getroffen, man hatte klug gehandelt – mit verständnisvoller Untertanenliebe.

Im folgenden wurde die dreiteilige Viktoria enthüllt, das Säuglingsheim und die übrigen Gebäude besichtigt. Majestät hielten tapfer aus, wenn auch etwas zerstreut, und brachten die Rede des öfteren auf den sonderbaren Mann im Park, für den ein lebhaftes, Allerhöchstes Interesse vorhanden zu sein schien. Bock mußte in bezug auf Solneman so häufig Auskünfte auf Fragen geben, die er in Wahrheit nicht entfernt beantworten konnte, daß er manchmal Angst bekam über die eigenen phantastischen Behauptungen. Besonders wollten Majestät über die finanziellen Verhältnisse des sonderbaren Mannes etwas wissen und ob man nicht davon gehört habe, daß er Geldgeschäfte mache. Man sollte meinen, daß Anleihen größeren Stiles, ja allergrößten Stiles, bei diesem Nabob möglich seien. Wie er darüber denke, der liebe Oberbürgermeister? – Der entgegnete, er wisse nichts darüber –; ausnahmsweise hielt er es für geboten, in diesem Falle zuzugeben, über Solneman und besonders über seine Geldverhältnisse nicht unterrichtet zu sein, denn eine feste Auskunft konnte, sollten Majestät Schritte unternehmen, sie nachzuprüfen, was eh – ja was zu befürchten war, unangenehme Folgen haben. – Er wisse – man möge gnädigst verzeihen – gar nichts darüber. Das Solnemansche

Geld sei offenbar außer Landes angelegt. Er wisse nur so viel, daß jener alles und jedes, was man ihm anrechne, schnell und bar bezahle.
»Famose Schwäche«, hatten Majestät witzig geantwortet.

Glanzbuchstaben

Unterdessen kam jener Nachmittag heran, an welchem Solneman auf dem Rentamt erscheinen sollte. Majestät unternahmen, nur begleitet vom persönlichen Adjutanten und dem Oberbürgermeister, die etwas abenteuerlich prickelnde Fahrt. Das Volk war nicht unterrichtet, also fanden sich die Straßen leer; auch in das Steueramt kam man ziemlich ungesehen. Die Beamten dort waren allerdings seit Tagen in einer dauernd linden Erregung, denn die Gänge und Türen des Gebäudes waren geheimnisvoll ausgeschmückt worden, ohne daß sie hätten erfahren können, weshalb. Es war dies eine sinnige Tat des Oberbürgermeisters, der auch hieran gedacht und das Spannungserregende gewagt, im übrigen aber strenges Stillschweigen zu wahren gewußt hatte. Nur die Späher waren eingeweiht.
Majestät wurden sogleich in das Geheimkabinett geführt und sollten, auf Meldung vom Erscheinen des Erwarteten, in das benachbarte Bureau treten, in welches Solneman befohlen war.
Bock hatte neuerdings wieder ein wenig Angst davor, Majestät dem Solneman gegenüberzustellen. Es war wohl nicht ausgeschlossen, daß Majestät den Sonderling anzureden die Liebenswürdigkeit haben könnten. Besonders rücksichtlich der vermuteten Geldgeschäfte. Möchte dies peinlich werden? Die Frage ließ sich nicht fest verneinen,

dennoch war zuversichtlich zu hoffen, Solneman werde die für diesen außerordentlichen Fall nötige Lebensart aus wenn noch so verschütteten Tiefen seines Innern hervorgraben. Ja, vielleicht brachte ein schnelles Wort von Majestät einen durchgreifenden Umschwung in das ganze, doch recht schiefe Verhältnis der Stadt zu dem Parkeigentümer. Bock wollte sich in diesem Punkte der Zukunft und ihren guten Geistern anvertrauen.

Solneman kam ziemlich pünktlich. Er bog in die Kohlengasse und betrat das Rentamt durch eine kleine Tür. Der Rentamtmann Baldauf, der hinter der Tür auf Wache stand, entdeckte das große rosarote Schreiben, das Solneman in der Hand hielt, erst, als der Mann an ihm vorbei war. Sein Gesicht hatte er nicht gesehen. Er ging unauffällig hinterher.

Solneman erstieg Treppen. Er sah links und rechts. Etwas machte ihn mißtrauisch. Über den Türen hingen weiße Tafeln mit schwarzen Glanzbuchstaben. Er las über Zimmer 99: In Treue fest. Über Zimmer 101: Nunquam retrorsum. Über Zimmer 103: Wer auf Gott vertraut – Und immer feste um sich haut – Der hat nicht auf Sand gebaut. – – Die Eingänge zu den Zimmerchen mit der Nummer 0 waren umwunden von Girlanden, darüber stand zu lesen: Herzlich willkommen.

Da hatte Solneman genug. Auch merkte er, daß in dem feierlich stillen, erwartungsschwangeren Gebäude jemand fiebernd hinter ihm herschlich. Er zog aus der linken Tasche eine schwarze Seidenlarve und legte sie an. »Ein andermal«, sagte er und drehte auf dem Absatz um. Der Rentamtmann Baldauf überrannte ihn fast und versuchte unter Schweißausbrüchen erfolglos, den Fortgehenden zurückzuhalten. Der sagte nur noch: »Lassen Sie! Will heute

nicht. Muß gelingen, loszukommen, denn wie man mir mitteilt, hat der nicht auf Sand gebaut – der – und so weiter. Lesen Sie selbst – dort oben. Adieu.«
Baldauf ging zähneklappernd, dem Oberbürgermeister die Katastrophe zu melden. Dieser, aus dem mit Majestät versehenen Geheimkabinette tretend, hörte zu – und wußte schließlich nicht, wie er das grausige Mißlingen Allerhöchster Absichten dem schon ungeduldig Sporenklirrenden mundgerecht auftischen sollte.
»Welch ein Monstrum hat unser Gemeinwesen harmlos und nichtsahnend in sich aufgenommen«, stöhnte er und entschloß sich dann, mit Aufklärungen an den hohen Herrn heranzutreten.

Doppelgänger

Es wurde übrigens zwei Tage später wieder fraglich, ob der Mann mit dem rosaroten Schriftstück in der Hand wirklich und ganz unabänderlich Solneman gewesen war. Dieser aufsteigende Zweifel erschien beinahe unsinnig, hatte aber doch seinen wohlberechtigten Grund. Denn zu der gleichen Stunde, da der eine Solneman auf dem Gange im zweiten Stocke des Rentamtes gelassen sich verlarvte, sich umdrehte und ohne Rücksicht auf die Beschwörungsformeln des Renthauptmannes nach Hause ging – zur nämlichen Stunde ward ein anderer Solneman von der Droschke 136 auf sein Geheiß an die Mauer unter das Bild »Der Weltkörperfischzug« gefahren, wo er ausstieg und im Parke verschwand. So wenigstens erzählte der Lenker der Droschke 136, ein durchaus nüchterner und zuverlässiger Mann, seinen Kollegen, die es weiter verbreiteten.

Bock ließ, wie er – vor jenem schrecklichen Erlebnis mit Majestät – den Kassierer hatte rufen lassen, nun auch den Droschkenkutscher zu sich kommen. Da erfuhr er genauer dieses: vor zwei Tagen nachmittags vier Uhr sei an der Droschkenhaltestelle auf dem Konradplatz ein zerlumpter Mann vorbeigegangen, ein Gauner, ein Bettler ohne augenblickliche Erwerbsmöglichkeiten oder ein stellenloser Komödiant mit Schnapsnase und unrasiertem Kinn. Dieser verdächtige Bruder habe das Unglück gehabt, auf eine Bananenschale zu treten, auszurutschen und hinzufallen. Niemand sei beigesprungen, zu helfen, weil er doch so zerlumpt ausgesehen habe. Aber zugeschaut hätten viele, wie der Gestürzte ziemlich bald sich erholt und erhoben habe und, wenn auch heftig hinkend, so doch schnell auf eine – eben des Erzählers – Droschke zugehumpelt sei. Er sei entschlossen gewesen, den schmierigen Kerl vom Einsteigen abzuhalten, der aber habe ihn kräftig beiseite gedrängt und sich in die Polster geworfen. Nun habe er nicht fahren wollen aus Angst um seinen Lohn – da habe der Abgerissene in eine zerlöcherte Westentasche gegriffen, ein Zwanzigmarkstück ihm in die Hand gedrückt und barsch befohlen, in die Richtung des Parkes zu fahren. Erst ein paar Straßen weiter habe er das große Bild als Ziel genannt. Dort angelangt, sei der Fahrgast ausgestiegen, habe plötzlich eine Larve vor dem Gesicht gehabt und sich um die Taxe, die zwei Mark siebzig gemacht habe, nicht weiter gekümmert. Er, der Droschkenkutscher, habe sich über das Trinkgeld in Höhe von siebzehn Mark dreißig recht gefreut und noch gesehen, wie der Unbekannte an die Mauer herangetreten, einen Augenblick an ihr gelehnt und dann verschwunden sei. Er könne nicht sagen, wie und wo sich eine Tür geöffnet habe.

Der Oberbürgermeister versank in Grübelei. Dieser Parkinsasse fing an, nicht nur lästig, sondern auch recht unheimlich zu werden. Führte er ein Doppelleben? War er befähigt, gleichzeitig an zwei Orten zu sein? – Unsinn! Wir leben nicht im Mittelalter! – Aber einen Nachahmer und Nachäffer konnte Solneman vielleicht gefunden haben. Exzentrische Geister, wie er, waren immer eine Gefahr für psychisch widerstandslose, schwache Naturen, die dem verderblichen Reiz des Außergewöhnlichen unschwer anheimfielen. – Aber hier Nachahmer zu vermuten ging eigentlich nicht an. In dem einen Fall: wie sollte ein Nachäffer Solnemanscher Allüren weiter als bis an die Mauer – wirklich in den Park hinein gelangen? Und der andere Fall war ebenso unmöglich: wie sollte ein anderer, außer Solneman, den Ort gekannt, die Stunde gewußt, das rosarote Papier besessen haben? Da war es eher noch denkbar, daß – *mehr* Leute wie allein Solneman und die Negerin im Parke wohnten. Oder war am Ende die Negerin verkleidet, angemalt und abgerichtet auf dem Rentamt gewesen – indes Solneman auf der Bananenschale ausrutschte? Oder umgekehrt? Oder kam wirklich ein Dritter ins Spiel – und vielleicht ein Vierter? – Das wurde ja immer verworrener – und blieb sich immer gleich unmöglich. Der Oberbürgermeister gab es grimmig auf, das Rätsel zu lösen.

Ein weiteres Begebnis, welches dem mit dem Zerlumpten ähnelte und in die Reihe dieser rätselhaften Vorkommnisse fiel, kam zu Ohren Bocks. Eine elegante junge Dame – stark verschleiert, ihre Jugend ging aus ihren raschen leichten Bewegungen hervor – ohrfeigte eines Abends in der hellerleuchteten, sehr belebten Domstraße einen Jüngling, der ihr nachgegangen war und sie belästigt hatte. Der Verdutzte suchte sich zu rechtfertigen, sprach von einem

Mißverständnis, mehr empört als entschuldigend – und es sammelten sich Leute an. Da bestieg die junge Dame, um den Gaffern sich zu entziehen, den nächsten Wagen. Und auch dieser Dame Ziel war der Park, wie man später erfuhr. Auch sie verschwand irgendwo in der Mauer.
Ließ sich das alles auch nicht erklären – eines ging mit ziemlicher Bestimmtheit daraus hervor: daß Solneman, der so ganz einsam Geglaubte, öfter in der Stadt war, mitten unter Menschen – viel öfter wohl, als man annahm.

Die Einladung

Diese neue Seite in dem Dasein des Unsichtbaren wurde lebhaft von der Stadt besprochen. Bis eine Tat, unmittelbar vom echten Solneman ausgehend, aller Aufmerksamkeit ablenkte. Eine fröhliche Botschaft kam auf das Rathaus geflattert. Ein Schreiben langte an – höflich und harmlos – in den bekannten steilen Buchstaben abgefaßt, worin Solneman die städtischen Behörden, mit den drei Bürgermeistern an der Spitze, zu sich lud: Ein kleines Fest, ein Geburtstag sei zu feiern, ganz zwanglos – bitte, keine große Toilette –, morgen mittag um ein Uhr. Eingang: Ecke Boltz- und Balduinstraße, beim Bilde der Kaninchenrösterin (die von der Kritik immer mit dem Kastanientöter verwechselt wurde).
Man war aus der Fassung. Man konnte doch, nach allem, was schon vorgefallen war, nicht hingehen.
Ach was! Man *mußte* unbedingt hingehen! Wahnsinn, diese einzige Gelegenheit zu verpassen!
So? Also, man sollte sich erniedrigen und angerannt kommen, wenn der Herr zu pfeifen beliebte?

Aber man durfte sich doch diesen Glücksfall nicht entgehen lassen, um Gottes willen! Man konnte doch Einblicke gewinnen. Wenn man auch von ihm selbst nur wieder die übliche Larve zu sehen bekam – vielleicht entdeckte man doch Dinge, die es ermöglichten, ihm endlich das ganze Handwerk zu legen. Ging es gut, lieferte er sich selbst ans Messer. Es galt, in Verfolgung des Gemeinwohles Persönliches hintanzusetzen.
Aber, wenn man schon hinging – dann zugeknöpft bis über den Halskragen. Nichts als dienstliche Inspektionsreise!
Allzu dienstlich durfte man's auch nicht machen; man gewann mehr, war man umgänglich.
Nichts von umgänglich! Unbeugsam wie Eisen!
– So tobte der Kampf.
Der Oberbürgermeister hatte eine Zusammenkunft mit dem zweiten und dritten Bürgermeister. »Ich gehe nicht«, erklärte er, »ich bin verreist, bin krank, bin gestorben – was weiß ich. Sie müssen, meine Herren, morgen ohne mich auskommen. Bis jetzt bin ich immer sozusagen allein im Feuer gestanden. Ich halte mich zurück. Er hat mich neulich zu sehr enttäuscht.«
Die Einladung war so formlos, daß man eigentlich nicht wußte, wer hingehen konnte und sollte und wer nicht. Man wählte schließlich eine Schar geeigneter, nämlich umsichtiger und tapferer Persönlichkeiten aus. Man legte näher fest, in welcher Form sie dem Gastgeber gegenüberzutreten hatten. Man plante eine auf das kleinste Maß herabgeminderte Höflichkeit, fast höfliche Feindschaft. Die Hauptsache war, daß man Solneman in ein – dennoch lebhaftes – Gespräch verwickelte, so daß einige sich, vom Gastgeber nicht bemerkt, entfernen und den Park durchforschen konnten. Wer von den Männern noch keinen Revolver

besaß, dem wurde auf städtische Kosten einer angeschafft. Zwei Geheimpolizisten, vortreffliche Boxer, sollten mitgenommen und vor Solneman in der Weise gerechtfertigt werden, daß sie ihm als Direktoren der städtischen Kunst- und Gemäldesammlungen vorgestellt wurden.
Die meisten nahmen am nächsten Mittag einen immerhin ernsten Abschied von der Gattin. Einige auch hatten gar nichts gesagt, aus Furcht, am Ende nicht mitzudürfen.
Die Herren fuhren in sechs Zweispännern an die bezeichnete Stelle der Mauer. Gerade, als sie ankamen, kroch eine weiße Tafel über die Brüstung und das Gemälde herunter. Auf ihr stand zu lesen: »Bedaure, die Herren wieder ausladen zu müssen. Neugebornes tot, Wöchnerin schwer krank, Vater ärgerlich. Schade. Hätte Ihnen sonst interessantes Züchtungsprodukt vorführen können: Kreuzung zwischen Eselhengst und Gnustute. – Ein andermal. Solneman. – Unkosten, entstanden durch Ankauf von Ausrüstungsgegenständen und durch Wagenfahrten, erstatte gerne zurück.«
Die Geheimpolizisten ließen ihre schon angespannten Muskeln wieder zusammenfallen. Alle atmeten heimlich erleichtert auf – und alle schimpften offen, um ruhmvolle Taten gebracht. Der Oberbürgermeister nur freute sich ehrlich, einmal wenigstens bei einer üblen Geschichte nicht dabei gewesen zu sein.

Die Filmrolle

Den mißglückten Besuch vergaß man ziemlich schnell – über dem fortwährenden Kitzel, Solneman in der Nähe vermuten zu müssen. Dieser Kitzel war da seit den Erzäh-

lungen der beiden Droschkenkutscher. Seit man erfahren hatte, daß Solneman öfter wohl, als man ahnte, die Straßen durchschritt, zwischen den Menschen ging, ganz nahe an sie herankam, greifbar nahe, ihre Arme streifte, wohl dem einen auf den Fuß trat, einen anderen um Feuer für die Zigarette bat, einen dritten nach einer Wegrichtung fragte – all dies, ohne gekannt zu sein, ohne gepackt zu werden, ohne endlich seine Schuld an Tausende, die er neugierig bis zum äußersten gemacht hatte, zu bezahlen – seit man dies bedachte, stieg der Grimm gegen ihn. Und die Neugier, die bisher an die Mauer herangeschlichen kam und sie stundenlang belagerte, legte sich überhaupt nicht mehr zur Ruhe. Wer über die Straße ging, suchte Solneman. Wer einen Laden betrat, suchte Solneman. Wer in einem Kaffeehaus saß, suchte Solneman. Ist er der dort? Ist er jener? – Er brauchte ja nicht immer in Verkleidungen zu gehen, wenn er dies auch wohl gerne tat. Da man nicht einmal seine Nasenspitze kannte, so durfte er unangefochten Solneman sein – ohne je Solneman zu sein.
Aber eines Tages entdeckten sie ihn doch und begannen Jagd auf ihn zu machen. Er ging ganz friedlich durch die Burgstraße, da sah einer, der scharfe Augen hatte, wie dieser friedlich wandelnde Mensch etwas Schwarzes, Zusammengerolltes in der Hand trug.
»Verdammt«, sagte der Scharfsichtige zu seinem Freunde. »Da trägt jemand eine schwarze Larve gerollt in der Hand.«
Der Freund spähte hin und sagte atemlos: »Ja, du hast recht. Und auch die Figur stimmt: mittelgroß, eher klein, sieht aus wie siebzehn Jahre alt. – So hat ihn damals der, welcher vom Tiger angefallen wurde, geschildert.«
Die beiden schlichen gebannt hinter dem Verdächtigen her. »Sieh nur, wie er angezogen ist«, flüsterte der erste. »Klei-

det ein vernünftiger Mensch sich so? Lackstiefel mit weißen Einsätzen und roten Bändern. Und diese Weste! Wie aus Pfauenfedern. – Sein Gesicht! Wie ist sein Gesicht?«
Sie schlichen links und rechts an ihm vorbei, besahen ihn von vorne – und gingen wieder langsamer, um hinter ihn zu kommen.
Schon wurde Solneman unruhig.
»Er ist es!« keuchte der eine Entdecker flüsternd. »Diese bleiche Fratze eines blutjungen Burschen? Und trotz scheinbarer Jugend dieser unstete Blick und in Lastern gealterte Mund. Es kann nur er sein!«
Sie zupften Vorbeigehende am Ärmel, hielten sie fest, deuteten verstohlen auf den Voranschreitenden. »Solneman!« flüsterten sie blaß und erstickt.
Die dem Aufgespürten folgten, wuchsen an zur raunenden Menge. Schon pflanzte sich der gehaßte Name, dutzendfach gewispert, quer über die Straße. »Wo ist er?« – »Der dort!« – »Wo?« – »Dort, dort!«
Und auf einmal lief alles ungehemmt. Ein Getrappel hub an, eine große ausholende Bewegung schwang sich durch die Straße. Mit einem Schlage wurde die Feindschaft offenbar, die Verfolgung, die Menschenjagd!
Solneman war auf der Hut gewesen, er rannte schon.
Hunderte rannten hinter ihm her. »Solneman, Solneman!« brüllten sie. Der Name durchbrauste die Straßen, überschwemmte einen großen Platz, erfüllte schließlich die ganze Stadt.
Solneman war schnell und hatte guten Boden unter sich. Er jagte eine Allee entlang. »Aufhalten«, schrien die Verfolger entgegenkommenden Leuten zu. Aber Solneman war gewandter als alle: er blitzte um sie herum, feuerte sich mitten durch zwei hindurch, bremste – und legte von neuem los.

»Schade, daß man in diesem Fall nicht schießen darf«, keuchte ein mitrennender Schutzmann. »Den brächt' ich schnell zum Stehen!«
Die breite Allee mündete auf einen Platz; von dem Platze zweigten enge Straßen ab. Sie trieben ihn in die engste. Dort griffen und hielten sie ihn. Er war eingekeilt zwischen einem Metzgerwagen und einem Bierfuhrwerk. Die Menge flutete über ihn hinweg. Die Schutzmannschaft mußte ihn heraushauen. Er hatte kaum noch Kleider am Leibe.
Er sagte gar nichts, schien froh zu sein, daß fünf Schutzleute sich seiner annahmen. Nur einmal stammelte er leise, zitternd und wie verträumt: »Ich bin nicht Solneman. Mein Gott, wer ist das?« – Die nahe standen und es hörten, lachten höhnisch und ärgerlich über die Frechheit, so plump zu leugnen.
»Darf ich Sie bitten, mein Herr, uns zu folgen. Sofort – damit die Bevölkerung zur Ruhe kommt. Sie werden unseren Schutz vorerst benötigen. Das Polizeigebäude ist nicht weit, darf ich also bitten, Herr Solneman«, sagte ein Wachtmeister.
»Ich bin nicht –« wollte der andere beginnen.
Aber der Beamte schnitt ihm das Wort ab, ärgerlich und kurz: »Also, bitte sehr!«
Der Polizeipräsident ward benachrichtigt und kam augenblicklich. Er fühlte sich wenig sicher, als er dem berühmten, berüchtigten Manne gegenüberstand, den man in einen alten Schutzmannsmantel gesteckt hatte. »Ich bedaure außerordentlich«, begann er, »Herr Solneman, diesen Zwischenfall. Aber es hat sich – nicht ohne Ihre eigene Schuld, das muß ausgesprochen werden – so viel Zündstoff in der Stadt angesammelt, daß diese Katastrophe, wenn auch

nicht zu entschuldigen, so doch zu begreifen ist. Sie hätten bedenken müssen, daß man die Tragfähigkeit menschlicher Geduld nicht überlasten darf. Mußte es nicht wie eine Herausforderung von Ihnen wirken, durch die Stadt zu gehen und die ominöse schwarze Larve in der Hand zu tragen?«

»Ich habe keine schwarze Larve in der Hand getragen, ich bin nicht Solneman«, sagte kläglich der Angeredete.

Der Polizeipräsident sah gekränkt zur Seite: »Ich verstehe, offen gestanden, Ihre Taktik nicht. Wo Tausende Sie erkannt haben, warum leugnen Sie da noch so kindlich, wer Sie sind? Wer sind Sie denn sonst?«

Der Gefragte zuckte zusammen. »Ich –« sagte er, »ich –« und hob die Hände und ließ sie wieder sinken.

»Nun also«, begütigte der Präsident. »Die ganze Geschichte hat Sie seelisch mitgenommen. Das ist begreiflich. Ich werde hoffentlich dafür sorgen können, daß Sie heute abend, von der Bevölkerung nicht bemerkt, in Ihren Park gelangen. Fürs erste aber muß ich Sie aus Gründen der öffentlichen Ordnung hier behalten.«

Da er Solneman eigentlich ganz anders fand, als er ihn sich gedacht hatte – viel zahmer, augenblicklich wenigstens –, so wollte er die Gunst der Stunde nützen und schlug einen anderen Ton an. »Sehen Sie, ich mische mich niemals in Privatangelegenheiten«, begann er, »aber das möchte ich doch feststellen: dies alles hätten Sie sich ersparen können, wären Sie der Einwohnerschaft und den Behörden anders entgegengekommen. Sie erschweren mir mein Amt sehr, Sie gegen Übergriffe zu schützen. Alle müssen ja erbost sein gegen Sie: Ihre Geringschätzung der Menschen, Ihre schrecklichen Automobilfahrten, Ihre Ritte auf Kamelen zum Hohne der ganzen Bürgerschaft, Ihre Einladungen, die Sie spöttisch wieder absagen, Ihre Elefanten, der böse Fall mit Ihrer Tigerin gar, Herr Solneman –«

Da hob der Angeredete die Hände an den Kopf und schrie schluchzend: »Wer ist dieser entsetzliche Solneman?! Ich bin es nicht! Ich bin es nicht! – Ich will alles gestehen! Ich bin von auswärts, bin heute hier angekommen. Ich heiße Alfons Brunner, bin siebzehn Jahre alt und war Lehrling bei E. H. Kott und Söhnen in Hammelbach. Ich habe – – ja, ich habe achthundert Mark mitgenommen – unterschlagen, sagt man. – So, nun sperrt mich ein – nun sperrt mich ein!« – und er fiel zusammen und weinte.

»Herr – Herr Solneman«, sagte der Polizeipräsident milde, schüttelte den Kopf und dachte an die Psychiatrische Klinik. »Und die schwarze Larve, Herr Solneman? Wie?«

»Keine schwarze Larve!« heulte der andere. »Hier! Das einzige, was man mir nicht entrissen hat und nicht zerrissen hat!« Und er wies in zitternder Hand eine schwarz verpackte Filmrolle vor. »Ich hatte sie mir gerade gekauft, bevor die Leute hinter mir herhetzten. Und den Photographenapparat habe ich mir von den achthundert Mark auch gekauft, und die Lackstiefel, und die Weste hier – und alles ist jetzt ganz kaputt! – Aber – aber wahrhaftig: ich bin nicht Solneman. Ich nicht!«

Der Polizeipräsident stand unsicher, finster auf den Weinenden blickend, von Ratlosigkeit verzehrt. Bis ihm eine schnelle und sichere Klärung einfiel: er telephonierte an E. H. Kott und Söhne in Hammelbach.

Nach einer Viertelstunde hatte er die Verbindung. Es stimmte alles. – –

Übrigens schien Solneman edelmütige Züge zu zeigen. Man erfuhr, daß einen Tag nach der Gefangennahme des Defraudanten Alfons Brunner bei E. H. Kott und Söhnen

achthundert Mark von unbekannter Hand eingelaufen waren – mit dem Hinweis, hierdurch sei die Schuld des jungen Mannes der Firma gegenüber getilgt, und diese möge doch so wenig wie möglich dazu beitragen, den Leichtsinnigen hineinzureiten.
Die, welche Solneman nicht ganz verwarfen, mutmaßten, er sei der Geldspender. Obgleich nicht das geringste darauf hinwies, waren manche sogar fest davon überzeugt. – Er begann, sich wieder einiger Zuneigung zu erfreuen.

Teuflische Künste

Der Herbst ging zu Ende.
Von dem Einsamen hörte und sah man gar nichts. Keine Ritte, keine Fahrten auf der Mauer. Stumm lag das ungeheure, drohend umschlossene Gebiet. Niemals teilte sich der Stein. Die großen Bilder starrten in die Straßen und schwiegen. Kam die Sonne durch und fiel auf die Mauerwände, so gleißte ihr kristallklarer Überzug unerträglich auf. Erst in dieser spätherbstlichen Sonne, bei schon fast winterlichem Sonnenstand, zeigte sich dieses Übel. Es gab Straßen, die mit dem furchtbar zurückprallenden Licht so angefüllt waren, daß ihre Bewohner Augenkrankheiten bekamen und wegziehen mußten. Manche Häuser standen ganz leer und wurden an sonnigen Tagen ausgebleicht und ausgefressen vom kaltweißen Feuer. Die Stadt mußte sich entschließen, den so schlimm geschädigten Hausbesitzern aus Solnemanschem Gelde Entschädigungen zukommen zu lassen.
Solneman schien seinen ersten Winter in gänzlicher Abgeschiedenheit verbringen zu wollen. Lebte er überhaupt

noch? Sonst war er – alle paar Wochen wenigstens, wenn auch nur flüchtig – auf seiner Befestigung zu erspähen gewesen. War er am Ende tot – und die Negerin auch?
Wie war das überhaupt? Er konnte doch sterben, er war doch auch nur ein Mensch. Mußte man da warten, bis vielleicht ein Duft von Verwesung über die Mauer in die Nasen der Städter stieg? Wann hatte man das Recht, nach ihm zu sehen? Bei seiner Lebensführung lag ihm allerwenigstens die Pflicht ob, sich hie und da zu zeigen, damit man wußte, woran man war. Tat er das nicht, so mußte er sich's gefallen lassen, daß man öffentlich im Namen des Gesetzes und der Gesellschaft bei ihm eindrang und Umschau hielt.
Man erwog schon ernsthaft, diesen Plan auszuführen, da – sah man ihn zwar nicht, aber man hörte von ihm. Nächtlicherweile brachen dumpfe Detonationen über die Mauer in die ängstlich auffahrende Stadt. Die fernsten Straßenzüge waren durchfaucht von dem Gebrüll eines schwarzen Donners. Den Menschen, die gerade am Parke vorübergingen, sprang er vor die Brust, verschlug ihnen den Atem und stieß sie zurück. Sie mußten fliehen, um nicht niedergeschmettert zu werden – um wieder Luft in ungehemmte Lungen zu bekommen.
Dazu erschreckte in der Folgezeit ein Feuerschein, der ungeheuer den Nachthimmel überschwemmte, die ratlos aufgescheuchten Einwohner. In der ersten Nacht, da diese Erscheinung sich zeigte, rückte die Feuerwehr aus, aber sie wußte gar nicht, wohin sich wenden. Sie nahm einstweilen an verschiedenen, der Mauer zunächst gelegenen Straßenecken Aufstellung, für den Fall, daß der Brand über die Mauer greifen und die Häuser belecken sollte. Vergebens sann man darauf, wie man hinübergelangen könnte. Man

stieß mit Kolben gegen die Gemälde und versuchte so anzupochen bei Solneman – man spritzte Wasser, von der höchsten Leiter aus, in mächtigem Bogen blindlings in das Gebiet – man ließ Raketen hinüberzischen, die Bescheid sagen sollten, daß man da war und helfen wollte.
Mittlerweile geriet im Herzen der Stadt der Konfektionspalast von Moritz Treppengeländer in Brand. Und er brannte vollständig nieder – denn man griff zu spät ein. Man konnte ja nicht gleich bei der Hand sein. – Es schadete übrigens nicht; die Firma war glänzend versichert.
Die unsichtbaren Ursprünge des Feuers im Parke zeigten, im Nachthimmel gespiegelt, ganz wechselnde Farben. Manchmal nagte fressendes grünes Licht am Gewölk, dann wieder durchfror ein kaltes blaues die Wolken, als seien sie schwebendes Gletschereis, innerlich leuchtend. Ein frecher gelber Schein entzauberte oft die nächtliche Ferne, die sonst so rätselschwangere, und machte sie leer und schal. Furchtbar waren die roten Feuer, die an den Rändern der Wolken hinzuckten, sie durchstachen, so daß sie unermeßlich zu bluten begannen, wie aufgeschnittene Riesengeschwüre, denen roter Eiter entfloß. Der ganze Park – so glaubten die entsetzten Städter anfangs – ging in Flammen auf. Den weiten Garten mit allem, was darin stand, hielten sie für verloren und freuten sich nur, daß Solneman selber mitverbrannte. Bis sie durch schrecklich häufige Wiederholungen erfuhren, daß dies nichts war als das Blendwerk eines Dämons, der sie damit wohl zu quälen suchte.
Manchmal des Nachts hörte man auch Schreie, Pfiffe, ein gellendes Lachen aus dem Park über die Mauer dringen. Die Laute begleiteten schauerlich den feurigen Wirrwarr, der bald in mächtigen Springquellen himmelan loderte, bald kurz aufschießend die gemarterten Wolken durch-

zuckte. Oder begleiteten nicht die Laute den Lichtwirrwarr, sondern war es so, daß dies gellende Pfeifen, dies pfeifende Heulen begleitet wurde von dem Feuerschwall – ganz so, wie eine Singstimme auf der Bühne vom schillernden Orchester umworben, getragen, richtig erst hinaus- und hinaufgetragen und ins Weite gebreitet wird? – Die entsetzten Horcher waren sich nicht einig darüber, ob sie Tierstimmen oder Menschenlaute vernahmen, die so fürchterlich zusamt dem Feuer in die Nacht und in die Straßen quollen.
Heimliche Anhänger Solnemans – das wohl mußten sie sein – behaupteten aber, es sei gar nicht gesagt, daß die Töne von Tieren oder Menschen herkämen. Niederprasselnde Gluten, surrende Feuerräder, hochschießende Brände, hinpfeifende Pulverfrösche, aufheulende Raketen könnten sehr wohl Geräusche verursachen, wie die so gespannt erlauschten. Die Phantasie höre mit – und sie höre Falsches. Das Ohr arbeite nicht einwandfrei. Keine reine Gehirnfunktion, sondern eine, beschmutzt durch zügellose Gier nach Menschenfresserammenmärchen. –
Man glaubte diesen gelehrten Trotteln nicht, mißachtete sie, die sich so weise darin dünkten, alles nur recht ledern und sensationsarm zu erklären. Wenn es nach denen ginge, gäbe es nächstens überhaupt nichts Außergewöhnliches mehr: kein Verbrechen, keinen Schrecken, keinen Angstschweiß, auch kein Hinhorchen, kein Umdieeckespähen, kein Draufpassen, was der Nächste wohl trieb. Der konnte sie dann schließlich alle eines schlimmen Tages umbringen. Das war das Resultat dieses Trottelsystems.
In diesem Winter wollte kein Schnee fallen. Der Frost zerstörte alles. Man sann hin und her, woran das liegen mochte. Die Frommen taten Bittgänge – die Gottlosen

fluchten – die Reichen gingen nicht mehr vom Ofen weg und die Armen kamen um. Die Kälte krallte sich in alle Herzen. Eisig aufgerichtet stand sie in den Wohnungen derer, die kein Feuer im Herde hatten, und machte, daß diese Erbärmlichen umsanken vor ihr und hart wurden wie Holz.

So ging es durch Wochen und wurde nicht anders. Längst hatte die Stadt ihre Mittel zur Rettung von Erfrierenden aufgebraucht. Doch wurden die Solnemanschen Millionen selbstverständlich nicht angetastet.

Endlich fand einer: »Wer sonst ist schuld an diesem Elend – wer sonst als das grausige Luder in seinem Park? Er vertreibt uns mit seiner verdammten Schießerei die Schneewolken. Wie man im Sommer auf dem Lande solcher Art den Hagel zerteilt. Habt ihr's nicht bemerkt? Kaum bilden sich die Wolken, so fängt es an zu donnern – und sie zerstreuen sich wieder. Immer in solchen nach Schnee riechenden Nächten tut er das. Mit Absicht tut er es. Kein Wunder, daß wir vor Kälte umkommen.« – Und man pflichtete dem Sprecher haßerpicht bei.

Brüllten die Donner nicht, so blieb es totenstill im Parke. Nur der schrille mühsame Schrei der Möwen, die vom See herkamen, wo sie auf einer Insel wohnten und nisteten, gellte manchmal über der Stadt. Dieser Vogelschwarm warf sich – gleich einer geflügelten silbrigen Wolke tausendfach in der spärlichen Wintersonne aufblitzend – für Augenblicke über die Mauer und verschwand in steiler Kurve wieder drüben im Geheimnisvollen.

Dürftige Wintersonne. Meistens waren die Tage grau und sie dämmerten schneelos und frostgefangen dahin. Er war wie ein Zauberer. Er nahm um diese Zeit im durchkälteten – durchhitzten Fiebergehirn der Leute die Gestalt eines

Zauberers an. Hatte nicht vielleicht er, während man ihm gutartig mit der Feuerwehr zu Hilfe kommen wollte, den Brand bei Moritz Treppengeländer gelegt? Irgendwie? – Man wußte zwar nicht wie, aber dieses Nichtwissen entlastete den Teufel keineswegs.

Rückschlüsse

In der Altstadt am Fluß geschah ein Mord. Der Täter entkam. Steckte *er* nicht dahinter? Ein kleines Gasthaus war der Tatort. Eines Morgens fand man in einem der dürftigen Zimmer eine Prostituierte mit durchschnittenem Hals. Der Hausknecht sagte aus, sie sei am Abend vorher in Begleitung eines großen breiten Mannes in hellem Sportanzug so gegen Mitternacht erschienen. Da sie dort mit ihren Kunden öfters abstieg, habe er den beiden anstandslos ein Zimmer gegeben. Der Mann habe, das sei ihm aufgefallen, mit einem roten Taschentuch seinen Mund – mehr noch: beinahe sein ganzes Gesicht verdeckt. – Wie er sonst ausgesehen habe, der Mann – das könnte er nicht angeben.
Dem toten Mädchen fehlten – nach Aussage zweier Kolleginnen – eine Aluminiumbrosche, zwei silberne Ringe und das falsche Gebiß des Oberkiefers, in dem sich ein Goldzahn befand. An Geld besaß sie zur Zeit des Mordes – wieder nach Aussage anderer Dirnen – siebzig bis achtzig Pfennige, denn sie hatte um elf Uhr in einer Kneipe einen Kaffee getrunken und beim Bezahlen erklärt: »Meine letzte Mark. Ich habe heute noch nichts verdient.«
– Wie denn? Gewiß, es war nur ein Versuch, Solneman hier in Betracht zu ziehen. Aber immerhin: man konnte ihn wagen. – Groß und breit, hatte der Hausknecht gesagt?

Beides war Solneman nicht. Aber was versteht ein Hausknecht von Körperverhältnissen. Diese Leute reden das ungereimteste Zeug zusammen, wenn es sich um das Ausmaß handelt. Wichtiger ist die Aussage, daß der Täter seine Züge zu verhüllen strebte. Wie sehr sieht das doch diesem Scheusal im Park ähnlich! Er, der nie offen und ehrlich sein Gesicht zeigt, behilft sich mit Taschentüchern, wenn die Umstände ihm seine geliebte schwarze Larve verbieten. Oder hätte er in diesem Falle sie benützen können? Durchaus nicht! Ist es etwa verwunderlich, daß er sie nicht angelegt hatte? – Nun also.

Er hatte keine Frau. Er kam nie mit Frauen zusammen, wenn man die reizlose Negerin ausnahm. Was er freilich mit seinen Tieren anstellte, wußte man nicht. Jedenfalls aber verbarg er Triebe in sich, wie sie jeder Zuchtlose in sich beherbergt und großzieht, nur daß sie bei ihm ganz gewiß ins Uferlos-Schlimme schon ausgebreitet und ganz ins Regelwidrige umgebogen waren. Sollte er nicht, der sich in allem ausschweifend bis zum Irrsinn gebärdete, die große Kokotte, die sein Geldsack ihm erlaubt hätte, gerade deshalb links liegen lassen und zu den Geschöpfen niederster Sorte sich hingezogen fühlen? Ganz gewiß! Daß er diese unglücklichen Wesen dann umbrachte, war nicht weiter verwunderlich. Wie hätte er denn hierin gesund und nicht verdreht und verdorben empfinden sollen, wo er doch in jedem Gefühl dem tüchtigen Durchschnittsmenschen entgegengesetzt war.

Kein Lustmord! Die Leiche war nicht verstümmelt; ein glatter, sehr sauberer Schnitt durch den Hals, wie von der Hand eines geschickten Metzgerburschen? Mehr nicht? – Aber das genügt, genügt vollkommen! *Dennoch* ein Lustmord – der nur aussieht wie ein Raubmord. Oder beide

Arten von Mord vereint – gerade das sähe Solneman ähnlich. Es mag ihn gereizt haben, um weniger als eine Mark zu töten – ihn, der sich nach tausend Mark vielleicht nicht bücken würde, und lägen sie noch so bequem zu seinen Füßen. Andererseits kennt man Milliardäre, die auf Zehnpfennigstücke ihrer Mitmenschen – und gerade der ärmsten – versessen sind.
Der Sportanzug kam auch noch hinzu – bei ihm, dem Sportliebenden. – Und noch eines: eine weiße Krawatte, sogenannter Selbstbinder, fand sich verknotet am Bettpfosten. Vielleicht hatte der Herr zuerst an Strangulierungsmanöver gedacht; derartiges schien er ja besonders zu lieben, wie man seinerzeit zu hören bekommen hatte. Auch damals spielte eine weiße Krawatte ihre böse Rolle: Verbrecher lieben Wiederholungen dieser tückischen Art. Wies diese Wiederholung nicht – sozusagen mit schreienden Fingern – einzig auf ihn, auf den einen?!
Alles in allem: der Genannte war schwer verdächtig. Man konnte ruhig sagen: es schien wahrscheinlich, daß er der Täter war. Aber man durfte natürlich nichts gegen ihn unternehmen, wie man nie etwas gegen ihn unternahm, etwas Schneidiges und Endgültiges. Bis er eines Tages unberechenbares Unheil heraufbeschworen hatte.
So schloß der Gerichtsassessor in einem aufmerksam horchenden Kreise von Zustimmenden.

Anbetung

Um diese Zeit begannen Spuren eines durch die Stadt schleichenden religiösen Wahnsinns offenbar zu werden. Eine zwar noch kleine Sekte, deren Anhängerschaft aber stetig wuchs, wurde aufgestöbert. Sie schien Solneman anzubeten, ihn zu verehren wie etwas Überirdisches, schon Sagenhaftes, teuflisch Großes, furchtbar Unabänderliches. Man fand kleine Hausaltäre; auf ihnen saßen Tonfigürchen mit blonden Locken, weißem Bart und rosa Brille. Beliebter noch war eine winzige fürchterliche Fratze, die durch eine schwarze Larve verdeckt war. An Stelle der entsetzlich verschnörkelten Fratze schuf man wohl auch ein leeres glattes Gesicht, maßlos grauenhaft durch den unenträtselbaren Gleichmut. – Die kleine schwarze Maske wurde von den heiligen Gesichtern genommen nur in Augenblicken der Ekstase. Von Frauen heimlich auf der nackten Brust getragen wurde auch ein Amulett, bestehend aus einer silbernen oder goldenen Kapsel. Auf dem Deckel standen eingegraben die Worte: Unsichtbarer Du! – Bei Frau Kommerzienrat Blumenstiel, die auch mitmachte, waren die Buchstaben aus Diamanten zusammengesetzt. Knipste man den Deckel auf, so sah man in eine kleine Höhlung, mit schwarzem Samt ausgelegt, die – starrte man nur inbrünstig und lange genug hinein – den überwältigenden Eindruck von einem abgründigen Nichts erweckte. Auf der Rückseite der Kapsel fanden sich oft die Worte: Er wirket – Beuge dich!

Man wußte nicht, wie man dieser die Gesellschaft und den Staat bedrohenden Gefahr steuern sollte. Die Landeskirche war machtlos. Es ging nicht an, Sekten kurzerhand auszurotten, solange sie nichts geradezu Verbrecherisches unternahmen. Aber man wirkte mit allen erlaubten Mitteln gegen die fürchterliche Ausbreitung der Irrlehre.

Einer, den diese traurige Erscheinung seiner Zeit nicht ruhen ließ, war der Hilfsredakteur der Zeitschrift »Freie Bahn«, Hannes Baum. Er war Materialist und Kosmopolit

von reinstem Wasser. Ein Aufrechter, dem die unerbittliche Klarheit des zwanzigsten Jahrhunderts es angetan hatte. Seine Abneigung gegen verworren hinschluchzende Gefühle war tief, und unbesieglich sein Haß gegen alles Hindämmernde, Unbestimmte, Grenzenlose, das auf sein kärgliches Maß längst schon geduckt wäre, bekäme der Intellekt nur die ihm gebührende Aktionsfreiheit auf allen Gebieten eingeräumt. Aufgeklärtsein ist alles, pflegte er zu sagen, und es waren die einzigen Worte, die er mit einem gewissen Pathos hervorstieß.
Er beschloß, einfach zu Solneman zu gehen, frei und offen vor ihn hinzutreten und ihn zur Rede zu stellen. Der war ja kein Teufel, keine Gottheit, sondern ein simpler Mensch – nicht einmal ein bedeutender, sonst würde er dieses Dasein der Kinkerlitzchen und Maskeraden, womit er armselige Duckmäuser wirr machte, verschmähen.
Er wird vor ihn treten und sprechen: Bester Herr, kommen Sie sich nicht äußerst lächerlich vor? Man betet Sie an! Müssen Sie nicht vor sich selber ausspucken? Ist dieser Kohl, den Sie in den Gehirnen Ihrer Mitmenschen anbauen, nicht ein Futter, bei dem Ihnen speiübel wird? – Ich verlange von einem Genossen des zwanzigsten Jahrhunderts in erster Linie Geschmack. Sie sind geschmacklos. Ich achte Ihren Reichtum, ich bin ein Mann meiner Zeit. Aber Sie gehen mit Ihrem Gelde um wie ein unmündiges Kind: es weiß gar nicht, daß Geld da ist, um noch mehr Geld daraus zu machen. Man sollte Ihnen den Reichtum abnehmen und ihn einem Würdigeren anvertrauen. –
Vielleicht wirkte er mit solchen Worten und mit ähnlichen mehr auf den verrückten Bruder. Jedenfalls: fürchten tat er sich nicht. Dagegen erhoffte er, wenn er erst seine Unterredung mit Solneman in der »Freien Bahn« veröffentlichte,

einen Riesenabsatz der Zeitschrift. Auch war ihm, sollte er auf den Menschen günstig einwirken, Anerkennung und Dank allerhöchster Behörden gewiß. – Wenn sich übrigens herausstellen sollte, daß der geplante Ton nicht anging, so wollte er sich auf Fragen beschränken, etwa: Wie fühlen Sie sich als Gottheit? oder: Sind Sie schon in anderen Länderstrichen angebetet worden? oder: Sind Sie selbst gläubig oder werden Sie nur geglaubt?

Sein Plan, wie er zu Solneman gelange, war auch schon fertig. Auf der Mauer schien sich eine Wasserleitung hinzustrecken, die stellenweise – durch den Frost vielleicht – schadhaft geworden war. Denn es hatten sich Teile der Mauer, an denen Wasser herabgeronnen sein mußte, mit einer dicken Eisschicht bis zum Erdboden überzogen. Hannes Baum war Alpinist und hatte die Beinsehnen eines Klettertieres. Da er – wie alle wahren Menschen des zwanzigsten Jahrhunderts – äußerst praktisch veranlagt war, konstruierte er sich ohne viele Mühe eine Art von Steigeisen mit Widerhaken, für Hände und Füße. Diese Werkzeuge, an den Spitzen der Extremitäten festgeschroben oder -geschnallt, erlaubten einem geübten Muskelapparat ein fast müheloses Ersteigen der senkrechten Eiswand.

In einer glitzernden, vollmonderhellten Januarnacht unternahm er sein Werk. Er wählte eine Mauerstelle, wo das Eis besonders dick und Passanten nicht zu befürchten waren. Er legte die Eisen an und warf über die Schultern den Rucksack, in welchem sich ein Spirituskocher und Konserven befanden, denn er mußte wohl – war er glücklich drüben – bis zum Morgengrauen im Freien auf einer Bank des Gartens kampieren. Mitten in der Nacht Solneman zu suchen und zu stören, hielt er nicht für angemessen.

Er fühlte noch einmal nach Bleistift und Notizbuch, bestimmt für etwaige sofortige Aufzeichnungen, dann nahm er einen kleinen Anlauf und sprang wie ein Kater gegen das Eis. Er blieb vorzüglich haften und krallte sich maueran. Da sagte eine Stimme unter ihm: »Bitte, kommen Sie herunter.«

Der Ton war so, daß Hannes Baum gar nicht daran dachte, etwas anderes zu tun. Er ließ die kleine Höhe sich herabgleiten, fiel auf den Rücken und sah aus dieser Lage in das Gesicht eines leicht über ihn gebeugten Mannes, der eine Zigarre rauchte.

»Stehen Sie auf«, sagte der.

Es war Solneman. Obwohl die Wand weithin vereist war, mußte er doch irgendwo – ganz nahe – eine seiner verfluchten Geheimtüren in Bewegung gesetzt haben.

Baum erhob sich. So also sah er aus. Baum hielt stand. So sah er aus! Wer faselte von dem Gesicht eines siebzehnjährigen Knaben? Das Äußere eines Bankdirektors besaß er – oder eines Medizinalrates. Er trug eine in breites Horn gefaßte Brille. Mit rosa Gläsern? Baum sah näher hin: doch nicht. Die Gläser funkelten weiß über einer fleischigen Nase und einem Spitzbart . . . Pan – fiel dem Literaten ein. Er erwehrte sich dieser törichten Vorstellung aus seiner mit Ammenmärchen unklar angefüllten Schulzeit.

»Sie wollten sich wohl das Genick brechen, junger Mann«, sagte eine Stimme, welche äußerst fest und dennoch von oben herab ein wenig besorgt klang. Vor allem aber wirklich sehr zur Vorsicht mahnend.

»Ich – nein«, entgegnete Baum und erkannte, daß er dieser Stimme seine zu Hause ausgedachte Rede nicht werde entgegensetzen können. – Also kommen die Fragen an die Reihe, sagte er sich. Und er schwang sich auf und äußerte: »Wie fühlen Sie sich als Gottheit?«

Die Frage tat ihre Wirkung. Solneman fuhr ein wenig zusammen. Es schien ihn getroffen zu haben. Dann aber sagte er, wieder mit einer Stimme, die durch alle ungemessene Selbstherrlichkeit nach Milde klang: »Der Mond wird bald untergehen, dann wird Ihnen schon besser werden.«
Hannes Baum hielt diese Worte für den etwas krampfhaften Versuch einer Ablenkung. Er wollte bei der Stange bleiben und sagte deshalb beharrlich: »Ich kann mir denken, daß man sich erst daran gewöhnen muß, angebetet zu werden.«
Solneman hatte wieder den Ruck in den Achseln und sagte beinahe streichelnd: »Wo wohnen Sie, junger Mann? Soll ich Sie nach Hause begleiten?«
Die Unterhaltung nahm hierdurch einen Weg, auf dem – wenn er auch auf vieles gefaßt gewesen war – selbst der gewandte Hannes Baum nicht mehr weiter zu tasten wußte. Er verbeugte sich daher nur, sagte: »Danke« und schritt, ohne sich umzusehen, und mit gleichgültig tuenden Schlenkerbewegungen der Arme, die nächste Straße hinab.
Er ging heimwärts. Da ihm Ohren und Finger froren und er überhaupt eine reichliche innere Kälte verspürte, wärmte er sich – ein Lokal fand er nicht mehr geöffnet – zu Hause das Gulasch auf dem Spirituskocher und verzehrte es, während er schon begann, aus dem Erlebten einen Aufsatz für die »Freie Bahn« zu gestalten. Er gab dem Geschriebenen den Titel: »Mein Zusammentreffen mit dem Weiberschreck.« – Die Nummer, in der die Angriffe gegen Solneman zu lesen waren, wurde konfisziert wegen Religionsvergehens, begangen durch die Presse – wieder freigegeben und dann rasend gekauft. – –
Übrigens wurde Herrn Baum erst ein Vierteljahr später klar, daß er in jener glitzernden Januarnacht gar nicht mit

Solneman verhandelt hatte. In einer Versammlung zur Bekämpfung der Säuglingssterblichkeit klopfte ihm der Medizinalrat Dr. Hutt auf die Schulter, funkelte ihn durch seine große Hornbrille an und meinte: »Nun, wie geht es denn, Sie Mondsüchtiger! Lassen die bösen Anwandlungen nach? – Sie sind auch so ein typischer Fall eines phantastischen Neurasthenikers. Suchen Sie Ihren Geist zur Nüchternheit zu erziehen, zur Klarheit, junger Mann!«

König Midas

Beim Beginn des Faschings kam Schnee, wärmer ward es – und das Leben der scheintoten Stadt sprang wieder auf die Beine. Man vergaß sein Elend – übertäubte es durch Nichtigkeiten. Weil es den Menschen schlecht ging, nahmen sie Rache und protestierten gegen das Schicksal mit selbstgeschaffenen kindischen Freuden. Viele Masken, auf der Straße, auf öffentlichen Bällen wie auf geschlossenen, stellten Solneman dar. Verhöhnten ihn, machten ihn lächerlich oder verächtlich oder verabscheuungswürdig. Da man nicht wußte, wie er aussah, erschien er in hundert Arten, am häufigsten jedoch mit Locken, die bis auf die Hüften fielen, mit einem Bart, der bis zu den Füßen wallte, und mit einer großen roten Brille.

Eine Maske, die nicht recht verstanden wurde, wenn sie sagte, sie sei Solneman, trug ein anliegendes, Kopf und Körper verhüllendes graues Gewand, an dem da und dort kleine Türen mit Aufschriften eingezeichnet waren. Überall hingen schwere Schlösser. Vor der Stirn war eine Tür, darauf stand zu lesen: Geschlossen wegen Umbaus. Eine Tür in der Gallengegend erklärte: Polizeilich gesperrt. An dem Herzen besagte eine Türinschrift: Betrieb eingestellt aus Mangel an Interessenten. Vor dem Bauche drohte die Aufschrift: Man hüte sich vor Fußangeln – und auf der Rückseite schrieb die Warnung: Achtung, Selbstschüsse!

Im Alhambratheater wurde um diese Zeit eine Pantomime gegeben, die sich betitelte: »Der Fluch des Geldes, oder: Ein Ende mit Schrecken«. – Darin erlebte die Hauptperson, welche das Äußere des üblichen Solneman zeigte, im großen und ganzen das Schicksal des Midas. –

Ein brutaler Tyrann, der sich, was ihm gefällt, mit seinen Reichtümern zu eigen macht, der die Notwendigkeit der Menschen, auf Geld erpicht zu sein, schamlos für sich ausnützt, sieht eines Tages dennoch seine scheinbar unermeßlichen Mittel erschöpft und wendet sich an teuflische Mächte um Beistand. Er schließt am Ende des zweiten Aktes einen Pakt, wonach sich für ihn, damit er nur ja immer genug Geld hat, alles in Gold verwandelt, was immer er mit Zauberhänden berührt.

Zu Beginn des dritten Aktes fängt Solneman guten Mutes an, zu arbeiten und Schätze zu häufen. Er verwandelt Steine, Papierschnitzel, Tischdecken, Aschenteller, Damenhüte, Gummischuhe, Konservenbüchsen, Blumensträuße in pures Gold. Eine Puppe rollt herein, welche Ähnlichkeit mit dem Oberbürgermeister hat. Solneman betastet sie – und sie wird ein goldenes Standbild, das er in die Ecke zu anderen goldgewordenen Dingen wirft. Über seine Leistungen befriedigt, streicht er seinen weißen Bart und dreht sich einen Augenblick weg. Aber wie sein Gesicht wieder sichtbar wird, umrahmt ein goldiges Gezack seinen Mund. Er erschrickt und muß nun den Kopf vornübergeneigt tragen, denn schwer ist das Gewicht dieses kostbaren Metalls. Schon will er sich, verzweifelt über die Last, in die Locken fahren – da wird ihm die Gefahr dieser Berührung gerade noch klar. Aber er möchte sie doch los sein, diese Perücke, die ihn belästigt, denn er trägt jetzt schwer genug an seinem Bart. So packt er sie blitzschnell mit zwei Fingern und wirft sie von sich. Sie schlägt dumpf polternd wie eine Kanonenkugel auf die Bretter der Bühne. Nun bekommt der Glatzköpfige Hunger, Durst plagt ihn. Er läßt Speisen auftragen. Aber der Teller in seiner Hand wird zu Gold. Ein Bettler tritt auf, der an einer Brotkruste nagt. Er wirft sich vor ihm nieder, fleht ihn an. Der Bettler reicht ihm ein Stückchen von der Kruste. Aber wie seine Lippen sie packen, muß er sie wieder von sich speien, und sie klirrt zu Boden wie ein Zwanzigmarkstück. Er wankt außer sich umher, der Bettler geht, ein Storch kommt, der einen Strick um den Hals trägt.

Er stürzt sich mit den Zähnen auf den Hals des Tieres. Aber der Storch taucht in die Versenkung und kehrt als goldene Plastik zurück, die mit einer letzten starren Bewegung den Kopf nach rückwärts schleudert und gegen die Augen Solnemans hackt. Solneman kriecht auf den Fäusten umher, er fingert an seinem Leibe entlang, hastet in die Taschen, reißt eine schwarze Larve hervor und beißt hinein. Zähne entrollen seinem Munde, er wirft das Goldblech von sich und gewinnt mit einer letzten Anstrengung den Schatzhaufen in der Ecke, den er kraftlos nach Eßbarem durchsuchen möchte. Seine fahrigen Hände gleiten ohnmächtig an den Gewichten ab, er kann nichts mehr von der Stelle rücken. Über den Goldhaufen hingesunken stirbt er unter Zuckungen . . .

Jeden Abend raste das Publikum in einem besinnungslosen, frenetischen Beifall. Es tobte den Darsteller immer

wieder an die Rampe, der, mit beiden Händen seinen Goldbart stützend, sich kraftvoll verbeugte.
Die Gestalt Solnemans so sehr mit Gold zu verquicken, zeigte sich auch anderwärts der Trieb. Auf einem von Künstlern arrangierten Faschingsball war ein Preis ausgesetzt für die beste Verkörperung Solnemans. Ein junger Mann, der von der Wirkung seiner Gestalt überzeugt war, nahm keine Stoffe zu Hilfe, sondern behandelte seine Blöße lediglich mit Goldbronze. Die sämtlichen Damen des Abends erklärten ihn für die originellste Maske und erkannten ihm den Preis zu. Leider starb er qualvoll nach drei Tagen und konnte seine Chancen nicht mehr ausnützen: Er wusch umsonst; die verfluchte Goldbronze wollte ihn keineswegs verlassen. Sie hatte die lebenbedingenden Funktionen der Haut lahmgelegt, sie umarmte ihn zu Tode.
Dieser junge Mann war gestorben – einfach an seiner Unvorsichtigkeit. Dennoch gab es Leute, die in einem verworrenen Schauder daran dachten, auch diesen Fall auf geheime Einflüsse zurückleiten zu können, auch ihn unmittelbar Solnemanschen Machenschaften irgend zuschreiben zu müssen.

Der Henker

Auf einer Varietébühne hatte ein Komiker, angeregt durch die im Fasching so schlimm gestiegene Lust, Solneman in Verzerrungen wiederzugeben, eine Nummer sich zurechtgemacht, die ein Schlager zu werden versprach. Er erschien am Abend eines neuen Programms im roten Henkerkleide, mit gräßlichen Augenlöchern in der roten Kapuze, stieß

einen kleinen lächerlichen Galgen auf einem Brett mit Rädern vor sich her und hatte über der Schulter eine Anzahl Puppen. Er ging breitspurig und brutal, schob das Holzgestell in die Mitte der Bühne und ordnete die Puppen im Hintergrund in Reih und Glied. Die saßen wie im Starrkrampf, durchbohrten mit ihren Augen durch alle Menschen hindurch noch die hinterste Ecke des Saales. Eine wankte. Der Henker prügelte diese, die eilig nach vorn zusammengefallen war, ließ quarrende Schmerztöne erschallen und machte sich endlich daran, obenhin ins Orchester winkend, sein Couplet vorzutragen.
Er stand dabei neben dem Galgen und sang:

»Ich bin ein Mann, verehrte Herrn
Und auch verehrte Damen,
Der übt das Hängen gar so gern
An Flinken und an Lahmen,
An Dicken und an Dünnen auch,
Das ist einmal bei mir so Brauch,
Sie müssen alle baumeln,
Hoch in den Lüften taumeln.«

Noch wußte man nicht recht, worauf er hinaus wollte, wenn auch einige sich sagten: »Aha!« – Er ordnete geschäftig etwas an seiner Stranguliermaschine, während er fortfuhr:

»Ich hing an hundert Menschen schon,
An Störchen auch schon hundert.
Das ist ihr wohlverdienter Lohn,
Und niemand scheint verwundert.
Ich steck' das ganze Bürgerpack
In meinen Millionensack,
Die brauchen nicht zu baumeln,
Weil sie vor Angst schon taumeln.«

Nun erkannte man, was gemeint sei. Große Zustimmung platzte los. Es wurde schrill und böse gelacht. Erregte Zischlaute fuhren um die Biergläser. Ein Gemurmel von Tisch zu Tisch hub an. Es legte sich wieder, denn der Komiker fuhr fort in seinen Unternehmungen. Er holte eine seiner Puppen. Sie war gekleidet wie eine Zirkusreiterin, trug ein kurzes, abstehendes Ballettröckchen und hohe glänzende Stulpstiefel. Kleine Sporen klirrten, als er mit der Reitpeitsche, welche die Puppe am Arm trug, gegen die Stiefel klatschte. Indes er die Puppe mit rohen Gebärden und verbrecherischen Händen aufknüpfte, sang er dies:

»Hier ist mein einst geliebtes Weib,
Oh, daß die Lieb' erkaltet!
Sie bietet keinen Zeitvertreib,
Sie ist so sehr veraltet.
Zuerst wird sie mal aufgeknüpft,
Dann kommt sie in die Truhe.
Wie mir das Herz vor Freuden hüpft:
Nun hab' ich endlich Ruhe.«

Er machte wieder eine Pause – und wieder setzte Beifall ein, der sicher klang und wohlwollend. Man war nun im Fahrwasser, man dichtete gleichsam mit, man wußte ungefähr schon im voraus, was noch alles kam. Das hatte etwas Beruhigendes; auf dieser Basis gab man sich ganz den Genüssen hin.

Der rote Henker knüpfte die Puppe ab, warf die Tote in einen Winkel und holte sich ein neues Objekt.

So hing er zu seinen Versen nacheinander: einen König, einen Elefanten, ein Kamel, einen Polizeipräsidenten und eine Negerin. Diese schwarze Puppe war bedeutend größer als die anderen.

Als er an ihre Erledigung ging, führte er aus:

»Auch dieses Riesennegertier
Soll schwebend sich erlaben.
Sie war nun lang genug bei mir,
Ich will was anderes haben.«

Aber während er so damit beschäftigt war, den Kopf der Puppe in den Faden am Galgen zu verwickeln, senkte sich plötzlich eine ungeheure Schlinge vom Schnürboden herab und fing seinen eigenen Kopf ein.

Er hatte gerade noch Zeit, zu erklären:

»Hilf Gott, nun komm' ich selber dran,
Ich war von je ein kühner Mann,
Jedoch so kühn zu schweben,
Das büß' ich mit dem Leben!«

Dann fuhr er in die Höhe, hing – zappelnd noch – über einem mit Mohnspritzern durchsetzten knallgelben Ährenfeld und verschwand zwischen den Stoffwolken eines blitzblauen Sommertages.

Der Vorhang fiel – und hob sich gleich wieder. Der Komiker – hurtig wie ein Verwandlungskünstler – war schon des roten Rockes ledig und verbeugte sich dankend im Frack.

Es war noch dunkel im Zuschauerraum, und in das verrinnende Plätschern des Beifalls mischte sich plötzlich eine Stimme. Sie kam aus der Proszeniumsloge. Dort war – soviel man im dämmernden Raume erkennen konnte – ein kleiner Herr aufgestanden und an die Brüstung getreten. Mit einer hellen Stimme deklamierte er zur Bühne hinunter:

»Mein werter Herr, Ihr Lehrgedicht
Ist wahrlich höchst willkommen.
Es wirft auf mich ein helles Licht,
Dem Saal zu Nutz und Frommen.«

Er wandte sich von der Bühne ab und krähte – pathetisch ein wenig – über den Saal hinweg, als rede er zu dem Publikum:

»Doch dieses ist der Weisheit Schluß
Und damit knacken sie die Nuß:
Solang die Blöden taumeln,
Wird kein Gescheiter baumeln!«

Undeutlich sah man die helle Fläche eines Gesichtes. Es wehte zurück, tauchte in den Hintergrund der Loge. Im nächsten Augenblick flammte der Kronleuchter auf, sein Licht schlug schreiend in den Zuschauerraum. Man spähte geblendet dorthin, wo der Kleine gestanden hatte, und schaute dann auf die Bühne, wo der Komiker immer noch stand. Man wartete, was er machen werde. Denn man hielt das Eingreifen des Herrn in der Loge für eine abgekartete Sache, für eine Fortsetzung dessen, womit der Coupletsänger den Saal bisher unterhalten hatte und wohl weiter noch unterhalten wollte. Aber es erfolgte nichts von seiten des Mannes auf der Bühne. Er stand – starrte ebenso wie sein Publikum in die Loge und ging ein paar unsichere Schritte, zuckte die Achseln, wollte sich zurückziehen und kam schließlich auf den Gedanken, noch einmal tief sich zu verneigen – um die Leistung seiner Person damit in Erinnerung zu rufen und um dort anzuknüpfen, wo der Beifall ausgesetzt hatte, der seiner Meinung nach – gerade wegen des eben Geschehenen – gut noch einmal wachgerufen würde. Er wollte mit dieser aufmunternden Verbeugung den Zwischenfall für sich und die Leute aus der Welt schaffen. Und es gelang einigermaßen, man spendete ihm noch ein paar Hände voll zerstreut hingeklatschter Belohnung. Dann verschwand er.

Das Publikum tuschelte. Also mit dem Komiker hatte der

andere nicht gemeinsame Sache gemacht? Auf den Besuchern lastete das Fragwürdige des Ereignisses, daß ein fremder Mensch plötzlich aus einem dunklen Winkel hervor, anscheinend ganz auf eigene Faust, in den festgelegten Ablauf öffentlicher Vorführungen eingriff. Weshalb? Aus welchem tieferen Grunde tat er es? Durfte man lachen? Oder mußte man ihn feindlich ablehnen – ihn, der sich Dinge herausnahm, die auf Kosten aller gingen? Wen verspottete er? Den Komiker oder den ganzen Saal? Er schien die Menschen hier unterhalten zu wollen – und schließlich wurde man erstarrend inne, daß die Menschen *ihm* zur heimlichen verruchten Unterhaltung gedient hatten. – Man saß unsicher hinter seinem Bier, sog in einem klebrigen Unbehagen kräftig an den Zigarren, begann schon, sich gegenseitig voll Mißtrauen anzuschielen.

»Solneman selbst?« äußerte eine fragende Stimme an einem Tische des Parketts. Die Frage sprach sich weiter. Ein paar junge Leute sprangen auf, rannten mit den Mienen schnuppernder Spürhunde hinaus. Aber sie kamen bald wieder und mußten gestehen, nichts gefangen und nichts erfahren zu haben. Nur so viel, daß der gekränkte Komiker keine Ahnung hatte, wer sich da getrieben fühlte, ihm ins Handwerk zu pfuschen. Auch in die bewußte Loge waren die jungen Leute vorsichtig eingedrungen. Dort saßen zwei Damen und zwei Herren, die sehr mit sich beschäftigt gewesen sein mußten, weil keines von ihnen angeben konnte, wie der deklamierende Herr ausgesehen habe. Eben wie ein Mann!

»Wie jeder Kavalier, elegant und unaufdringlich«, äußerte streng der jüngere der beiden Herren. »Hätte er sich schlotig angezogen gehabt – er wäre mir unter allen Umständen aufgefallen.«

Der Herr sei, als er seine Verse fertiggesprochen hatte, ruhig zur Tür hinausgegangen.
Man begnügte sich, fühlte sich wieder sicherer und gemütlicher, stieß ein Lachen bagatellmäßig durch die Nase. Die Musik setzte von neuem ein für die folgende Nummer. Der Vorhang ging auf. –
Der Fall wurde die nächsten Tage in der Stadt besprochen. Vorwiegend war man geneigt, diesen kleinen Herrn in der Proszeniumsloge für irgendeinen Spaßmacher zu nehmen, der mit seinem Scherz vielleicht darauf ausgegangen war, den Gedanken an Solneman wachzurufen – der jedenfalls irgendwie Gelegenheit gehabt hatte, das Konzept mit dem Gedicht des Komikers zu lesen und daraufhin seine eigenen Verse und sein Auftreten vorzubereiten.
Zu schwanken aber begann diese Erklärung – in sich zusammenzufallen –, und Unbehagen und Grauen begannen aufzusteigen, als folgendes ruchbar wurde:
In dem Varieté befand sich – wie in fast jedem Varieté – in einer versteckten Ecke des Saales ein Tisch, dessen Plätze der schlechten Lage wegen an zahlende Besucher nicht abgegeben wurden. Diesen Tisch hatten die Mitwirkenden inne. An jenem Abend hielten zur Zeit des Auftretens des fremden Mannes diejenigen Kollegen ihn besetzt, welche mit ihrer Arbeit schon fertig waren: ein paar Tänzerinnen, drei Parterreakrobaten, die Soubrette und zwei Kunstradfahrer. Außerdem saß da noch eine Negerin. Sie gehörte nicht in das laufende Programm, aber – wie sich später herausstellte –: jeder der Anwesenden glaubte von dem anderen, er sei mit der Schwarzen bekannt und habe sie an den Tisch gebracht. Die große schwerbusige Dame lachte mit Goldzähnen, tat wie zu Hause und zeigte bald, daß sie zum Metier gehörte. Man sprach von der Schluß- und

Glanznummer des Abends, von Signor Alberto Chiesa, der sich ein fünfzigpferdiges Automobil, besetzt mit vier Leuten aus dem Zuschauerraum, über den Körper fahren ließ.

Die Negerin meinte in einem englischen Deutsch, das sei nichts Neues. Sie habe Ähnliches schon vor neun Jahren in San Francisco geleistet. Dort sei sie aufgetreten – in weißen Seidentrikots mit grünen Glanzsternen – und habe sich eine Löwenpyramide, aufgebaut aus acht Bestien, über den Bauch rollen lassen. Der Triumphwagen allein habe vier Zentner gewogen. Dazu sei noch das Gewicht des Dompteurs, des Mister Roger, gekommen, der, auf dem obersten der Löwen balancierend, die Gruppe in Ordnung gehalten habe. Er sei allerdings der leichteste von der ganzen Gesellschaft gewesen; klein und zierlich und mit langen blonden Locken, habe er kaum hundert Pfund gewogen. –

Man habe diesen Ausführungen der schwarzen Dame nicht recht geglaubt und sie dadurch wohl zu einem beleidigten Schweigen gebracht. Lebhaft sei sie erst wieder geworden, als jene helle Stimme aus der Proszeniumsloge sich hören ließ. Sie sei aufgesprungen und habe sich vorgebeugt, dann aber habe sie wieder ihren Stuhl eingenommen, und es sei gewesen, als kämpfe sie eine Unruhe nieder und als vergewissere sie sich, kein Aufsehen zu erregen. Als der Unbekannte seine Verse beendet hatte und verschwand, sei auch sie aufgestanden und habe leichthin über den Tisch gesagt: »Da wird Zeit für mich, *good bye*«, und sei gegangen. Die Soubrette, der sie zunächst stand, wollte noch gemurmelte Worte vernommen haben, etwa: »O Roger, Darling, du Hanswurst – alte.«

Man sog diese Erzählung in sich – mit immer weiter werdenden Augen. Also doch – also doch Solneman? Zweifellos. Jetzt zweifellos! Das war das Grauenhafteste an diesem Kerl, daß man ihm erst auf die Schliche kam, wenn alles längst vorbei und in Ordnung zu sein schien. Er spielte mit ihnen – und sie, sie lachten nichtsahnend mit. Er war ein Vampir, der ihnen im Nacken saß und sie dabei glauben machte, es kitzle sie jemand Nebensächliches, irgendein Freundchen – ein harmloses. War dieser kleine Herr in der großen, halb dunklen Loge nicht eigentlich niedlich gewesen? Nun also. – Und jetzt – ? War es wieder dieser irrsinnige Teufel! Wer weiß, was er eines Tages noch mit der unglücklichen Stadt anstellte – mit der *ganzen* Stadt! In welchen Abgrund er sie stürzte – oder ob er sie vielleicht gegen den Himmel sprengte. Es gab nichts, was man ihm nicht hätte zumuten können. War er denn gesetzlich nicht zu packen? War er *wirklich* nicht zu packen? Konnte man denn gar nichts weiter tun, als angehaltenen Atems warten – und horchen – und lauern – und sich die Nerven ruinieren lassen von diesem Untier?

Vermummte Seetiere

In den ersten Frühjahrstagen, die nun kamen, beruhigte es die Leute sehr, daß er wieder auf der Mauer sichtbar wurde und so wenigstens ein bißchen, wenn auch unvollkommen, kontrolliert werden konnte. Er schritt umher, schien wieder einmal dies und das zu prüfen und dort oben vorzubereiten.

Und eines Morgens klaffte auch wieder eine der geheimen Lücken in der Mauer, man sah für kurze Augenblicke in das erste Grün des Parkes, während die Negerin, unnahbar wie ehedem, den Transport von großen unförmigen Klumpen, in Segeltuch verpackt, überwachte. Diese riesigen, wie vermummte langgestreckte Seetiere aussehenden Stücke rollten in den friedlichen Garten hinab, dann schloß die Mauer sich wieder.

Um diese Zeit hörte man, besonders des Nachts, wenn der Lärm der Stadt, dieses unaufhörliche Brausen, verstummte, ein Rauschen und Quellen und feuchtes Kollern in der Nähe der Mauer. Aber man konnte gehen, wohin man wollte – in welcher Richtung man es auch versuchte, man kam dem Klange nicht näher, nicht ferner. Er blieb überall gleich stark, eher schwach, gleich stetig, gleich geheimnisvoll. Er schien aus der Höhe zu kommen, als rauschten Wasserbahnen den nächtlichen Himmel entlang. Das ging so Tage fort und Nächte – wochenlang. Man war beunruhigt, brachte das unheimliche Geräusch, obwohl es gar nicht aus dem Parke zu kommen – nicht *über* die Mauer zu steigen schien, doch in Zusammenhang mit dem Narren, der dort wohnte. Weiß Gott, was er wieder anzustellen sich unterfing.

Und bald erfuhr man, daß tatsächlich Solneman dahintergesteckt – daß er etwas Neues – Schreckliches unternommen hatte, weil er nämlich des Automobilfahrens überdrüssig geworden war – der unersättlich nach Abwechselungen Jagende! Er hatte die ganze Rennbahn oben auf der Mauer in eine Wasserstraße verwandelt, in einen einzigen Kanal, der zum Ringe sich schloß. Nun fielen den Leuten die großen Röhren vom Bau des Gemäuers her wieder ein, die damals hoch oben gelegt wurden und viel Kopfschütteln erregt hatten. Also Wasserleitungen waren es gewesen. An was nicht alles hatte dieses Ungeheuer von Anfang an gedacht!

Dies war den Leuten klargeworden, als das ewige Rauschen

endlich doch aufgehört hatte und Solneman dann in einem neuen Gefährt, seltsam weich dahingleitend, sich zeigte. Scharfen Beobachtern war vorher schon aufgefallen, daß Enten und Möwen auf einmal die Mauer bevölkerten – einfielen und wieder aufflogen. Aber sie hatten sich mit der Erklärung eines von ihnen zufriedengegeben, der da meinte, die Tiere nisteten wohl in trockenen Löchern und Winkeln hoch dort oben – weil sie von dem vielen Wasser in ihrem Dasein endlich einmal genug hätten.

Solneman fuhr also in seinen Motorrennbooten – als solche entpuppten sich die unförmigen Tierklumpen, die kürzlich angekommen waren –, fuhr und benahm sich dabei nicht viel anders wie in seinem Automobil. Er wechselte mit drei Booten ab, von denen eines rot, eines schwarz und das dritte weiß gestrichen war. Angenehm empfunden wurde, daß mehr von ihm zu sehen war als früher, weil die Fläche, auf der er dahinsauste, sich um wohl zwei Meter erhöht hatte. Manchmal fuhr die Negerin in einem zweiten Boot nebenher oder hinterdrein, später lief sogar das dritte mit den beiden anderen zusammen, und man konnte nicht dahinterkommen, ob es automatisch gesteuert wurde oder ob jenes Paket, das zusammengewickelt am Ruder saß, es lenkte.

Liefen alle drei Boote, so schien Solneman darauf zu achten, daß sie immer in der Reihenfolge: schwarz, weiß, rot blieben. Damit eroberte er sich wieder einige Sympathien. Es kam vor, daß Patrioten, die zufällig von der Straße aus diese Farbenfolge wahrnahmen, überwältigt stehenbleiben und unter Hüteschwenken drei kräftige Hurras hinaufschicken mußten.

Aber die Behörde war keineswegs einverstanden. Die Herren vom Hoch- und Tiefbauamt meinten, diese Verrückt-

heit könne man ihm nicht hingehen lassen. Es bestehe die Gefahr, daß der Unterbau der Wasserstraße durch die Fluten benagt, zermürbt, durchbrochen werde und daß eines Tages das ganze Gemäuer zusammenstürze und unabsehbaren Schaden verursache.
Die Behörde teilte Solneman ihre Bedenken mit. Er bediente sich wieder seines Scheinwerfers und erklärte nächtlicherweile an der Wand des Rathausturmes: »Keine Angst. Mauer von Brüstung abwärts unzerstörbar imprägniert. Überzeugt euch selbst.«
Das war nun allerdings nicht mehr nötig; man hatte ja früher schon diesen rätselhaften Überzug untersucht.
Man ließ ihn also seufzend gewähren und verhängte nur Polizeistrafen, wenn er mit solcher Schnelle dahinstrich, daß Wellen über die Brüstung schwappten, haushoch herunterstürzten und auf der Straße kleine Seen bildeten.

Roger von Joachim

Noch einmal griff Solneman zu Papier und Schreibfeder, begnügte sich nicht mit Scheinwerfer und Rathauswand. In einer wichtigen Sache. Er schrieb an den Magistrat, daß im Parke sich ein Todesfall begeben habe. Er wünsche die Leiche beizusetzen. Man möge ihm eine Grabstelle auf dem Bergfriedhof anweisen. Aber bald – wegen des üblen Geruches. Ein Grabstein sei schon bestellt. Träfe bis morgen keine Nachricht ein, so werde er die Leiche auf eigenem Grund und Boden bestatten.
Wer kann denn gestorben sein? bedachte Bock. Solneman selbst? Hat er schnell noch eigenhändig diese Daseinsveränderung angezeigt? Begräbt er sich selbst? Setzt er sich selbst

Leichensteine? – Ich weiß nicht, wie er das alles machen soll. Aber überflüssig, sich den Kopf zu zerbrechen. Er bringt es zuwege.
Schließlich schloß der Oberbürgermeister doch, daß nur die Negerin gestorben sein könne. Niemand anderes. In diesem Sinne erhielt Solneman umgehend den folgenden Maschinenschriftbrief:
»Einem geehrten Antragsteller zur Verbescheidung, daß
ad 1 für ihn als einen Anwohner des XXVII. Bezirkes der östliche Friedhof in Betracht kommt,
ad 2 es strengstens verboten ist, Leichen auf eigenem Grund und Boden zu vergraben, zu verstecken oder zu verbrennen.
Da es sich nur um den dem Haushalt des Antragstellers als einzig angemeldete Person eingegliederten Dienstboten O. Brettschneider, ein der schwarzen Rasse angehöriges Wesen weiblichen Geschlechtes, handeln kann, so ist unverzüglich anzugeben, ob die Verblichene Heidin oder christlich getauft ist, was aus früheren Angaben klar nicht ersichtlich wird.
Der Antragsteller wird dringend ersucht, der Tätigkeit des den Totenschein auszustellen verpflichteten Arztes sowie der Leichenfrau keine mißgünstigen Hindernisse in den Weg legen zu wollen. Beide Amtspersonen sind morgens neun Uhr bei dem Bilde der achtzehnten Eva zur Stelle und dort einzulassen. Am gleichen Platze wird um zwölf Uhr mittags der Leichenwagen behufs Beförderung der Leiche auf den östlichen Gottesacker vorfahren.« –
Kaum war es dunkel, begann der Solnemansche Scheinwerfer zu arbeiten. Er gestand: »Negerin außerordentlich gesund, tot der zweijährige Roger. Todesursache Brechdurchfall. Arzt unnötig. Leichenfrau soll sich selber wa-

schen. Leichenwagen überflüssig. Eigener Wagen fährt ein Uhr Bergfriedhof.« –

Da hatte man es wieder! Mit einem Schlage warf der Mensch die seit Jahrzehnten geheiligten Einrichtungen über den Haufen. Mit einer Anmaßung, die an Irrsinn grenzte.

Und wer war Roger? Keine Ahnung hatte man gehabt von der Existenz weiterer Menschen im Parke.

Einige frohlockten: Haben wir nicht richtig vermutet, daß er ganze Völkerstämme durch die vermaledeiten Möbelwagen in den Park eingeschmuggelt haben kann?

Wann fährt dieser eigene Leichenwagen? fragte sich Bock. Ein Uhr – nachts? oder mittags?

Ein schönes Durcheinander! Kein Mensch weiß, was geschehen wird.

Bock besann sich, daß man, da doch angeblich ein Grabstein bestellt war, vielleicht durch den Steinmetz etwas Wichtiges erfahren könne.

Man fand auch wirklich den, der von Solneman beauftragt war. Er meldete des Steines Inschrift. Sie lautete:

»Hier liegt Roger
von Joachim aus der Ophelia.«

Und darunter der Zweizeiler:

»Tier, in dir starb eines Menschen Streben,
Eh' es Zeit fand, richtig aufzuleben.«

»Also totgeboren«, urteilte Schlicksupp. »Und trotzdem zwei Jahre alt? Solnemanscher Humbug! Roger von Joachim – ein Adeliger. Wahrscheinlich hat Solneman ihn einmal entführt und zu gemeinen Zwecken mißbraucht. – Wie kann übrigens zweijähriger Adel an Brechdurchfall sterben? Infames Gelüge?«

Aber Bock stieß sich an dem ersten Wort des Zweizeilers, an

dem Worte: Tier. War vielleicht nur ein Zebra verreckt, ein Gockel, ein Lamamännchen?
Man telegraphierte an Solneman. Die Stadt ließ sich's etwas kosten. Das Telegramm lautete: »Unverzüglich Auskunft darüber, ob Tierleiche oder Menschenleiche. Je nachdem Weiteres vorbehalten.«
Mittlerweile war es schon zehn Uhr abends geworden. Bock versäumte das Nachtessen. Aber die Angelegenheit mußte schnellstens geregelt werden. Man konnte ja nicht wissen, ob nicht bereits in drei Stunden – um ein Uhr – sein Wagen mit einem Toten aus dem Park in die Stadt gefahren kam.
Solneman schrieb gegen Mitternacht an die Turmwand: »Tiermenschenleiche. Steckt nicht in jedem Menschen ein Tier? Wohl auch umgekehrt. Das ist es! – Außerdem: Ägypten begrub feierlich Katzen. Sind diese Empfindungen weniger zu respektieren, weil sie fünftausend Jahre zurückliegen? – Fahre gleich los. Weg zum Bergfriedhof weit.«
»Quatsch«, entschied Schlicksupp. »Absichtlich schleierhaftes Gerede. Wenn er glaubt, damit Eindruck zu machen –«
»Also, was für eine Leiche ist es nun?« stöhnte Bock. »Nie bekommt man von diesem Menschen eine klare Auskunft. Auch ich habe liebe Angehörige auf unserem schönen Bergfriedhof draußen vor der Stadt liegen. Ich will doch nicht neben meiner seligen Großtante einen Gnubullen bestattet wissen!«
Dann fiel ihm der Name der Negerin ein: O. Brettschneider angeblich. Hieß sie vielleicht Ophelia? Und trug Solneman den Vornamen Joachim? War in ihnen das Elternpaar dieses angekündigten Kadavers zu erblicken? – Lauter haltlose Vermutungen.

Aber das eine ging wenigstens aus den letzten Worten Solnemans deutlich hervor: daß er noch in dieser Nacht die Leiche zu überführen gedachte. Da galt es, irgendwie – doch jedenfalls vorsichtig – einzugreifen.

Im Laufe des Tages schon war der Brief Solnemans an den Magistrat weidlich in der Stadt besprochen worden. Und nach Einbruch der Dunkelheit hatten Hunderte die hüpfenden Worte auf der geistergrellen Wand des Turmes mit nachspringenden Augen eingefangen.

Nun strömte alles, was laufen konnte und nicht unter jeder Bedingung Skat spielen und Bier trinken mußte oder sehr jung verheiratet war – Tausende strömten an die Parkmauer, umbrandeten sie dumpfen Gemurmels – warteten – jeder an der Mauerstelle, die er ohne besonderes Ziel und mehr durch Zufall erreicht hatte. Wem das Glück günstig war, der stand eben gerade da, wo das Gestein sich öffnen würde.

Auf dem Rathaus aber beschloß man nach Rücksprache mit der Polizei, den Wagen unbeanstandet seines Weges fahren zu lassen und erst – um Unruhen größeren Stiles zu vermeiden – auf dem Friedhofe zuzugreifen. Dort sollte dann die unsichere Sachlage energisch geklärt werden.

Immer noch liefen Leute gegen den Park. Die Stadt war wie ein aufgestörter Ameisenhaufen. Die nicht mehr vor der Mauer selbst Platz fanden, hielten die nächsten Straßen besetzt.

Eine fieberhafte Geschäftigkeit, die etwas Unsinniges hatte, weil doch ganz zweifelhaft war, ob wirklich geschah, was da von Solneman erwartet wurde, schob die flüsternden Menschenmassen vorwärts und durcheinander. Niemand wagte ein lautes Wort. Die Nacht lag schwer auf der Stadt. Kein Mond. Nur die Sterne, plötzlich niederschießend

durch ein Loch am Himmel, wenn dicke Wolken schwerfällig sich verschoben.
Was wurde denn erwartet? Man beriet sich wispernd. Man äußerte Vermutungen und Bedenken. In welchem Aufzug, so fragte man sich, wird er wohl die Leiche fortschaffen? Woher besitzt er eine Leichenkutsche? Spannt er vielleicht die Elefanten vor einen Möbelwagen?
Aber diese Fragen waren nicht eigentlich das, was fragend in den Augen von Tausenden stand. – Heute vielleicht – war er heute vielleicht zu packen? Das in Wahrheit wollte einer vom anderen wissen, zur Lösung dieser Frage stachelte einer den anderen auf, wenn er meinte, es sei doch wahrscheinlich, daß Solneman *selber* den Transport überwache – wie? Wer denn sonst? Man könne also aus nächster Nähe – wie? Man könne also – – o ja, jawohl! Heute gelang es vielleicht. – Bruder, auf mich ist Verlaß! Wenn du nur tüchtig zugreifst, an mir soll es nicht fehlen. Aber du mußt zuerst zugreifen, damit ich weiß, woran ich bin!
Solches schwang heimlich in den geflüsterten Worten, die ein anderes Aussehen hatten, als ihrer Bedeutung zukam.
Windstöße sprangen von der Mauer herab, als seien sie hinter der Balustrade hoch dort oben auf der Lauer gelegen. Hüte schwirrten wie plumpes Nachtgetier durch die Luft, sackten durch, flügelarm, fielen kraftlos in die Gosse, starben unter den Füßen planlos Trappelnder . . . Dann schossen wieder die kalten Stichflammen der Sterne herab – warfen sich in die dunklen Schächte der Straßenzüge, bohrten sich in die Augen Aufschauender – und wurden vom Pelze himmelhintappender Wolkentiere gleichmütig aufgefangen, wurden unschädlich gemacht.
Es schlug ein Uhr. Nahe Turmuhren schleuderten diesen einen Ton in die durchmurmelte Stille. Die Straßen

schreckten auf. Eine Wisperwelle durchlief den Stadtteil. Unruhe gebar Unruhe. Kam etwas – von dort – oder von dort? War schon Ungewöhnliches zu sehen? Da die einen ungeduldig meinten, die anderen dort drüben entdeckten bereits etwas, glaubten die anderen, aus der Ungeduld jener schließen zu müssen, schon sei etwas im Gange. Und man befeuerte so sich gegenseitig, ohne zu wissen, daß nirgends in der Nähe irgend etwas geschah.

Aber plötzlich sprudelten aus dem Innern der Stadt rasche Neuigkeitsquellen in den dumpfwogenden Menschenteich am Park. Und die Folge war, daß Entrüstungsschreie wie kleine Wellen aufspritzten. Mitten in der Stadt wollte man den Leichenwagen gesichtet haben. Eben sei er über den Balduinplatz gefahren.

Da dem Gerücht nicht widersprochen wurde, da es sich aufrechterhielt, sich verstärkte – da schon einige, die dem Stadtinnern nahe waren, von der großen Masse sich lösten und fortzuhetzen anfingen – kam eine furchtbare, noch verhaltene, langsam erst ausholende Bewegung in die schwarzen, endlosen Massen.

Alle drehten sich zunächst einmal um. Gesichter zuckten dort, wo vorher die Rücken geschlafen hatten. Dann stießen diese Gesichter vorwärts mit vorgehaltenen Fäusten, schoben, preßten, trampelten, wichen Stürzenden aus, überholten Strauchelnde, liefen schon, liefen bereits über Weiches, vom finsteren Boden her Brüllendes, liefen über um sich schlagende, hochgeschnellte Beine, entrissen die eigenen fest sich krallenden Händen, machten einen Mund stumm, weil sie mitten auf ihn traten, liefen, liefen, liefen ...

Richtung Balduinplatz!

Wie war dieser Schuft, der ihnen doch immer ein Schnippchen schlug – wie war er unbemerkt in die Stadt gekommen? Er mußte in einer ganz entfernten Gegend des Parkes, stadtabgewandt, die Mauer durchbrochen haben, unten am Flusse vielleicht, und auf Umwegen in die Straßen und in das Herz des Verkehrs gelangt sein. Zaubern konnte er doch nicht – zum Donnerwetter! Geschicklichkeit ist keine Hexerei. Obwohl es eine Geschicklichkeit war, die – die schon bald nach *mehr* aussah, wahrhaftig!

Man lief immerzu, während man dies erwog. Die nächtlichen Straßen waren erfüllt von herdenartigem Getrappel. Am Balduinplatz staute sich die Menge. Aber es hatte gar keinen Sinn, zum Balduinplatz zu eilen, denn dort *war* der Wagen gesichtet worden, dort war er *einstmals* gewesen. Zeit war inzwischen verflossen, war nicht stillgestanden – wie doch diese alle schlechthin anzunehmen schienen. Und der Wagen war auch nicht stillgestanden. Der Ort seines augenblicklichen Aufenthaltes hatte sich geändert. Wo war er jetzt?

Hunderte von den Tausenden waren klug genug gewesen, sich dies vorher zu sagen. Und sie überlegten: Wenn der Wagen auf dem Balduinplatz ist und nach dem Bergfriedhof will, so muß er durch die Hammerstraße, über den Strohmarkt, durch den Katzenkopf, über den Spiegelwall fahren. Jetzt wird er wohl gleich auf den Strohmarkt kommen. Also zum Strohmarkt!

Hunderte zweigten ab von der großen, blind hastenden Woge und rannten zum Strohmarkt.

Sie taten recht. Langsam kam dort etwas die Fahrbahn daher, wie es nicht in das sonst übliche Straßenbild paßte. Es konnte nichts anderes sein als der angekündigte Leichenzug.

Sechs mächtige weiße Pferde zogen einen grünen Kasten auf Rädern. Neben dem Handpferd schritt die Negerin, in weißer Seide mit grünen Glanzsternen – barhäuptig. Ihr schwarzes Haar stand gesträubt wie Stachelschweinsborsten um ein finsteres Riesenhaupt, das starr geradeaus sah. Wie die weißen Köpfe, Brüste und Beine der schweren Belgier aus schwarzen Decken leuchteten, so tauchten der schwarze Kopf und die schwarzen Arme der Negerin aus weißem Gewand. In der linken Hand hielt sie eine düster lodernde Fackel.

Der grüne Kasten, den die Rosse zogen, besaß ungefähr die Form eines Leichenwagens. Er war ganz schmucklos. Etwa wie ein grüngestrichener großer Kleiderschrank auf einem Fahrgestell.

Von jedem der sechs Rosse führten Zügel zu einem breiten Schlitz in der Vorderwand des Kastens, liefen durch diesen Schlitz in das Innere hinein. Ein Gewirr von grünen Lederriemen, die sich an dieser Stelle vereinigten – und geheimnisvoll dort verschwanden.

Dort drinnen aber konnte nur *eine* Hand alle diese Zügel fassen und lenken – ungesehen *ein* Auge nur den Weg bestimmen, tückisch und höhnisch aus sicherem Hinterhalt auf die armen Gaffer da draußen stierend. Feige ganz umpanzert und geschützt!

Und diese Hand und dieses Auge konnten nur einem gehören, dem Verbrecher Hciebel Solneman, der wieder einmal Tausende an der Nase herumzuführen sich den vermaledeiten Spaß machte. Der Feigling!

War überhaupt so etwas wie eine Leiche in dem blödsinnigen Kasten da? Wie ein Fastnachtsulk wirkte das Ganze. Behandelt ein anständiger Mensch seine geliebten Toten so? Fährt er sie in einem grünen Schrank schmucklos zu Grabe? – Schwarz muß der Wagen sein – mit quellenden Verzierungen und Silberbronze. In viel Silberbronze. Überhaupt ist

Silberbronze das würdigste Ausdrucksmittel für Andacht und Schmerzen – wie Goldbronze das für Freude und Lust.

Doch dies beiseite. Die Hauptsache war, daß er sich wieder spielerisch verbarg: aus Bosheit, aus Hochmut, aus schrankenloser Willkür, aus abgründiger Gemeinheit!

Er äffte sie wieder, verhöhnte sie wieder, mißbrauchte sie wieder – er von einer kitzelnden Sicherheit gewiegt, die aber jene draußen auf der Straße nicht kitzelte, sondern aufpeitschte – eine Sicherheit, die den Abenteurer doch endlich einmal irreführen konnte.

Die Gelegenheit war gut – ja – die Gelegenheit war einzig! Man brauchte eigentlich nur ein paar Schritte zu tun – und ein fester Kreis, ein undurchdringlicher, hatte sich schicksalentscheidend geschlossen.

Was sollte in dem Wagen sein? Eine Leiche? Pah! Schwindel war das Ganze, Solnemansche Frechheit! Komödie! Weiter nichts.

Man sollte wahrhaftig nachsehen, ob es nicht stimmte, daß gar keine Leiche im Wagen war, sondern nur dieser Teufel mit zwölf Lederriemen in der verruchten Faust.

Wieder – wie an der Mauer, sagten sich Hunderte von Augen: Auf mich ist Verlaß! Wenn du nur zugreifst – an mir soll es nicht fehlen!

Und plötzlich konnte die Negerin, konnten die Pferde nicht weiter. Ein Menschenwall stand Nase an Nase mit der Schwarzen, mit den schnaubenden rosa Nüstern der Hengste. Ein drohendes Gemurmel stand unbeweglich in der Nacht.

Die Negerin gestikulierte, schrie gellend Unverständliches, packte den nächsten an der Brust – so sehr, daß ihr sein Vorhemd in den Fäusten blieb.

Aber hinter ihr schloß eng sich der Kreis – mit johlendem Gebrüll. Schon riß man den Pferden die Decken herunter. Männer schwangen sich auf den Wagen, kletterten in die Speichen der Räder, behämmerten mit Stöcken und Schirmen den grünen Schrank. Er schien nur lose zusammengesetzt, mit ein paar Riegeln und Haken nur gesichert – wie Dinge vom Zirkus, die schnell aufgebaut und schnell auseinandergenommen werden müssen. Plötzlich fiel alles in sich zusammen, polternd und krachend, schlug die nächsten nieder, begrub sie unter Brettern.
Und es enthüllte sich eine grauenhafte, grelle Zwergengestalt, starr aufgerichtet, unangefochten von dem Tumult um sie her. In ihrer Hand vereinigten sich die Zügel. Hinter ihr ruhte ein kleiner Kindersarg.
Das jähe Auseinanderfallen der Wagenwände schien abgekartet, schien eine List, ein heimtückischer Angriff. Man mußte sich wehren! Aus der zurückgeprallten Menge fielen Schüsse gegen den Zwerg, gegen die Pferde. Drei der Tiere bäumten sich, stürzten – die anderen rissen wild in den Strängen, um sich schlagend; aufblitzende Hufeisen zerklirrten das Pflaster.
Die Negerin warf kurze, pfeifende Schreie in die Nacht. Ihre Fackel stieß sie gegen den Boden; bis zum Nabel herauf gehüllt in einen schützenden Funkenpanzer, zauderte sie, was zu tun sei. Das Handpferd, schon gelöst aus den Gurten, riß sie herum, drängte es neben den Wagen, nahm den grellen zwerghaften Mann, dem die ganz verwirrten Zügel immer noch über die Holzfinger hingen, in den Riesenarm, schwang sich auf den schnaubenden Belgier – rittlings –, hieb mit der freien Faust auf den breiten Rücken – und wuchtete mitten in die Menge.
Eine Gasse schuf sie sich. Nur wenige wurden überritten.

Hinter ihr prasselten Schirme und Stöcke gegen die Flanken und Beine ihres Reittieres, brachten es in einen klappernden, schweren Galopp.
Eine halbleere Straße hinpreschend, von Schutzleuten mit gezogenem Säbel keuchend verfolgt, entschwand die schwarzweiße Riesin, im Arm etwas wie eine fremde böse Gottheit.
Mehr Schaden richteten die zwei noch überlebenden Pferde an. Auch sie hatten sich ganz losgezerrt und sie rasten, von Schüssen verfolgt, durch die sie nicht niedergeworfen wurden, in immer dichtere Menschenhaufen, denen es kaum gelang, auseinanderzustieben – in immer vollere Straßen – gegen den Balduinplatz, dorthin, wo die Leute Kopf an Kopf standen, Tausende.
Der verlassene Wagentrümmerhaufen aber, vor dem drei halbtote Schimmel auf der Erde zuckten, wurde von der Menge, die wieder Mut bekam und Lust, ihre Neugier weiter zu befriedigen, dicht umringt.
Der kleine Sarg war unversehrt. Man umspähte ihn, umwanderte ihn mit den Augen, sog prüfend die Luft ein – aber reckte noch nicht die Hand.
Der Sarg sah aus, als könne ihm gar nichts geschehen. Mitten in dem wüsten Wirrwarr von Brettern und Pferdeleichen stand er klein und schwächlich, bewahrte sich unangetastet aus irgendeinem geheimnisvollen Grund – wie dauernd unantastbar.
Jedoch als die Polizei den Wall durchbrach und sich des Sarges bemächtigen wollte, kam Leben in die gierige Menge. Den rätselhaften Gewinn dieser Nacht wollte sie nicht kurzerhand von behördlichen Armen schnöde fortgetragen sehen, den wollte sie behalten, wollte ihn enträtseln. Man riß die Schutzleute zurück, warf sie hinaus aus dem

Kreise, ließ keinen mehr durch. Die wenigen waren machtlos.

Und man ging daran, den Sarg zu öffnen.

Vielleicht liegt Solneman selber darin, lebendig und kichernd in Bosheit. Der Teufel weiß, wie er sich so klein gemacht haben soll. Aber was ist ihm schließlich unmöglich? – Ist er zu fassen, er soll sein Teil diesmal bekommen!

Vier, fünf Männer fielen gleichzeitig über die spärliche Kiste her, die sich im Licht einer Straßenlaterne unter den auf sie stürzenden Schatten kläglich zusammenduckte.

Der Deckel wich krächzend, schlug mit Geklapper auf die Straße. Gereckte Hälse spähten. Die Fernstehenden drängten näher. Schmerzhaft eng schloß sich der Ring um den Wagen. Die an die Räder gequetscht wurden, schrien auf. Die weißen Hügel der liegenden Pferde wurden erstiegen; um besser sehen zu können, trat man auf röchelnde Bäuche, die ein letztes Aufquellen blähte.

Solneman schien es nicht zu sein. Etwas Erdfarbenes lag in dem Sarge, etwas unsagbar Häßliches. Ein winziger verhutzelter Greis mit offenen Stiefelknopfaugen, mit einer Knopfnase wie eine dunkle Kastanie, mit einem blonden Haarkranz um die kahle braune Platte. Und mit mageren Kinderärmchen, die über einem rosa Kleidchen sich kreuzten.

Oder war, was da in einem erstarrten Greinen aus dem Sarge lautlos schrie, nur ein glanzhäutiger, polierter, gänzlich haarloser Affe mit Perücke, ein Züchtungsprodukt Solnemans?

Vielleicht ein Junges der Negerin, erzeugt in ihrem Schoß von irgendeinem Tier? Oder das scheußliche Ergebnis einer Vermischung Solnemans mit einer Äffin?

Ein Beherzter griff zu, hob das Wesen aus dem Sarge. Unmäßig lange nackte Beine, knochenlos, wie aus Gummizucker, schleiften noch in der kleinen Kiste, als der Mann das Wesen schon hoch über seinen Kopf gehoben hatte, um es der Menge zu zeigen.

Da flatterte etwas unter dem rosa Röckchen hervor wie eine flügellahme Fledermaus, etwas Schwarzes. Einer schlug zu, fing es ein: Es war eine seidene Gesichtsmaske. –

Also doch Solneman? Da war ja die Larve wieder! Also doch Solneman!!

Hundertfältige Wut schnellte sich empor gegen das hochgehobene rosa Geschöpf. Es ward seinem Träger entrissen, durch hundert Hände gezerrt, geprügelt, zu Boden gestampft, hoch in die Nacht geworfen, ausgedehnt, zusammengeknüllt, zerzupft, zerzaust, zerrissen . . .

Nur noch rosa Fetzen blieben in den Händen der Schutzleute, welche, verstärkten Aufgebotes, endlich der tobenden Menge die Beute wieder abjagten.

Keine Beine mehr hatte das Geschöpf, einen Arm nur noch – und einen bananenförmig deformierten Schädel, aus dem das breiige Gehirnchen über die Knopfaugen lief und in die tiefen Gramfalten des entsetzten zahnlückigen Mündchens tropfte.

Zusammen mit diesen unbrauchbaren Resten, die zwei Schutzleute auf gekreuzten Säbeln vorsichtig transportierten, wurden dreiundzwanzig Verhaftete zur nächsten Polizeiwache gebracht. –

Mittlerweile hatten die beiden belgischen Schimmel ungehindert fünf Straßen durchdonnert und den vollgepfropften Balduinplatz erreicht.

Sie drohten mitten in die Menschenmauern, die nicht weichen konnten, weil Mauer an Mauer stand und kein Abzug

offen war – mitten hinein drohten sie zu rasen, gegen atmendes Bollwerk drohten sie anzurennen wie weiße Sturmböcke.
Tausende standen stumm vor Entsetzen. Die zunächst Gefährdeten suchten rückwärts zu zappeln, erfuhren schnell das Unmögliche ihres Beginnens und duckten sich zusammen, lauernd, wie sie sich retten könnten.
Atemlose Stille . . . Nur das rhythmische Prasseln der Hufe näher und näher – und eine einzige gellende Frauenstimme, die unaufhörlich schrillend in den Nachthimmel schoß.
Da sprang ein kleiner Mann aus dem Menschenwall; er löste sich aus ihm wie ein Stein, der losbricht, und lag hingeschleudert mitten in der Bahn, welche die beiden Tiere daherfegten. Nein, er lag nicht, er war – zusammengepreßt wie eine Sprungfeder . . .
Und nun schnellte er sich vorwärts – in die Luft –, gerade als das eine Roß ihn zu zerstampfen drohte – wirbelte in die Luft und landete auf dem Rücken des unter ihm hinfliegenden Tieres.
Schon griff er in die Mähne, schon setzte er einen Fuß auf den Rücken des zweiten Pferdes, erhaschte auch dessen Mähne – und stand so – Fuß auf Roß und Fuß auf Roß – wie die Jockeis im Zirkus, wenn sie die römische Post reiten.
Um im letzten Augenblick die Katastrophe zu verhindern, mußte er die Pferde so herumreißen, daß sie schauerlich aufgebäumt in einem versteinten Ruck gleich weißen schweren Säulen in den Himmel ragten. Wo blieb er selbst? Glitt er nicht herab? – Einige der gequälten Zuschauer, welche dies alles wie einen fürchterlichen Traum durchlebten, erzählten später, gesehen zu haben, daß der Reiter in diesen entsetzlichen Sekunden auf den Köpfen der Tiere trippelnd ein paar zierliche Tanzschritte vollführt habe . . .

Dann fielen die weißen Säulen langsam seitlich – die Vorderhufe streiften noch die Köpfe der vom Tode Erretteten – und preschten in einem kurzen und beruhigten Zirkusgalopp die freie Fahrstraße hinunter – um den Balduinplatz herum, wie um eine von zufriedenen Zuschauern dicht besetzte Manegenrundung.

Worte des Erstaunens hüpften auf, Rufe der Anerkennung schwirrten den beiden Pferden nach, schließlich überbrauste tausendstimmiger Jubel den kleinen Mann, der in den Zähnen ein flackerndes rotes Tuch hielt, das sein Gesicht halb zudeckte, und einen steifen schwarzen Hut, einen viel zu großen, bis über die Ohren gezogen hatte.

So in federnden Kniekehlen stehend, die langen Mähnen der Belgier wie fransenbehängte Zügel bis vor die schmale Brust gehoben, entschwand der kleine Mann merkwürdig auf und ab wippend in die Richtung des Parkes. – –

Was geschah Seltsames in dieser Nacht? Was geschah? Indes man auf dem Strohmarkt Solneman in Gestalt eines verhutzelten Greisenkindes in Stücke riß, pries man zur nämlichen Zeit auf dem Balduinplatz als den Erretter von Unzähligen – wen? – Solneman? – In Gestalt eines Zirkusreiters? – Vielleicht. Kein Mensch wußte die Wahrheit. Und niemand hat sie erfahren.

Man ging nach Hause. Die Straßen leerten sich. Und man schlief gut, denn man war müde – nach so viel schönen Aufregungen.

Am nächsten Morgen entschloß der Magistrat sich, was an Resten des rätselhaften Geschöpfes die rasende Menge übriggelassen hatte, den Wissenschaftlern zur Prüfung vorzulegen. In einem Marktkorbe, der mit Wachstuch ausgelegt war, damit nicht noch das Beste des wenigen Vorhandenen unterwegs wegtropfte, beförderte ein Kriminal-

wachtmeister das Objekt und übergab es dem Diener des Anatomischen Institutes.
Es gelang den Gelehrten nicht, ein ganz unzweideutiges Urteil abzugeben. Man erfuhr lediglich, daß ein zerquetschtes Gehirn, ein sechsfach gebrochener Arm, ein eingedrückter Brustkorb, eine entleerte Bauchhöhle zu wenig seien, um in so schwierigem Fall zur Grundlage eines soliden Gutachtens dienen zu können. Der Kadaver stamme jedenfalls von einem infantilen Wesen – oder von einem zermürbten Greise; sei zweifelsohne menschlicher Herkunft – wenn nicht tierischen Ursprungs. Über die Haut sei zu sagen, daß sie, von einer seltenen Zähigkeit, die Strapazen undurchlöchert überstanden habe und zur praktischen Verarbeitung in der Lederbranche deshalb außerordentlich zu empfehlen sei.
Bock fand neben der gelehrten Auseinandersetzung auf seinem Schreibtisch die begutachteten Reste in einem Glasbehälter mit Spiritus stehen.
Der Oberbürgermeister sah widerwillig hin, er *mußte* hinsehen: Der Kadaver schwamm langsam um sich selbst in seiner gelben Flüssigkeit, ganz träge wie von einer allerletzten Lebensäußerung bewegt. Nun stand er still und wies mit dem umgeknickten Fingerchen seiner einzigen Hand gerade auf Bock. Seine blonden Härchen standen als ein lichter Strahlenkranz krausenähnlich um seine braune Platte. Unter halb herabgefallenen Lidern taten die Augen einen glasigen Ruck. Ein quarrender Laut – wohl aus dem Holz des Schreibtisches – entstand in dem Augenblick, da das Unterkieferchen noch tiefer sackte und in den Winkeln des Mäulchens Brechfalten sich eingruben . . . Eine kleine rosa Wolke quoll aus dem Munde, wie im Ekel heraufgewürgt, und verdünnte sich schnell in der Flüssigkeit – wohl

nichts weiter als ein bißchen Blut aus dem zerschlagenen Zahnfleisch.

»Pfui Teufel«, murrte Bock, sah schon nach der Tür und schluckte Speichel. »Was sollen wir denn mit diesem infamen Aas?«

Und er beschloß, den Vorschlag zu machen, das Ding im Spiritus dem ursprünglichen Inhaber, Herrn Solneman, wieder zuzustellen.

Es geschah. Um Solneman eine bescheidene Aufmerksamkeit zu erweisen, um ihn, wenn er es auch eigentlich nicht verdiente, rücksichtsvoll zu behandeln, stellte man das Präparat auf ein kleines, mit hellblauem Samt überzogenes Tischchen, das man aus den Requisiten eines Varietés ankaufte, denn er liebte augenscheinlich solche Möbelstücke, und ließ ihn brieflich wissen, vor dem Bilde der dreiundzwanzigsten Eva stehe ihm das zur Verfügung, was von dem Leichnam der Behörde aus den Händen einer begreiflicherweise sehr erregt gewesenen Menge zu retten unter großen aufopfernden Schwierigkeiten gelungen sei.

Aber es kam anders. Solneman gelangte nicht in den Besitz der Glasurne. Man hatte unbegreiflicherweise vergessen, zur Nachtzeit einen Posten neben das hellblaue Samttischchen zu beordern. So geschah es, daß ein unverbesserlicher Trunkenbold, dessen Zickzackweg am Tischchen vorbeiführte, sich des geistigen Getränkes bemächtigte und das Fleisch – als echter Alkoholiker auf feste Nahrung verzichtend – in den Rinnstein warf, wo es ein Raub nächtlicher umherspürender Hunde wurde.

Man fand am Morgen den unmäßigen Trinker in einem schweren Rausche neben dem zerbrochenen Glasgefäße liegen.

Die Polizei aber sagte sich, daß – besonders durch die

Glasscherben – Unheil hätte entstehen können, und nahm Solneman wegen groben Unfugs mit hundertundzwölf Mark in Strafe, weil er als Eigentümer der in Frage stehenden Gegenstände fahrlässig dieselben vor seiner Haustür geduldet und ganz ohne Aufsicht dort belassen hatte.

Fuchsien und Reseden

Das Haus in der Prinzenstraße, dessen Eigentümer Solneman war, wechselte oft seine Bewohner. Es meldeten sich zwei junge Leute beim Hausverwalter, die unter allen Umständen das Parterre und die sämtlichen Kellerräume mieten wollten. Da sie freiwillig eine hohe Summe boten und sich dem Verwalter ganz besonders erkenntlich zu zeigen versprachen, verstand es dieser, die Räumung der Wohnung von heute auf morgen zu bewerkstelligen. Fluchtartig und in dem Gefühl, froh sein zu müssen, wenn man nur mit heiler Haut davonkam, verließ die bisherige Partei die Wohnung, begleitet von entsetzlichen Drohungen des Hausmeisters.

Die beiden jungen Leute zogen ein. Auch die Kellerräume wußte der Verwalter, nachdem er weiteren Lohn empfangen hatte, trotz des Widerspruches der übrigen, der neuen Partei zu übertragen. Erklärte einfach, die sämtlichen Keller seien von nun ab geheimen militärischen Zwecken vorbehalten. Da beugte jeder, ohne zu kritteln, sein Haupt.

Übrigens hatte das Benehmen der beiden jungen Männer in der Tat etwas Rätselhaftes. Sie ließen das Mittelzimmer der Parterrewohnung durch eine Treppe verbinden mit den Kellerräumen. An Einrichtungsgegenständen führten sie nichts in die Wohnung. Lediglich ein paar große Werkzeug-

kästen, eine Anzahl kleiner Puppenwagen und hundert metallene Röhren, die in einem der Keller aufgestapelt wurden. An die Wohnungstür schraubten sie ein Schild, auf dem zu lesen stand: G. D. Fox, institut of F. O. X.
Dem Verwalter erklärten sie, wissenschaftliche Experimente, welche das beharrliche Wärmemaß eines Kellers benötigten, vornehmen zu müssen.
In Wahrheit aber hegten sie den Plan, sich in den Solnemanschen Park durchzugraben.
Es galt nur die Straße unterirdisch zu queren, es galt unter der Mauer durchzuschlüpfen und ein Stück weit im Parke vorzudringen – es galt alles in allem kurze fünfzig Meter zu graben – dann war man, wo man sein wollte.
Man hatte Schaufeln und Hacken, Grubenlaternen und kleine Sandwagen, man hatte die festen Metallröhren, die einen Mann bequem durchkriechen ließen und zum Ausbau des Tunnels dienen sollten.
Die Arbeit konnte beginnen. Was an Sand und Erde zutage gefördert wurde, fand Aufnahme in den weiten Räumen der Parterrewohnung. Ein winziger Kran holte die Massen aus dem Keller. Wie unten in dem kleinen Tunnel, so beförderten auch hier oben die Puppenwagen das Erdreich in die entferntesten Zimmer. War ein Zimmer voll mit Sand und Dreck, so wurde es einfach abgeschlossen und zugenagelt.
Dennoch erforderte die Arbeit Überlegung und Umsicht. Man mußte dem Gewirr der Kanäle, der Gasröhren, der elektrischen Kabel entgehen. Man mußte einen die Straße unterquerenden Bach sehr berücksichtigen. Kam man zu dicht an ihn, der ganz in der Nähe floß, konnte seitlich Wasser einbrechen, und alles war verloren. Der Bach durchströmte unter den Straßen und Häusern die ganze Stadt,

trat nur in ihrem Herzen, am großen Marktplatz, für eine kurze Strecke zutage und ergoß sich schließlich, von einem dunklen Steinbogen ausgespien, in den Park, den er eilig in Windungen durchlief, um sich zuletzt mit dem Flusse, von dem er oberhalb der Stadt abgezweigt war, wieder zu vereinigen.

Dieser Bach bedeutete eine große Gefahr, aber sie wurde in der Folge glücklich vermieden. Nicht weniger Umsicht war nötig bei der Wahl jener Stelle, an der man im Parke hochzutauchen beschloß. Ratsam war es wohl, dies nicht allzu nahe an der Mauer zu tun – wegen eines möglichen Raubtierzwingers. Es gelang, außer den Plänen des städtischen Kanal- und Kabelnetzes auch eine genaue graphische Darlegung des ehemaligen Bürgerparkes zu bekommen. Nach ihr wählte man einen Platz zwischen zwei alten Eichen, die jedenfalls noch standen, und zwar so weit voneinander entfernt, daß ihr Wurzelwerk beim Hochgehen nicht stören konnte. Man berechnete Winkel und Entfernung und fand, daß vom vorderen Keller aus siebenundvierzig Meter zu durchmessen waren. In die Tiefe mußte man – ganz abgesehen von Kanälen – auf alle Fälle reichlich gehen, da es notwendig war, die starken Grundfesten der Solnemanschen Mauer zu unterschlüpfen.

Die beiden jungen Männer arbeiteten emsig. Der eine grub und hackte, der andere verstaute den Dreck. Da zu Beginn ihrer Tätigkeit gerade Nago, der Wühlmensch, ein Phänomen in Erdarbeiten, sich auf dem alljährlichen Volksfest in einer Schaubude produzierte, überlegten die beiden, ob sie diese bedeutende Kraft für ihr Vorhaben gewinnen sollten.

Der Wühlmensch besaß die Gabe, durch Sandmassen ohne alle Hilfsmittel sich hindurchzugraben. Sein Verfahren

blieb sein Geheimnis. Jedenfalls ließ er sich zwanzigmal des Tages in seiner Bude tief unten verschütten. Über seinem festgestampften Grabe stand der Impresario, die Uhr in der einen, einen Hammer in der anderen Hand. Mit dem Hammer schlug er auf einen Balken, der sieben Meter in die Erde gerammt war – dreimal – und erklärte: »Dies, verehrte Herrschaften, war das bedeutsame Zeichen, welches zu den aufhorchenden Ohren des Verschütteten dringt. Nago, der Wühlmensch, beginnt nunmehr im Bauch der Erde sein furchtbares Tun und Treiben. Er hat in seinem Reservoir der Lungen, durch erhebliche Kondensierung vorheriger Luftzufuhr, Sauerstoff für elf Minuten aufgespeichert. Dieses Aufspeichern lebensbedingender Gase ist keinem anderen menschlichen Wesen der Erde möglich, ausgenommen Nago. Hier liegt das Rätsel seines Daseins, wie auch in der von Geburt schaufelartigen Gestaltung seiner Schulterblätter, welche durch unaufhörliche seltsame Übungen rapide gewonnen haben. Trotzdem, verehrte Herrschaften, müssen wir uns klar darüber sein, daß Nago in erheblicher Lebensgefahr schwebt. Er hat – ein Blick auf meine Uhr belehrt mich – noch für sieben Minuten Sauerstoff in der linken Lunge. Die rechte faßt überhaupt nur für ein und eine halbe Minute Luft, da sie infolge der täglichen enormen Anstrengungen frühzeitig gealtert ist. Um so kräftiger ist die linke, sie ist das Wunder der ärztlichen Kapazitäten beider Halbkugeln.«
Der Herr im Gehrock schwieg und sah mit Besorgnis, die er jedoch nicht überhandnehmen ließ, auf seine Uhr. Die Zuschauer hielten den Atem an, horchten alle nach der Erde – hin gegen diesen feuchten, grauen, armseligen Sandboden, der unbeweglich blieb. Das Arbeiten einer Maschine im Zelte nebenan ward in der Stille zum surrenden

Donnern. Da die Kohlen der Bogenlampen aufzischten und ein eisiges Weißblau umherspritzten, fuhren alle zusammen. Der Boden blieb grau und naß, fürchterlich starr. Der Herr im Gehrock ging über ihn hin, als trete er festen Asphalt, und er begann wieder:

»Meine verehrten Herrschaften, ich habe Nago nur mehr noch zwei Minuten zu geben. Innerhalb dieser abnorm kurzen Zeit muß der Verschüttete unter allen Umständen seine natürliche Verbindung mit der überirdischen Atmosphäre wiederherstellen. Gelingt ihm das nicht, so dürfte anzunehmen sein, daß eine rapid fortschreitende Vergiftung körperlicher Säfte sowie des Blutes durch zurückschlagende verbrauchte Sauerstoffgase das Herz des Lebens selbst angreifen und dessen Träger binnen kurzem unter unseren Füßen in der Nacht schwarzer Erdschollen, wenn nicht gleich dahinraffen, so doch einer bedenklichen Erstickungserscheinung entgegenführen dürfte. Ich werde sofort, sollte die nur noch ganz kurze Spanne Zeit ergebnislos verstrichen sein, meine allerletzten Maßregeln erwägen.«

Aber immer, wenn der Herr in Gehrock und Uhr soweit war, Maßregeln zu erwägen, sprang er zurück, denn unter ihm sank rieselnd Sand ein, und ein kleiner schlürfender Trichter tat sich auf.

»Dies, meine sehr verehrten Herrschaften, gottlob! ist das untrügliche Zeichen, daß Nago die Oberwelt energisch zu gewinnen trachtet und sozusagen hiermit gerettet, wenn auch noch keineswegs aus der Umarmung der Unterwelt befreit ist«, erklärte der Herr im Gehrock.

Die Zuschauer schnauften auf – es klang wie das Erwachen von Kindern nach einem Alp – und sahen, daß eine kleine graue rührende Hand steil aus dem Trichter stieg und

atmend stehenblieb im kalten Licht einer einzigen Bogenlampe. So blieb die Hand lange. Mancher sah sich versucht, sie zu packen. Lebte denn der noch da unten, dem sie gehörte? Er schien, war seine Hand auch da, endlos noch fern. Zieht ihn heraus, um der Barmherzigkeit willen!
Aber plötzlich ruckte es quellend und blähte den Sand. Etwas bückte sich lautlos empor, wölbte sich – blieb unbeweglich. Sand – oder ein Mensch bis zum Nabel?
Nago, der Wühlmensch, war grau, feucht, klebrig glitzernd wie sein Element. Sein Gesicht war geschützt durch eine graue Kapuze mit Augenfenstern aus Marienglas. Keine Haut war zu sehen, er war aus nassem Sand gebacken, nur die Innenflächen seiner schlanken Hände zeigten kleine, rosige, sehnsüchtige Flecken. Er trank die dunstige Budenluft in kurzen schreckhaften Zügen. Es war gut, daß seine Beine noch eingegraben ruhten, denn er schien vornüberfallen zu wollen.
Aber plötzlich entriß er sich elastisch dem Boden, stampfte zweimal auf und entfesselte so den Lackglanz zierlicher Stulpenstiefel, hatte einen Zinnteller in der Hand und sagte mit hoher Stimme: »Dies war der Schluß der Vorstellung. Sollte es den Herrschaften gefallen haben, so bitte ich, ein Trinkgeld nicht zu vergessen.« – Er war sehr klein und er sprach das tadellose Deutsch eines Hannoveraners. – –
Diesen Mann also gedachten die beiden jungen Leute für ihren Plan zu ködern. Gelang es ihnen wohl auch allein, sich durchzubohren, so war unter Leitung dieses Fachmannes doch ein besonders schnelles und zielsicheres Arbeiten zu erwarten. Fraglich war nur, ob er sich für das gesetzlich immerhin anfechtbare Vorhaben gewinnen ließ.
Sie unterredeten sich nach einer Auferstehung, der sie beigewohnt hatten, kurze Zeit mit Nago. Da er ein Fremder

war, drei Wochen nur in der Stadt blieb, sprachen sie gleich offener mit ihm, als sie es mit einem Einheimischen gewagt hätten. Seltsam war, daß er sich für den Plan sehr zu interessieren schien, aber nicht dahin gebracht werden konnte, seine Mitarbeit zuzusagen, obwohl ihm reichliche Barmittel geboten wurden.

»Er wird sich schon entschließen«, tröstete, nachdem sie gegangen waren, der eine der Freunde. »Man muß ihn begierig machen, man muß ihm die Pläne vorlegen. Keine Gefahr! Man kann sie unbekümmert diesem Burschen zeigen.«

Und sie kamen am nächsten Tage wieder und brachten ihre Zeichnungen mit. Nago, zwischen zwei Begräbnissen, sah sich alles durch die zerknitterten Fenster seiner Mariengläser aufmerksam an. Besonders beschäftigten ihn die beiden Eichen, zwischen denen der Tunnel wieder ans Tageslicht geführt werden sollte. Aber er sagte auch heute nicht zu, obwohl ihm die beiden Unternehmer für einen Tag in ihren Diensten mehr boten, als die Bude während der ganzen Dauer des Volksfestes einbringen konnte. Er sagte nicht zu, erklärte sogar immer bestimmter, je mehr die beiden ihn beredeten, nicht mitmachen zu wollen. Wirklich stichhaltige Gründe für seine Weigerung gab er nicht an. Er schien nur aus dem gewöhnlichen Gang seines Daseins nicht herausgerissen werden zu wollen.

Die beiden machten sich hinter den Impresario, den sie bisher gescheut hatten. Aber bei dem war gar nichts zu erreichen. Er behandelte, ganz gegen den Brauch, den Künstler mit großer Hochachtung und erklärte, Herr Nago tue nur und lasse, was er wolle. Niemand könne ihm dazwischenreden.

Die beiden Freunde mußten es aufgeben. »Er ist einer von

den armen Teufeln, die nichts besitzen als das Ungeschick, immer ihrem Glücke stumpfsinnig im Wege zu stehen«, sagte der eine, als sie nach Hause gingen. »Er kann nur in einem Leinwandzelt unter einer Bogenlampe genau sieben Meter tief eingegraben, seine phänomenalen Kräfte spielen lassen. Was darüber ist, das ist vom Übel. Allein schon der Gedanke an veränderte Verhältnisse verwirrt ihn. Er ist dumm. Was wollte er immer mit den beiden Eichen? Nach ihnen fragte er mehr als nach dem Tunnel. Wie konnten ihn die Bäume so sehr beschäftigen. Er schien mir seine eigentliche Aufgabe, die er zu erledigen gehabt hätte, gar nicht zu begreifen. Gut vielleicht, daß er nicht zugesagt hat. Wir werden schon allein fertig.«

Und sie machten sich mit neuen Kräften an ihr bereits begonnenes Werk. Ihre Arbeit schritt rüstig vorwärts. Nach genauen Messungen hatten sie fünfundzwanzig Meter hinter sich und waren schon halbwegs unter der Solnemanschen Mauer durch. Es war auch an der Zeit, daß ihre Tätigkeit sich dem Ende zuneigte, denn zwei Drittel der Wohnung wuchteten bereits mit Kies und Erde bis zur Decke vollgefüllt.

Ein kleiner Zwischenfall hätte sie beinahe verraten. In einem der Zimmer wurden die Fenster durch die Sandmassen hinausgedrückt, und Kies und Steine rieselten auf die Straße. Sie erklärten dem Hausverwalter, Sand und Schmutz rührten davon her, daß die Zimmerdecke und die Zimmerwände schadhaft geworden seien und stark abbröckelten, worüber der Mann sich weiter nicht verwunderte, weil es sich um ein ziemlich neu gebautes Haus handelte. Die beiden versprachen noch, keine Reparaturen zu verlangen, da sie den Raum doch nicht bewohnten, worauf der Verwalter meinte, dann sei es wohl das einfachste, die übliche Form einer Vernagelung der Fenster von außen vorzunehmen. Bis auf weiteres. Sollten die Herren allerdings später doch auf kostspielige Reparaturen pochen, so müßte man erst einmal sehen, ob sie dazu überhaupt berechtigt seien. – Aber die beiden verzichteten gern für alle Zeiten und entgingen so einer Entdeckung.

Genau vier Wochen nach Beginn ihrer Arbeit, die ohne ein wesentliches Hindernis verlaufen war, vollendeten sie den achtundvierzigsten Meter und mußten sich nach ihren Berechnungen unterhalb der beiden Eichen und gerade zwischen ihnen befinden. Es galt nur noch ein paar Meter senkrecht emporzustoßen – dann atmete man die Luft des Solnemanschen Parkes.

Die Niveau-Unterschiede – das ergab sich aus den Plänen – waren ziemlich bedeutend. Der Park lag erheblich tiefer als zum Beispiel die Prinzenstraße. Man konnte also gar nicht sehr fern von der Erdoberfläche sein. Was es emporzugraben galt, war in einem Tage zu erledigen. Man mußte sich natürlich so einrichten, daß man mitten in der Nacht, am besten in den stillen schlafgebundenen ersten Morgenstunden die Solnemansche Rasenfläche, lautlos auftauchend, durchstieß.

Ja, und was dann? – Das war wohl das Raffinierteste an diesem Plan, daß er die Urheber in den Stand setzte, jederzeit bei Solneman ungehindert aus und ein zu gehen. O nein, sie brauchten nicht gleich in der ersten Nacht der Entjungferung Solnemanscher Abgeschlossenheit alle Möglichkeiten schleunigst auszukosten, weil vielleicht die erste Sonne ihr Eindringen verriet. Nichts verriet weder die erste Sonne noch eine fernere, nichts der Mond und die Sterne. Denn sie hatten einen Deckel hergestellt, der auf die letzte Metallröhre, die sie dem fertigen Tunnel einzufügen haben würden, vortrefflich paßte und sie ganz verschloß. Dieser Deckel war mit Gras bewachsen. Eingefügt an Ort und Stelle wird er nichts sein als ein Stück Rasen inmitten des anderen Rasens. – Seit Wochen schon präparierten sie diesen Deckel. Sie hatten beim Gärtner den feinsten Humus gekauft, hatten selbst den Samen gesät und den keimenden täglich begossen. Das kreisrunde Stück Rasen, mitten in der Sandwüste ihrer Zimmer, war prächtig gediehen. An der klar gezirkelten Peripherie wuchsen sogar ein paar verschämte Gänseblümchen.

Als der eine, der gerade die Schicht hatte, den letzten Puppenwagen voll Erde – schon war es fette, dunkle Gartenerde – den Achtundvierzigmeterweg kriechend vor sich hergestoßen und nun den Gefährten im Keller erreicht hatte, rief er ihm aus dem Loche fröhlich zu, diesen *letzten* Haufen Dreck hochzuhissen. Dann stieg er selber heraus, löschte seine Grubenlampe, schnallte den Sauerstoffapparat ab, schenkte zwei Gläser voll Sekt, der schon drei Tage für diesen einzigen Augenblick in Eis lag, und stieß mit dem Freunde an auf ihr vollbrachtes Werk. Denn es war so gut wie vollbracht und gelungen. In dieser Nacht galt es nur noch, den Durchstich zu machen. Um ein Uhr wollten sie beginnen, um drei Uhr waren sie damit fertig. Um ein halb vier Uhr saß schon der Grasdeckel auf der letzten eingepaßten Röhre. Dann – im ersten Dämmern des schweigenden Parkes – würden sie vorsichtig die erste Umschau, vielleicht schon den ersten Streifzug halten.

Da es erst Nachmittag war, zogen sie sich um, sperrten die Tür mit ihrem großen Schild sorgfältig hinter sich ab und beschlossen, die Stunden bis zur letzten Tat gemeinsam in der Stadt mit einem Spaziergang und einem umständlichen feinen Abendessen totzuschlagen. Der eine meinte, man solle doch noch einmal über den Festplatz bummeln und dem Wühlmenschen, ohne den sie nun so schön fertig geworden seien, einen letzten Besuch abstatten. Der andere war einverstanden, und sie schlenderten durch die Budenreihen. Aber bei der Schaustellung »Nago« fanden sie das rotweiße Segeltuch über den Eingang herabgerollt und den Impresario trübselig in der Nähe seiner geschlossenen Bude herumlungern. Sie waren überzeugt, Nago habe bei seinem gefährlichen Beruf den Tod gefunden, doch der Impresario, den sie nach dem schrecklichen Ausgang befragen wollten, schüttelte den Kopf. Der Wühlmensch war auf und davon. Einen Zettel nur hatte er zurückgelassen, darauf stand: Habe in eigener Angelegenheit zu wühlen. – Was das heißen sollte, begriff kein Mensch. Ein bißchen verrückt war jener immer schon gewesen. Und immer schon hatte er abends, gleich nach der letzten Vorstellung, die Bude verlassen und war erst gegen Mittag des nächsten Tages zurückgekehrt. Wahrscheinlich waren die Weiber schuld. Vornehme Damen, versicherte der Impresario, hatten sich täglich in den Wühlmenschen vergafft, obgleich nichts an ihm zu sehen gewesen war als Mariengläser und sandbeschmierte feuchte Tuchlappen über Nase, Mund und Kinn. Aber ein Wühlmensch versprach irgendwie neue Genüsse, zum mindesten eine seltsam grabende Abart der alten. – Es stellte sich noch heraus, daß der Impresario zu trauern besonderen Anlaß hatte, da Nago ihm den ganzen täglichen Gewinn überlassen und nichts für sich begehrt hatte als die paar Nickelmünzen, die nach jeder Vorstellung widerwillig in den Zinnteller geklappert waren. Erst kurz vor dem Volksfeste hatte er den Wühlmenschen kennengelernt, der gleich an ihn mit dem Plan, eine Schaubude zu errichten, herangetreten war. – – Und nun sitze er da mit der leeren Bude, jammerte der Mann im Gehrock. Allerdings müsse er zugeben, daß die Bude auf Nagos alleinige Kosten errichtet und von ihm bar bezahlt worden sei. Er hoffe, sich durch den Verkauf des Zeltes für das verdorbene Geschäft schadlos halten zu können. Denn die Aussicht, einen neuen Wühlmenschen gleich zu finden, sei recht gering. Ob vielleicht einer der Herren, die doch so viel Interesse zeigten, Talent zum Wühlen hätte? Man werde sich auf eine feste gute Gage schon einigen. Es sei nicht nötig, sieben Meter tief zu gehen, zwei Meter genügten auch. Dort könne man eine Höhle einbauen, eine bequeme kleine Höhle mit viel schöner Luft. Es gelte dann nur, aus der seitlichen Höhlung vorstoßend, durch eine Zweimeterschicht sich zu bohren. Das Publikum merke nichts von diesen ein wenig erleichterten Verhältnissen. Und man könne gleich beginnen!

Die beiden Freunde erstaunten sehr über den Vorschlag, glaubten sich im ersten Schrecken schon entlarvt, verneinten hastig und entfernten sich. Sie sahen noch von weitem, wie der traurige Impresario einen jungen Arbeiter anhielt, der ihm wohl für seine Zwecke geeignet schien.

Die beiden Freunde gingen soupieren, besuchten eine Bar, ein Kaffeehaus und wieder eine Bar und hörten es endlich Mitternacht schlagen. Ein neuer Tag brach an – ihr Tag. Da wandten sie sich heimwärts.

Als sie die Tür ihrer Wohnung aufschlossen, entstand eine jähe rätselhafte Zugluft, die durch die Zimmer schoß, dicht über den Boden hin, als käme sie aus dem offenen Kellerraum. Sie entriß dem einen die Tür und warf sie donnernd zu. »Ist denn irgendwo bei uns ein Fenster offen?« fragte der. »Blödsinn«, klang ärgerlich die Antwort im Dunklen. »Fenster gibt es gar nicht mehr bei uns.«

Beide standen in dicker Finsternis, ein wenig betreten, und hörten in der Runde den Sand in ihren Zimmern rieseln, der durch die Erschütterung der zugesprungenen Tür ins Gleiten gekommen war. Es klang rund um sie her wie ein dünnes, trockenes, endloses Kichern ... Es war ekelhaft, dieses menschlich boshafte Geräusch des lächerlichen Sandes. Die Schnäpse trugen wohl auch das Ihrige bei ...

»Mach doch endlich Licht!« schrie der eine den anderen wütend an, und diesem schien, es schnatterten des Freundes Zähne.

Die Zugluft war verschwunden. Das Streichholz brannte ruhig und ließ leere Schatten an der Korridorwand maßvoll tanzen. Auch das Geriesel starb.

Sie zündeten gleich ihre Grubenlampen an und verpackten sich in die Arbeitskleider.

Da fiel des einen Blick, während er die blauen Leinwandhosen überstreifte, auf den grasbewachsenen Deckel – und er schrie auf –

Denn zwischen dem Gras – als er näher wankte – fand er Blumen stehen, nicht nur bescheidene Gänseblümchen, sondern breit lachende Stiefmütterchen, leuchtende Fuchsien, wie Kokotten duftende Reseden. Blumen des Sommers mitten im Frühling?

»Allmächtiger, was ist das!« stammelte er und seine Haare sträubten sich. Er riß den anderen am Arm herbei: »Sieh her, du, sieh her! Siehst du auch – siehst du auch lauter Blumen?«

Auch der andere sah Blumen. »Hier ist etwas vorgegangen«, rasselte er und duckte sich, als solle ihn ein Puppenwagen aufnehmen und verbergen. »Diese verdammte Zugluft vorhin. Hier ist etwas umgegangen!«

Aber der andere ermannte sich. »Unsinn!« schrie er – so laut, daß der Sand wieder zu rieseln anfing. »Was denn soll hier vorgefallen sein während unserer Abwesenheit?« Und er stampfte mit dem Fuß. »Die Blumen? Die sind eben aufgeblüht – schnell in dieser feuchten Wärme, in diesem Dunst von nasser Erde. Ihr Samen war – uns nicht bekannt – unter dem anderen und ist heute erst aufgegangen. Einmal muß er doch zuerst aufblühen, was? – – oder was weiß ich! Vorwärts jedenfalls!« Und er schrie so entsetzlich, daß hinter den vernagelten Türen ganze Schuttlawinen niedergingen.
Der andere gehorchte, zog mechanisch die Hosen an, griff nach der Lampe, stieg in den Keller.
Sie krochen beide, Werkzeug hinter sich herschleifend, in den Tunnel. Einer hinter dem anderen. An der Stelle, wo der Schacht senkrecht wieder emporführte, hatten sie seitlich eine Höhlung geschaffen, welche die letzten Erdmengen aufnehmen sollte – in der auch ein Mann bequem Platz fand.
Merkwürdig war: auf ihrem Kriechgang kam es ihnen beiden luftig vor in dem sonst so stickigen Tunnel. Fast strich ein kühler Hauch über sie hin – und sie mußten wieder an die rätselhafte Zugluft denken. Konnten sich denn selbst die Lungen täuschen? Sie zeigten kein Verlangen nach dem mitgeführten Sauerstoff. Je weiter sie vordrangen: statt schlechter schien die Luft freier und reiner zu werden.
Heute war eben alles verdreht und besonders. Es gibt solche verhexten Tage. Vorwärts.
Da hatte der vordere das Ende der waagerechten Strecke erreicht. Er hielt an und nestelte die Lampe vom Gurt. Alles war still – sofern ein schwaches Rauschen wie von Bäumen,

das aus der Höhe zu kommen schien, doch nichts ist als Stille. »Die letzten elektrischen Bahnen sausen heim, hörst du?« sagte er zu seinem Kameraden und hielt die Lampe hoch gegen die Wölbung. Aber er ließ sie fallen und preßte beide Hände auf den Mund, um nicht zu brüllen. Denn dort war keine Wölbung mehr, sondern ein grünlicher Himmel – sondern ein grünlicher Himmel mit zuckenden Sternen!

Er rutschte so heftig über seine zersplitterte Lampe hinweg und rückwärts wieder in den Tunnel hinein, daß er seine Absätze dem Freund ins Gesicht schlug.

»Dort oben ist, dort oben ist – nichts mehr«, stammelte er. »Luft – Himmel – Nacht – Sterne!«

»So ist das letzte Stück von selber eingebrochen. Verdammtes Pech! Aber voran!« zischte der andere und wischte die blutenden Lippen.

»Nichts ist eingestürzt! Wo ist denn Erde? Wo ist denn hier unten Erde?« jammerte der erste.

Das stimmte. Wäre die Decke eingestürzt, so hätten die durchgebrochenen Massen vor den Augen der beiden im Schachte liegen müssen. Aber nichts lag unter ihren zusammengekrümmten Leibern. Blank gefegt war die Stelle, das Metall der Röhre glänzte im Schein der Lampe.

»Zurück, zurück, zurück!« heulte leise der, welcher vorne war. Er krabbelte verzweifelt ins Dunkel hinein. Der andere versperrte ihm den Weg, aber schließlich konnte auch der dem Drang, heim und in Sicherheit zu kommen, nicht länger widerstehen. Sie rutschten sich die Knie durch und die Handballen wund – bis sie wieder aufatmend in ihrem Keller waren.

Sie kletterten durch die große Luke nach oben, sahen sich scheu um, sahen durch das einzige Fenster, das noch nicht

von Sand verschüttet war. Der Morgen dämmerte heran. Sie saßen im Wohnzimmer auf Erdhaufen bei einer ärmlichen Grubenlampe.
Es rieselte wieder in den anderen Zimmern. Der eine knüllte sich angstvoll zusammen und flüsterte: »Nago ist nebenan, der Wühlmensch. Hörst du den Sand arbeiten? – Er ist bei uns eingedrungen, vielleicht hat sein Beruf ihn verrückt gemacht, er gräbt sich umher im Bibliothekzimmer.«
»Wahnsinn«, stotterte der andere. »Was du auch faselst. – Aber« – und er entfärbte sich, denn das Wort »eingedrungen« klang in ihm nach, »aber: Sind wir hier denn sicher? Kann – *er* nicht hier sein.«
»Wer?«
»Kann *er* nicht hier sein? So gut seine Luft da ist, diese Zugluft vorhin, die aus dem Parke durch die Röhre zu uns flog – ?«
»Wer – wer denn?« klapperten des anderen Kinnbacken.
»Ich weiß nicht«, weinte der Gefragte. »Ich weiß doch nicht! Er!« Und von einer teuflisch würgenden Ahnung befallen: »Solneman oder Nago – Solneman ist Nago! Fort, fort, fort von hier!«
»Wohin denn, wohin denn?« jammerte der andere. Er zupfte in den Blumen, die neben ihm auf dem Deckel wuchsen – fiebernd riß er Stiefmütterchen aus, aber auf einmal wurden seine Augen starr und er keuchte: »Allmächtiger – ! Ist jemand hier – ? – Hier war jemand schon, ja, du hast recht! Da – da – da: die Blumen sind ohne Wurzel, ihr glatt abgeschnittener Stengel nur ist in die Erde gesteckt!«
Sie sprangen auf, sie sahen sich mit Augen voll wilder Feigheit an. Sie horchten: Nichts war zu hören als ein

feines, ganz fernes, unaufhörliches Rinnen. In den Räumen um sie her – oder in ihren Köpfen?
»Ruhe«, befahl der eine. »Standhaftigkeit, kalte Klarheit. Ermanne dich! Wir müssen dem allen auf den Grund gehen. Jetzt sind wir nüchtern geworden. Vorhin waren wir's kaum. Noch einmal müssen wir hinunter. Es ist schon ganz hell geworden. Vorwärts! Was kann uns viel geschehen? Zumal es stimmt, daß wir hier nicht sicherer sind als unten im Tunnel.«
Sie richteten sich auf, einer an des anderen Willen, mutig zu sein. Noch einmal fuhren sie hinab in den metallenen Schlund.
Sie nahmen keine Schaufeln mit und keine Hacken, zwei Revolver nur und eine kleine Leiter.
Sie hatten vorhin trotz der Drinks und Schnäpse richtig gesehen: Ein greller Morgenhimmel brach zu ihnen herein. Am Ende der waagerechten Strecke stellten sie sich dicht nebeneinander. Die Sterne waren weg. Voller Tag stand über ihnen. Aber der Schacht war seltsam hoch. Wo er nach ihrer Meinung aufhören und das Parkniveau erreichen mußte, begann eine Röhre, ähnlich denen, die sie selbst zum Bau verwendet hatten. An den Wandungen der Röhre klebten zwei Zettel.
Der eine der Freunde lehnte die Leiter an die Erdwand und erstieg vorsichtig ein paar Sprossen. Er klomm so hoch, daß er das auf die Zettel Geschriebene lesen konnte.
Halblaut las er: »Bitte, meine Pumas in ihrer Sommerwohnung nicht zu stören.« – Und auf dem anderen weißen Papiere stand: »Achtung vor Fußangeln und Selbstschüssen und vor –«
Was weiter noch geschrieben war, konnte der auf der Leiter nicht mehr entziffern, denn es wurde dunkel über ihm, ein

mächtiger schnauzbärtiger Katzenkopf deckte den Himmel zu. Beryllgrüne Gier fiel in den Schacht, und es nieste, schnob und knurrte in die Röhre hinein, daß sie zu schwingen und zu dröhnen anfing.
Schneller noch als das erste Mal glitten, vom Entsetzen gedrosselt und vorwärts gestoßen, die beiden Männer durch ihren finsteren Schlauch zurück in das Haus.
Kaum waren sie aus dem Loch, so warfen sie es zu, mit Brettern, einem Stuhl, mit Werkzeugkästen und Puppenwagen. Sie verdeckten es nur mangelhaft, es gelang ihnen nicht besser – und sie flohen weiter.
Im Wohnzimmer, auf Erdhaufen hockend, die gespannten Revolver in der Hand, fragten sie sich: Was nun? Was nun?
Sie saßen und lauschten angestrengt. Kam schon ein Fauchen aus dem Keller? – Nein – aber es rieselte: nebenan, unter ihnen, über ihnen. Dieses entsetzliche stillstetige Graben. Irgendwo mußte irgendwas irgendwie lebendig sein – immer um sie schleichen, ihnen aufpassen, um sie wissen, längst schon alles wissen . . .
Was denn? Was denn sonst als diesen verfluchten Ort im Stiche lassen? Auf und davon! In eine Luft, wo man wieder atmen kann. In ein Licht, das die Augen nicht immer wieder schreckhaft durchsuchen müssen. Fort aus dieser Stadt. In ein Sanatorium mit gut vergitterten Fenstern. Oder zur Tante nach Wien. Die gute Tante mit ihrem freundlichen Kanarienvogel ohne Falsch! Auf zu ihr. Hinweg!
Und sie rissen sich die Arbeitskleider vom Leib, und sie liefen aus der Wohnung, ohne auch nur die Tür mit dem schönen Schild hinter sich zuzumachen. – –
Am Abend dieses eben angebrochenen Tages aber erhielt der Verwalter ein Schreiben vom Hauseigentümer Solne-

man, worin ihm mitgeteilt wurde, er habe sich als entlassen zu betrachten, weil er den für sein Amt nötigen Scharfblick offenbar nicht besitze. Vorher möge er sich aber noch mit einem Fuhrwerksunternehmer in Verbindung setzen, der die Wegschaffung der Schmutzmassen aus der Wohnung besorge. Am übrigen Zustand von Wohnung und Keller etwas zu ändern sei strengstens untersagt, denn es bestehe die Absicht, die sämtlichen Räume nach Umwandlung in ein Weinrestaurant als Sehenswürdigkeit allerersten Ranges auszubeuten.

Der letzte Plan wurde jedoch vereitelt. Denn als das Abenteuer der beiden verschwundenen jungen Männer sich herumgesprochen hatte und schließlich auch zu den Ohren der Polizei kam, schritt diese ganz energisch ein. Sie drang unbeugsam auf eine Verstopfung des Tunnels und konnte Solneman keineswegs ohne Buße belassen. Sie bestrafte ihn, weil er reißende Tiere in einer die Allgemeinheit nicht genügend sichernden, sie geradezu gefährdenden Weise untergebracht, bereits eine Zeitlang derart gehalten und dauernd so zu halten die wohl unzweideutige Absicht ebenso rücksichtslos wie klar an den Tag gelegt habe.

Mit Blinklicht und Faltboot

Die Stadt sprach noch von diesem Versuch, sich zu Solneman hindurchzugraben, als im Alhambra-Theater Fräulein Sirene Golfström, die tauchende Venus, ein Gastspiel absolvierte. Die tollkühne Springtaucherin. Sie trat ihre Luftreise ins Wasserbassin aus fünfzehn Meter Höhe an, überschlug sich unterwegs fünfmal und schoß wie ein Pfeil in ihr Element. Das Wasser, das ihre Fußspitzen beiseite dräng-

ten, vereinigte sich über ihrer goldblonden Haarkrone wieder, ohne stärker aufzuspritzen, als wenn man einen Kaffeelöffel eingetaucht hätte. Ihre Präzisionsarbeit war einzigartig.
Der intime Kreis von jungen Herren, der sich um diese Seelöwin zusammenschloß, besprach eines Tages nach der Abendvorstellung in der Torquemadacarracho-Bar den Tunnelbau. Fräulein Golfström ließ sich Näheres über Solneman, sein Leben im Park und seine Merkwürdigkeiten berichten. Besonders neugierig wurde sie, als man ihr die Gerüchte wiederholte, welche Solneman in Zusammenhang mit dem Varieté brachten. Und als der Name Roger mit Bezug auf den Unsichtbaren fiel, sprang sie federnd auf, und die durchscheinende Haut ihres kühlen Flutenleibes rötete sich. »Kinder«, sagte sie, »von einem Roger sprecht ihr da? Wie denn? Aber ich war ja vor acht Jahren mit einem ausgezeichneten Kunstschützen in London zusammen engagiert, der so hieß oder sich so nannte!« – Und da sie die entsetzten Augen ihres Favoriten bemerkte, dem sie gestern erzählt hatte, sie sei neunzehn Jahre alt, schrie sie: »Was schwatze ich da: vor acht Jahren? Ich bin wohl närrisch! Vor höchstens zwei Jahren war es. Daß ich auch gar keinen Sinn für Zeit habe!«
Sie setzte sich wieder und kam auf den Kunstschützen zurück. »Gott, wie war er klein und drollig«, sagte sie träumerisch. »Ganz wie ihr ihn beschreibt. Wie konnte er lieb sein, wenn er –« und sie brach ab.
»Wenn er – ?« fragte der Favorit mißtrauisch.
»Wenn er schoß«, endete sie. »Völlig habe ich ihn aus den Augen verloren. Wo mag er geblieben sein? Er war eine allererste Nummer. So was verschwindet sonst doch nicht spurlos.«

Und ein plötzlicher Entschluß machte sie wieder aufspringen. »Was erzählt ihr, Kinder? – Diese Idioten haben sich durchgraben wollen? Und neben ihrem Maulwurfsgang strömt der schönste Kanal. Warum versucht niemand auf dem Wasserweg zu ihm zu kommen? Wenn er jener ist: ich will ihn wiedersehen – heißt das: ich werde versuchen, zu ihm zu gelangen.«
Man riet ihr ab. Der Plan sei lebensgefährlich, Solneman unberechenbar, wildes Getier unvermutet auf dem Wege, die Negerin eine falsche Bestie, der Herr des Parkes umgetrieben von einem verdeckten Wahnsinn – es half nichts. Je mehr man sie abbringen wollte, um so glänzendere Augensterne bekam sie. »Wenn ich ihn wiedersehen könnte«, lallte sie, in Gedanken acht Jahre zurück.
Ihr Plan sei kindisch, ganz verworren, der einer weltfremden Frau.
Da stand sie auf. »Es trifft sich gut«, sagte sie ruhig und unangefochten, »wir haben zunehmenden Mond. In acht Tagen wird er voll sein. In acht Tagen werde ich die Fahrt antreten.«
»Die Fahrt?« fragte man sie.
»Bis dahin«, fuhr sie fort, »muß ein zerlegbares Boot beschafft werden. Was sagt ihr? Nur beim Marktplatz tritt der Kanal zutage? Ich werde heute in acht Tagen um Mitternacht am Markte mich einschiffen.«
»Ein zerlegbares Boot?« meinte einer der Herren, der sah, daß es Fräulein Golfström ernst war. »Da ist wohl am besten ein Faltboot, das an Ort und Stelle auseinandergeklappt wird.«
»Vortrefflich«, rief die Dame. »Paddeln und eine elektrische Taschenlampe. *Voilà tout.*«
»Wozu sind Sie eigentlich Schwimmerin?« fragte der Favo-

rit hämisch. »Wozu tauchen Sie sechs Minuten, ohne Luft holen zu müssen, wenn Sie schließlich doch Faltboote benötigen?«
»Um dem seichten Wasser Ihrer Redensarten zu entgehen, mein Herr«, sagte sie scharf. Und dann sehr feierlich: »Ich bitte jeden der Anwesenden um sein Ehrenwort, Stillschweigen über diesen Plan zu bewahren. Wer mich verrät, ist ein Lump.«
Jeder schwor, keiner wollte ein Lump sein.
Und alle halfen ihr, das Vorhaben auszuführen. In jener Vollmondnacht gegen ein Uhr machte man sich auf den Weg. Die jungen Herren mußten alles eigenhändig besorgen. Kein Diener wurde zugezogen. Sogar zu fahren vermied man, damit kein Chauffeur über das Ziel erstaunt sein konnte. Einer trug im Rucksack das Faltboot, der zweite das Ruder, dessen Schaufeln er mit Servietten umwickelt hatte, damit ihr Anblick nichts verriet – und der Favorit beförderte lediglich die Taschenlampe. Aber im geheimen hatte er mehr geleistet, wie sich nun, da man an die Abfahrtstelle kam, ergeben sollte. Die anderen berieten gerade, wie man ungesehen von Passanten und Schutzleuten zu Werke gehen könnte, als im fernsten Winkel des weiten Marktplatzes ein heidenmäßiger Lärm sich erhob.
Alle horchten erschrocken hin, Fräulein Sirene runzelte die goldenen Brauen – nur der Favorit nickte lächelnd.
»Sie freut natürlich die Störung«, zischte die Dame. »Endlich verraten Sie sich. Wie falsch Sie sind!«
»Was mag denn los sein, da drüben«, sagte bekümmert der mit dem Rucksack.
»Sie raufen für dreihundertneunzig Mark«, lächelte der Favorit weiter. »Drei Metzgerburschen. Jeder hat hundertdreißig Mark von mir bekommen. Um ein Uhr sollten sie

beginnen, so war es ausgemacht. Sie sind pünktlich. Brave Gesellen.« Und er hob dem anderen den Rucksack von den Schultern. »Packen wir ruhig aus. Für die nächste halbe Stunde sind wir sicher. Alle Schutzleute und Passanten werden absorbiert vom Wirtshaus zur Weißen Taube, da drüben.«

Fräulein Golfström wurde weich. »Sie scheinen tüchtiger zu sein, als ich gefürchtet habe«, sagte sie leise. »Gut, daß ich abfahre. Sonst könnt' ich mich vergessen.«

»Vergessen Sie sich«, bat er. »Wenn Sie sich dann wieder einfallen – wie neu Sie sich vorkommen werden.«

»Hier ist nicht der Ort«, sagte sie düster. »Auch muß ich hinunter«, und sie wies auf die gleitende Flut, angekränkelt von Mondschein.

Die beiden anderen hatten sich schon um das Boot bemüht; es wurde schon zu Wasser gelassen. Unruhig lag es am Seil und ließ die gelben Flächen unter sich hingleiten. Ganz nahe drohte der Bogen, ein altes Haus hockte über ihm. Das alte Haus fraß mit seinem Bogenmaul den Kanal in sich. Es würde binnen kurzem ebenso Fräulein Golfström verschlucken.

»Wie lange treibe ich?« sagte sie und trat an den Rand der Kanalmauer. Über das Geländer hing sie ihre Handschuhe.

Der eine zog ein Notizbuch. »Wir haben ausgerechnet«, sagte er und mußte die Stimme heben, denn der Lärm aus der Weißen Taube nahm zu, »wir haben ausgerechnet, daß Sie bis zur Parkmauer – in stockfinsterer Nacht unter der Stadt hin – eine Viertelstunde fahren werden. Dann münden Sie in den Park. Durch ihn treiben Sie nach genauer Berechnung knappe drei Viertelstunden. Sie können demnach in einer guten Stunde das Abenteuer hinter sich haben, vorausgesetzt, daß Sie endlich von dem wahnsinnigen Plan, an Land zu gehen, abgekommen sind.« Er schwieg erwartungsvoll, aber Fräulein Golfström beschäftigte sich nur damit, ihren Abendmantel aufzuknöpfen. – »Sie werden auch so genug zu sehen bekommen«, fuhr er fort. »Es ist fast taghell durch den Mond. Wir werden, sobald Sie unter dem Bogen da verschwunden sind, ein Automobil nehmen und um die große Mauer herum an die Stelle fahren, wo der Bach aus dem Parke tritt. Dort sehen wir uns wieder. In einer Stunde. – Dort sehen wir uns bestimmt wieder«, sagte er eindringlich.

»In einer Stunde«, bekräftigte der Favorit. »Aber – weil es denn sein muß: – beeilen Sie sich. In der Weißen Taube tritt eine gefährliche Stille ein.«

Fräulein Golfström legte Hut und Mantel ab. Die tauchende Venus stand in schwarzen Seidentrikots – und der Mond verliebte sich in die goldene Krone ihrer Haare. Sie reckte die Arme, stellte prüfend ein Bein vor; ihre Muskeln spielten schwarz, schwellend und stumm. »Bewegungsfreiheit«, sagte sie. »Wenn alles schiefgeht, tauche ich.« Und sie machte eine rätselhafte Geste.

»Vergessen Sie nicht«, sagte der mit dem Rucksack, und seine Zähne klapperten ein wenig, »vergessen Sie nicht, sich gleich nach Eintritt in den scheußlichen Bogen ganz rechts zu halten. Links und ziemlich weit vorspringend ist das Getriebe der Mühle, die auch die Nacht über läuft. Der Rechen ragt bis über die Mitte der Wasserbahn vor – nach den Plänen. Es ist die bedenklichste Stelle. Nachher mag die Fahrt so leidlich gehen.«

»Sie sprechen, als hätten Sie sie schon gemacht«, lachte das Fräulein und schwang sich übers Geländer.

»Nein«, trauerte er, »und auch Sie sollten es lassen. Ein

letztes Mal sei das mit Nachdruck ausgesprochen. Wahrhaftig, wir sollten Sie zwingen, davon abzustehen!«
»Eins in die Fresse, mein Herzblatt?« fragte sie schelmisch, und am Seil, das um das Geländer geschlungen war, ließ sie sich hinunter. Der Mond gab sie treulos auf, er folgte nicht so tief in den nassen Abgrund.
»Geben Sie mir das Ruder«, rief sie gedämpft herauf. Schon war ihre Stimme vermengt mit dem nächtlichen Gezischel des Wassers, mit dem saugenden Schlapfen die Mauer entlang. Unter dem Bogen brauste es erstickt. Das alte Haus ächzte und gurgelte dumpf erbost darüber, immerwährend so viel Flut durch sich hindurchschlürfen zu müssen.
»Beeilen Sie sich«, rief der Favorit hinunter. »Die Weiße Taube –«
»All right«, kam es melodisch herauf – und schon glitt es dahin, schwarz zusammengeduckt. Verschwand hineingewischt in die Finsternis des Bogens.
»Das ging schnell. Das ging zu schnell«, sagte ganz verstört der mit dem Rucksack. »Niemand war so recht vorbereitet – auch sie, fürchte ich, nicht. Und ich wollte ihr noch etwas Wichtiges sagen.«
Der Favorit pfiff die Barkarole und holte das Tau ein. Er verschnürte damit Federhut und Mantel des Fräuleins, dann gingen sie zu dritt und bestiegen ein Automobil.
Als sie die große Mauer entlang fuhren, stadtauswärts, über Feld, und der eine gerade beklommen sagte: »Jetzt könnte sie mitten im Garten dahintreiben«, kam ein dumpfer drohender Schuß aus dem Herzen des Parkes. Sie erschraken und ließen halten. Steil gegen den Himmel stieg eine Petarde, platzte dumpf und riß ein einziges großes Glutauge auf, das langsam niederschwebend den Umkreis riesenhaft beglotzte, die Kartoffeläcker und das Automobil. »Was war

das? Ein Solnemanscher Unfug ... Der Himmel sei ihr gnädig, er stöbert wieder schlaflos in seinem Park umher.« Seufzend fuhr man weiter.
Sie kamen an die Stelle, wo der Bach den Garten verließ – und sie warteten dort. Warteten umsonst. Saßen frierend am Ufer des Baches, neben einem Rübenacker, zwischen Weiden, tranken Kognak, aßen Schinkenbrötchen.
Sie sahen den Morgen kommen; Fräulein Golfström kam nicht. Der Bach trug ölige Tinte vorbei, dann grauen Schiefer, dann schweres Blei, dann rauchendes Blut, dann lockendes Gold – und es war Tag.
Abend wurde es. Fräulein Golfström erschien nicht. Kein Faltboot, kein Ruder trieb durch den niederen Bogen.
Der Favorit stand von seinem Mantel auf und weckte den Chauffeur. »Wir müssen zur Stadt«, sagte er. »Wir müssen es aufgeben; sie kommt nicht mehr. Ihr Impresario muß benachrichtigt werden; der wird einen schönen Skandal beginnen. Ich wasche meine Hände in Unschuld. Schließlich hält sich noch die Varieté-Direktion an uns, und wir müssen Konventionalstrafe zahlen dafür, daß die Golfström ihr Auftreten versäumt. Das hat man von der ganzen Geschichte.«
Die beiden anderen waren empört. »Kann sie nicht verunglückt sein, die Ärmste? Zur Polizei müssen wir in erster Linie! Dieser Solneman muß festgenommen und verhört werden. Durch seine Schießerei heute nacht ist er hinreichend verdächtig. Bekennt er nichts, muß man den Garten, besonders den Bach, nach der Leiche absuchen.«
Sie fuhren zur Polizei und trugen ihre Sache vor, mußten sich einem peinlichen Verhör unterwerfen, da sie selber in den Verdacht gerieten, die Dame beseitigt zu haben. Reinigten sich so ziemlich, erfuhren aber, daß sie auf alle Fälle

wegen groben Unfuges demnächst sich zu verantworten hätten.

Zu Rettungsaktionen aber konnten sie die Behörde nicht gewinnen. Die Herren Beamten schüttelten ernste Häupter; sie kannten ihren Solneman zur Genüge. Bei dem war nichts auszurichten. Man brauchte es gar nicht erst zu versuchen, der ließ doch niemanden zu sich hinein.

»Ich glaube auch gar nicht«, sagte der, welcher immer noch den Rucksack trug, »daß die Unselige im Garten umgekommen ist. Die Katastrophe wird sich unmittelbar nach der Abfahrt bei der Mühle zugetragen haben. Ich habe sie vergebens vor dieser gefährlichen Stelle gewarnt.«

Die Abfahrtstelle könne man schließlich absuchen, vielleicht auch ein Stück unter den ersten Häusern; weiter vorzudringen sei aber nicht möglich, meinten die Herren von der Polizei.

Dann suchten die drei Kavaliere den Impresario auf und beichteten ihm. Es ging ja nicht anders, sie mußten angesichts der Umstände gegen jedermann ihr Ehrenwort brechen. Der Impresario tobte und machte sie verantwortlich, drohte, sie auf Schadenersatz zu verklagen. – Bis zum nächsten Morgen aber hatte er sich so weit beruhigt, daß er eine umfangreiche Tätigkeit auf dem Reklamegebiet beginnen konnte. Er sorgte dafür, daß alle Blätter des In- und Auslandes Notizen, Artikel, Würdigungen, Aufschreie, Nachrufe, Widerrufe, Berichtigungen über das sensationelle Verschwinden der weltberühmten springenden Venus brachten. – Sollte sie je wieder auftauchen, sagte er sich, so wird ihre Popularität grenzenlos sein. Ich brauche sie nicht mehr billig abzugeben, die Bühnen werden sich schon entschließen müssen, mir die doppelte Gage zu zahlen. – Und er rieb sich ein bißchen getröstet die Hände.

Fräulein Golfström aber blieb verschwunden. Man durchsuchte nach Anordnungen der Polizei genauestens die Abfahrtsstelle. Dieses Vorgehen schien nicht ganz verständlich, weil doch die drei Kavaliere die Dame wohlbehalten vom Lande hatten stoßen sehen. Trotzdem geschah es. Man dehnte sogar die Suche bis unter das alte gefräßige Haus. Die sinnreiche Konstruktion eines Polizeiassessors kam zur Anwendung. Eine Art von schwimmenden Haken, die von der Strömung in die Finsternis hineingezogen wurden, lösten sich nach Ablauf wohlberechneter Minuten von ihren Schwimmern und sanken zum Grunde. Sie wurden bedächtig mit der Fangleine gegen den Strom herangeholt. Was in ihrem durchkrochenen Bereiche lag, nahmen sie mit. So gelang es doch, gute dreißig Meter der fünfzehnhundert Meter langen Strecke unter den Häusern abzufischen. Aber nichts verfing sich, zwei Bettschüsseln abgerechnet und eine seltene Mopsleiche, die zuerst als Menschenembryo gewertet wurde und Erregung hervorrief.
»Wieder einer weniger«, sagte der Sekretär Zapp, der dabeistand, als man das triefende Ding vom Haken hob. »Und da sollen die Geburten nicht zurückgehen.«
Zwei Tage fischte man so. Dann gab man diesen einzigen Versuch, Fräulein Golfströms habhaft zu werden, endgültig auf.
»Wir können nicht mehr darauf rechnen«, sagte traurig der mit dem Rucksack, »sie wiederzusehen. Vielleicht spült der Fluß einmal die Leiche irgendwo an den Strand.«
Dies, prophetisch vorgebracht, geschah in der Tat. Etwa nach drei Wochen. Stromabwärts, weit schon von der Stadt, fand sich eine nasse, nackte Frau. Tot. Verquollen.
Die drei Herren und der Impresario reisten hin. Da keiner Fräulein Golfström jemals nackt gesehen zu haben vorgab

– auch der Impresario nicht, was am wenigsten zu glauben war –, gelang die Klarlegung der Identität nur schwer. Die Haare waren ihr ausgefallen, beinahe war sie kahl. Auch die Zähne fehlten. Die Nägel saßen nur noch locker. Das Wasser, dem sie ihr ganzes Leben geweiht hatte, war bös mit ihr umgegangen.

Dennoch stellte man fest, daß es die Golfström war. Der Impresario gab den Ausschlag. »Ich möchte nicht indiskret dastehen«, sagte er, »aber ich muß darauf hinweisen, daß mir einmal ein Verehrer der teuren Ertrunkenen von der sonderbaren Erscheinung des doppelten Nabels erzählt hat. Möchten die Herren beobachten, wie neben dem eigentlichen ein zweiter sitzt. Es möchte demzufolge niemand anderes als die tauchende Venus sein.«

Dies überzeugte. Man begrub die Reste in aller Stille. Und durch die Blätter ging die Nachricht, daß bei dem schon gemeldeten Abenteuer das einzigartige Varietéphänomen ein romantisch beklagenswertes Ende gefunden habe.

Da dementierte Fräulein Golfström ihren Tod in einer Petersburger Zeitung. Sie trete zur Zeit – so schrieb sie – mit außergewöhnlichem Erfolge am schönen Strande der Newa auf, denke gar nicht daran, ihr junges Leben zu endigen, und fühle sich so wohl wie der Fisch im Wasser, welch scherzhafte Wendung sie in Hinblick auf ihren Beruf wörtlich genommen wünsche. – Von ihren Erlebnissen zwischen der Abfahrt im Faltboot und dem Wiederauftauchen auf einer Petersburger Bühne kein Wort. War sie vielleicht im Boot bis dorthin gelangt?

Die Welt brannte darauf, Näheres zu erfahren. Aber Sirene Golfström schwieg. Man sandte ihr geschmeidige Herren von der Presse, die etwas aus ihr herauskitzeln sollten. Sie schwieg. Man bot ihr für eine Schilderung ihrer Erlebnisse

in zehn Fortsetzungen ein kleines Vermögen. »Ich verdiene genug«, sagte Sirene Golfström, lächelte und schwieg.
Am neugierigsten rochen die umher, welche im Schatten Solnemans zu leben gezwungen waren.
Da kam eine Zeitung dieser Stadt auf einen genialen Gedanken. Sie rüstete einen sehr schönen Journalisten aus, einen ehemaligen Offizier, einen jungen Adeligen, und entsandte ihn nach Petersburg.
Es gelang ihm, in die unmittelbare Nähe der ahnungslosen Diva zu kommen; er bezauberte Sirene, sie nahm ihn an. Schon drei Tage nach der Ankunft konnte er seiner Redaktion mitteilen, daß die Aktion im besten Zuge sei.
Der sehr schöne Mann war auch sehr schlau. Wenn Fräulein Golfström, die doch irgendwie Verdecktes witterte, danach forschte, wohinaus die Ritterlichkeit seines korrekten Wesens wollte und wie er dem Weltganzen eingeordnet sei, verstummte er zunächst. Darauf, nach einer Pause, deutete er an, daß er schon seit einem Jahre ihren Spuren zu folgen innerlichst gezwungen sei. – Mehr war nicht aus ihm herauszubekommen. Über den Zweck seiner Sendung ließ er gar nichts verlauten. Desto öfter nannte er seinen adeligen Namen. Er war ein umgekehrter Lohengrin.
So viel Korrektheit brachte die herbe Nordländerin zu Fall. Und nun erst, da er das Lager der blonden Venus teilte, stellte er seine Schlingen.
Ob er der erste sei, der einzige? Schreckliche Wochen – schrecklich für ihn – habe sie hinter sich. Um der Barmherzigkeit willen, um seinem kranken Blute das Gift der fressenden Zweifel zu entziehen, solle sie sagen, ihm ganz allein, was vorgefallen sei in jener rätselhaften Zeit. Dem Selbstmord sei er nahe gewesen. Der Finger Gottes habe sie leben lassen und ihm damit bedeutet: Nun greife zu! So

habe er jetzt endlich ihre Nähe gesucht. Und er könne jede Wahrheit hören, jede! Ungewißheiten aber könne er länger nicht ertragen. Also?

Sie hatten es sich bequem gemacht auf dem Diwan. Es dämmerte. Fräulein Golfström schluckte Liköre, sie heizte innerlich ein. In drei Stunden mußte sie ins Wasser.

»Die letzten Wochen waren ein Traum«, versicherte sie. »Willst du selbst auf meine Träume noch eifersüchtig sein?«

»Wo warst du?« beharrte er.

»Ich weiß nicht«, sagte sie und zupfte ihn am Ohr.

Er drehte ihr den Rücken. »Du liebst mich nicht, weil du mir nicht sagen kannst, wo du gewesen bist.«

»Im Himmel«, erklärte sie ernsthaft.

Er ließ sich nicht beirren: »Bei wem?«

Mit geschlossenen Augen, ganz leise: »Beim lieben Gott.«

Er warf sich herum. »Hieß dieser Gott am Ende Hciebel Solneman?«

»Der liebe Gott hat viele Namen«, flüsterte sie klug. Sie schien es auswendig gelernt zu haben.

»Warum willst du mir nicht antworten?« fragte er düster.

»Fürchte nicht für dein Leben!« – Auf einem Stuhle lag sein Rock. Das Notizbuch war aus der Brusttasche gerutscht und auf den Teppich gefallen. Er bedachte finster, wann er denn endlich auf diese Blätter Sensationelles zu schreiben in der Lage sein werde.

»Ich mag nicht«, sagte sie schlicht und gab ihm einen Nasenstüber.

»Warum willst du nicht?«

»Ich darf nicht.«

»Wer verbietet es dir?«

»Gott«, sagte sie fromm.
»Aha«, schrie er und warf sich hoch. »Dieser Mensch im Parke verschließt dir den Mund. Du gibst dich dazu her, sklavisch zu tun, was er verlangt. Aber das ist unwürdig einer Künstlerin deines Ranges, unwürdig eines denkenden Menschen.«
»Damit fängst du mich nicht«, sagte sie böse. »Wenn man Träume verrät, ist ihr Bestes dahin. Ich werde nicht so dumm sein.«
Er setzte sich auf und flehte: »Wo bist du gewesen, Sirene, von Mittwoch, dem 27. März, morgens ein Uhr dreiundzwanzig bis zum Mittag des 19. April, an dem du dich der hiesigen Varieté-Direktion vorgestellt hast? Wo bist du länger als drei Wochen, genau: wo bist du volle vierundzwanzig Tage gewesen?«
»Sieh mal an, mein Herzchen«, sagte sie spitz, »wie gut du unterrichtet bist. Beinahe wie ein Spion.« Auch sie sah das große Notizbuch auf dem Boden liegen, und es machte sie nachdenklich.
»Aus Liebe nur weiß ich von dir«, beeilte er sich. »Weshalb willst du mir denn nicht vertrauen? Als du ein Uhr dreiundzwanzig abgefahren warst und unter den Häusern der Stadt hinglittest – was geschah?«
Fräulein Golfström gehorchte. Sie begann wie ein Kind: »Und da waren runde niedere Wände, die bestrahlte ich mit meiner Taschenlampe. Und die Wände blinkten und trieften, und das Wasser tuschelte ganz freundlich um mich, und es roch muffig.«
Weil sie schwieg, ermunterte er: »Und was geschah dann?«
»Ich schlief ein«, sagte sie.
»Das heißt«, verbesserte er, »der Gestank betäubte dich. Das ist begreiflich. Wer weckte dich auf?«

Sie träumte wach: »Uralte Bäume, durchrieselt vom Mond. Ich glitt auf silbernen Platten. Ein leuchtender Schleier über den Wiesen ... Düfte ... Dann ein Knall – und riesenhaft ein Auge über mir ...«
»Wie? Wer dich weckte, mein' ich?«
»Von selbst bin ich aufgewacht«, sagte sie laut und hart.
»Und was hast du dann getan? Wo warst du?«
»In Königsberg.«
»In – ?«
»Auf dem Wege nach Petersburg.«
»Du quälst mich wahrlich sehr«, klagte er matt. »Willst du mir nicht endlich meinen Frieden wiedergeben?«
»Vielleicht«, sagte sie und streichelte ihn.
»Wann?« – und er gähnte.
»Morgen vielleicht.«
»Wann?« wiederholte er und schlief schon halb, müde von der ewigen Jagd nach Geständnissen.
»Nie!« sagte sie leise, doch er hörte sie schon nicht mehr.
Da stand sie auf und griff nach dem Notizbuch, das auf dem Teppich lag. Sie blätterte darin und hatte Glück, gleich mit den ersten Seiten. Sie fand Adressen von verschiedenen Abteilungen einer großen Zeitung jener Stadt – fand Telegrammadressen und Telephonnummern, fand ein frischaufgesetztes Telegramm. Es lautete: Golfström beißt an. Vorsichtiger Fisch. Teures Angeln, bitte mehr Geld.
Sie blätterte weiter und fand eine Aufzählung und Verrechnung von Geschenken an sie, von gemeinsamen Soupers und Wagenfahrten. »Vierhundertsiebenundsechzig Rubel«, sagte sie halblaut. »Wenig genug für acht Tage. Schon daraus geht hervor, daß er kein feiner Mensch ist. Ich war blind.«
Und sie nahm einen Bleistift und kritzelte etwas unter das

aufgesetzte Telegramm. Legte das Buch dann wieder an Ort und Stelle.

Sie sah nach der Uhr – und trat dem Schlafenden gegen das Schienbein. »Auf, Artur«, sagte sie. »Es wird Zeit. Ich muß mich anziehen. Du weißt, ich liebe dabei keine Gesellschaft.«

Er rieb sich den Schlaf aus den Augen, ordnete seine Toilette, zog den Rock an, steckte das Buch ein. »Sehe ich dich nach deiner Nummer?« fragte er.

»Lieber nicht«, sagte sie, drehte ihm den Rücken und steckte schon die blonden Flechten fester – für den Sprung in die Tiefe.

»Du bist schlecht gelaunt, Liebling«, gähnte er. »Auf morgen«, und er verbeugte sich verschlafen. Immerhin knallten die Absätze.

Auf der Treppe fiel ihm ein, daß er noch ein Telegramm an seine Zeitung zu senden habe. Als er auf dem Amt die witzige Fassung – das Ergebnis nachmittäglicher Arbeit – seinem Notizbuch entnehmen wollte, fielen seine Augen auf ein paar von der Hand der Venus hingekritzelte Worte. Sie besagten: Ich habe die letzten Wochen mit einem Kavalier verbracht. Mit Ihnen, mein Herr, verbringe ich keine Stunde mehr. Sie sind ein Schubiak.

– Artur von G. gab sein Telegramm nicht auf. Er reiste selber. Dieser mißglückte Versuch, Fräulein Golfström zum Reden zu bringen, war der letzte von seiten der Presse. Sirene hatte ihrem Traum die Treue bewahrt. –

Im übrigen gelang es wieder, Solneman zu bestrafen. Unter Beistand der Mopsleiche. Möpse waren seit Jahren nicht versteuert worden, niemand von den Einwohnern hatte einen Mops besessen. Der Hund konnte demnach nur Solneman gehört haben. Von ihm war er mit den anderen

Tieren eingeschmuggelt und nicht versteuert worden, war getötet (Tierquälerei!) und in den städtischen Bach geworfen worden, der dadurch eine Verunreinigung erfahren hatte. Daß Leichen nie stromaufwärts treiben, stand in diesem einen Fall, der aus einer Fülle von Rätseln heraus geboren schien, zum mindesten nicht fest.
Solneman bezahlte – womit er für die Stadt sein schlechtes Gewissen verriet. Mit Hilfe eines tüchtigen Rechtsanwaltes hätte er vielleicht gegen die Verfügungen wirksam sich stemmen können. Aber er wußte schon, weshalb er sich ohne weiteres fügte. Wahrscheinlich lagen – von seiner Hand hineinbefördert – noch ganz andere Dinge in dem Bach.

Aluminium

Die Herren auf dem Rathaus waren heimlich sehr vergnügt. Sogar den Paragraphengesichtern der Polizeibehörde machte ein Lächeln zu schaffen. Wahrhaftig, das war kein übler Einfall! Dagegen konnte der Selbstherrliche im Parke nicht aufkommen, durfte nichts dagegen unternehmen, hatte keinen Grund zur Klage und Abwehr. Griff man denn in seine Rechte? Verstieß man etwa gegen Zusicherungen, die gegeben worden waren? Nein. Überflog man die Mauer, überstieg oder untergrub man sie? Keineswegs. Errichtete man Häuser über die vereinbarte Höhe hinaus? Nimmermehr.
Man baute einfach einen Turm, so hoch – nun, so hoch man wollte, einen *fahrbaren* Turm, der friedlich durch die Straßen und an der Mauer entlang rollte.
Einen leichten fahrbaren Turm nach den Entwürfen des

Ingenieurs Karl Richard Schmidt. Gar nichts konnte Herr Solneman gegen diesen Herrn Schmidt ausrichten.
Hier auf dem Tische lagen die Pläne. Sehr einleuchtend, sehr einfach, sehr klug. Eigentlich war er schon fertig, der Turm – wie der Erfinder versicherte. Seine einzelnen Teile, die nicht mehr als einen mäßigen Schuppen füllten, brauchten nur zusammengesetzt zu werden. Was die Höhe betraf, so ließen sich die hier auf dem Papier gegebenen Ausmaße mühelos um ein Beträchtliches vergrößern. Das und die Fahrbarkeit waren der Kernpunkt der Erfindung. Der Turm konnte ohne weiteres um zehn Meter in sich schrumpfen, um zwanzig Meter zum Himmel schnellen.
»Also fügen Sie ihn zusammen, Herr Schmidt! Die im Plan bezeichnete Höhe genügt vorläufig, sie übersteigt um acht Meter die Parkmauer.«
Bis morgen sei er fertig, versicherte der Erfinder. Es handele sich nur darum, Stück an Stück zu fügen, auf Numerierungen zu achten, Schrauben fest anzuziehen, mit Öl nicht zu sparen. Bis morgen sei er bestimmt fertig.
Punkt vier Uhr nachmittags werde er den Turm in der Prinzenstraße den hohen Behörden vorführen. Wären nicht große Umwege nötig, so könne er schon früher erscheinen. Aber er müsse durch breite Straßen fahren und durch solche, in denen keine elektrische Oberleitung den Weg versperre.
Vier Uhr genüge, sagte man ihm. Auf ein paar Stunden komme es nicht an, wenn auch je eher, desto besser eine einwandfreie Überwachung ermöglicht werden solle.
Am nächsten Tage zur gegebenen Stunde schwankte der Koloß in die Prinzenstraße. Dort hatte die Prüfungskommission in Fuhrwerken auf ihn gewartet.
Herr Schmidt und seine beiden Monteure hingen ganz fern

in ihren sichernden Ledergurten, winkten herunter. Da die Straße nicht asphaltiert, sondern grob gepflastert war, beschrieb die kleine Plattform hoch dort oben eilige Kreise, machte Sprünge, zuckte unaufhörlich. Jede Bodenunebenheit, die den Rädern sich mitteilte, lief hurtig das Metallskelett hinauf und verwandelte sich in ein wildes rasselndes Geschüttel.

Hinter dem Turm, dessen Basis die Fahrbreite der Straße einnahm, fuhr sorgsam die Kommission. Sie, der die Erfindung zur Begutachtung vorgeführt wurde. So zog man am Gemäuer hin.

Mancher spähte neidisch zu Herrn Schmidt, dem Bevorzugten, empor. Er war so hoch – er konnte in den Park schauen. Aber Herr Schmidt schien keine Augen für die Welt jenseits der Mauer zu haben. Er drehte an Hebeln, schrie mit den Monteuren in einem Deutsch, das kein Deutsch war, hatte eine Kanne in der einen, das flatternde Geländer in der anderen Hand, gab auf seine tanzenden Beine acht und auf die schnellen Verkrümmungen seines langen Körpers – aber nicht auf den Park, ach, ganz augenscheinlich gar nicht auf die tausend Rätsel dort drüben.

Hie und da hielt man an. Der Oberbürgermeister stieg dann aus und prüfte neben anderen Herren eigenhändig das Gefüge des Turmes. Er griff mit Macht in das blinkende Gerippe. Wundervoll fest erwies sich alles. Nichts war locker geworden trotz des ewigen Gerüttels.

Während einer solchen Untersuchung drohte plötzlich Solneman auf der Mauer neben dem laufenden Turm, der nun gerade stillstand. Er war verlarvt, und er sprang auf die Brüstung. Herr Schmidt erwartete einen Angriff.

Aber Solneman fragte nur und wies dabei auf das Gerüst: »Aluminium?«

»Gewiß«, sagte der Gefragte feindlich und lauerte, was geschehen werde.

Das Aluminium schien eine Gedankenverbindung in Solneman zu erzeugen. »Sind wohl der bekannte deutsche Graf – auf einen allerhöchsten Befehl der endgültig größte Mann des zwanzigsten Jahrhunderts?« fragte er weiter.

»*Non M'sieur!*« schrie sehr erbost der andere. »*Mais* Karl Richard Schmidt, *ingénieur* us der Schwyz.«

»Danke«, sagte Solneman freundlich. – »Also Aluminium«, wiederholte er. »Danke«, sagte er noch einmal und verschwand irgendwie. Nichts von einem Angriff. Kein unschönes Wort. Er verschwand einfach.

Die Herren unten hatten sich zusammengeduckt, aber mutig gelächelt. Schlicksupp hatte geraunt: »Herr Schmidt soll ihm die Kanne über den Kopf leeren: Öl auf die Wogen.«

Nun war es auch so gut abgelaufen, und Wogen hatten sich gar nicht gebildet. Er schien gefügiger zu werden.

Man fuhr weiter und empfand schon jetzt etwas von der zurückeroberten Macht über den Park.

Endlich hatte man genug gefahren und stillgehalten, genug ins Gestänge gegriffen und das Aluminium beklopft. Man ließ es gut sein für heute. Da es schon Abend wurde, wollte auch keiner der Herren mehr hinaufsteigen und den ersehnten ersten Blick hinüber tun.

Herr Schmidt zog seinen Kittel und seine blauen Arbeitshosen auf der Plattform aus und stieg herunter. Es zeigte sich, daß er im Frack war und so der nun beginnenden Unterredung mit klugem Nachdruck eine gewisse Feierlichkeit zu verleihen wußte.

Der Oberbürgermeister ging auf ihn zu und verbeugte sich wiederholt. Er hielt das Bauwerk für gut, er hielt es sogar für vortrefflich. Nur das Geschüttel war für die persönliche

Wohlfahrt und Unversehrtheit etwas peinlich. Aber der Turm brauchte ja nicht immer in Bewegung zu sein. Für kurze Zeit konnte er, ohne daß man sich rechtlich verging, ruhen, zum Beispiel, wenn einer der älteren Herren – zum Beispiel, wenn er, der Oberbürgermeister selber, die Plattform ersteigen wollte, um nach dem Rechten zu schauen.
Herr Schmidt stimmte diesen Ausführungen kurz und gelangweilt bei. Und dann fragte er geradeheraus, ob man den Turm zu kaufen wünsche.
Allerdings, meinte Bock und schaute in die Runde. Er sah lauter nickende Häupter.
Herr Schmidt nannte seine Summe. Sie war nicht niedrig. Aber man hatte sich schon vorher geheim entschlossen, den Turm zu kaufen, sollte er nur einigermaßen brauchbar sein. Und er war sehr brauchbar, die Stadt erwarb ihn. Vorläufig die Stadt. Sie konnte ihn ja wieder abgeben – vielleicht an eine staatliche Behörde, falls sich das als zweckmäßig erwies.
Man ging auf das Rathaus und bezahlte noch an diesem Abend den Erfinder. Bezahlte bar und schnell, nach Solnemanscher Methode. Übrigens auch mit Solnemanschem Gelde. Wieder einmal bewährte es sich, und sogar gegen ihn. Das war der Fluch des Übermaßes an Reichtum. – Herr Schmidt reiste in der gleichen Nacht. –
Am nächsten Morgen kamen die Herren wieder am laufenden Turm zusammen. Man hatte ihn einfach in der Prinzenstraße neben der Mauer stehenlassen, um gleich Inspektionsfahrten vornehmen zu können. In der Obhut der Wach- und Schließgesellschaft hatte er die Nacht verbracht.
Bock war gut ausgeschlafen, prächtig gelaunt, unternehmungslustig und machte sich jünglinghaft bereit, die

schmale Treppenleiter hinanzutänzeln – hinein in den herrlichen Morgen und Sonnenschein.
Merkwürdig war nur, daß dieser Sonnenschein zwar einen Teil des Aluminiums zu mildem Blitzen anregte, einen anderen aber gleichgültig fand. Dieser stumpfe Teil umfaßte das letzte Sechstel des Turmes, jene Strecke, die, am allerfreiesten ragend, sich der Sonne doch besonders innig hätte vermählen müssen. Diese Strecke schien tot, unempfänglich für Licht und ganz verwandelt. »Wir werden ja sehen, womit das zusammenhängt«, sagte Bock und stieg als erster himmelan – sieghaft, hielt sich nur mit einer Hand, winkte übermütig mit der anderen und stieg dergestalt unentwegt.
»Glück auf!« rief Schlicksupp ehrfürchtig.
Der Oberbürgermeister drang immer höhenwärts. Schon staunte er selbst über die nachhaltende Kraft seines Willens zur Höhe, über die tragfähige Wucht seines Angriffes.
Er bekannte sich, daß er ein Symbol sei. Das Licht siegt über die Finsternis. Der kräftige Leib der Stadt – Bock war diese Stadt – gewinnt Gewalt über seine dumpfe Krankheit, die ihr anhing seit Monaten. Jemand erklimmt Sprossen, um geheime Machenschaften – unsaubere – zu durchschauen. Aber dieser Jemand ist etwas wie die fleischgewordene gute Sache, die da ihr ewiges Antlitz hebt wider den bösen Feind.
»Wir werden die Pestbeule ausmerzen«, pfiff Bock und überwand das Aluminium.
Da war er bis dorthin gelangt, wo das milde Blitzen aufhörte und stumpfe Leblosigkeit ragte.
Ein seltsamer rötlicher Schorf bedeckte die Streben – wie eingetrocknetes Blut. Eine merkwürdige Zersetzung des Metalles schien vorzuliegen. Eine Art Verwesung offenbar,

die in der Höhe der Solnemanschen Mauerbrüstung begann und bis zur kleinen Plattform emporstieg. Abwärts reichte keine Spur von ihr. Als Bock in diesen roten Schorf griff, knisterte er und blieb ihm in der Hand. Eine ausgebrochene Lücke war dort, wo er ins Gestänge gefaßt hatte. Und als habe es nur eines solchen klarlegenden Eingriffes bedurft, raschelte und rauschte es in den Stangen, knickte und brach mit rostigem Ton und zerstäubte zu blutig roter Asche. Der ganze Turm, soweit er die Mauer überragte, kam zerflatternd herunter, löste sich im Abwärtsgleiten in schilfrohrleichte Stücke, zerrieb sich weiter zu kleinen Brocken und landete schließlich als roter Staub auf Stirnen und Nasen der unten Staunenden.

Ohne Sinn und hilflos reckte der Turm die Stümpfe seiner Aluminiumknochen in die Luft – genau in gleicher Höhe mit der Mauer. Bock hing dazwischen, blutig überstäubt, für Augenblicke von den leichten Schlägen der zermürbten Metallteile auf Kopf und Schultern betäubt und geblendet von dem roten Aschensand, der hinter die Brillengläser drang.

Er kroch behutsam abwärts. Unten empfingen ihn kleinlaute Mienen. Ob er sich beschädigt fühle, fragte jemand nebenbei. Er schüttete seinen Hut aus und verneinte krächzend, noch ganz benommen im Hals von staubigen Wolken.

»Aber ich bin doch nicht schuld!« schrie er plötzlich, als er den Rachen gereinigt hatte. »Meine Herren, Sie sehen mich alle an, als ob ich schuld sei.« Und mit vernichtender Stimme rief er nach den beiden Wächtern. Sie kamen heran.

»Warum haben Sie nicht besser aufgepaßt? Vertraut man Ihnen städtisches Eigentum an, damit es über Nacht in die Brüche geht?« fragte er scharf.

Sie hätten aufgepaßt, versicherten die beiden.
»Aber natürlich nichts bemerkt«, höhnte Bock ergrimmt.
Doch wohl etwas – meinte der eine – etwas, dem sie aber weiter keine Bedeutung beigelegt hätten. In den Stunden von Mitternacht bis Morgengrauen habe er bemerkt, daß der Teil des Turmes, der nun zerrieben auf dem Boden liege, leise geleuchtet habe wie faules Holz. Jetzt glaube er wenigstens, daß er phosphoresziert habe. Die Nacht sei er geneigt gewesen, anzunehmen, daß der Turm, soweit er aus dem dunklen Schatten der Mauer frei zum Himmel ragte, vom Licht der Sterne so beschimmert sei.
»Sie sind auch beschimmert!« sagte Schlicksupp wütend. »Und was habt ihr Helden weiter bemerkt?«
Weiter hätten sie bemerkt: ein feines Brummen, wie das Arbeiten einer fernen Maschine, ein Surren – wie das Surren eines Projektionsapparates in den Kinematographentheatern.
»Da haben wir's«, erklärte Bock. »Dieser Mensch da drüben hat nächtlicherweile durch Aussendung irgendwelcher aluminiumzerstörender Strahlen das Schandwerk der Vernichtung zustande gebracht. – War niemand auf der Mauer zu beobachten?« fragte er streng.
Der große dunkle Vogel, den sie beide auf ihren Dienstgängen und mit ihnen alle Welt oft schon auf der Brüstung zur Nachtzeit hätten tänzeln sehen – dieser Vogel sei, mit den Armen nach gewohnter Weise wie mit Flügelstümpfen schlagend, ein paarmal schweigsam hin und her geeilt. Sie hätten ihn gewähren lassen, da der Turm ja unerreichbar für ihn gewesen sei: Luftlinie zehn Meter zwischen Mauer und Turm.
»Man wird Ihrer Gesellschaft Mitteilung machen über die

Art, wie Sie beruflichen Pflichten nachzukommen belieben. – Sie können gehen«, befahl Bock.
»Wir auch«, meinte Schlicksupp trocken. »Verehrter Herr Oberbürgermeister, Ihr Freund Solneman scheint gegen fahrbare Türme wohl gesichert.«
»In der Tat«, knirschte Bock. »Er ist gegen Aluminium gewappnet.«
Vielleicht könne man den zerstörten Teil durch eine Eisenkonstruktion ersetzen, schlug jemand vor.
»Er ist auch gewappnet gegen Eisen: mit Bestrahlungen, Bestäubungen, Beblasungen«, lehnte der Oberbürgermeister hellseherisch ab.
»Holz – ?« meinte jemand.
»Holz«, wiederholte Schlicksupp nur geringschätzig. »Holz! Er wirft einen glimmenden Zigarrenstummel herüber, und die Sache ist für ihn erledigt. Der ist schon so.«
Bock sah dem Endergebnis dieser Überdenkungen mutig ins Auge und fragte demnach in die Runde: »Wäre also etwas damit getan, den Turm neu zu bauen?« – Und er gab sofort sich und allen grausam die einzig wahre Antwort: »Nichts wäre damit getan.«
»Nichts wäre damit getan«, stimmten alle bekümmert bei.

Claire

Lange schon stritt man sich in der guten Gesellschaft darüber, ob Solneman wohl schön oder ob er häßlich sei. Die Männer neigten im allgemeinen dahin, ihn häßlich zu wähnen; einige, welche Seelenkenner waren, meinten sogar behaupten zu dürfen, er werde wohl nicht einmal häßlich sein, vielmehr ein ganz gewöhnliches, vielleicht stumpf-

sinniges Gesicht unter seiner langweiligen Larve verbergen.
Anders dachten die Frauen, die sich noch lebhafter für ihn einsetzten, seit er in dem Verdacht erstrahlte, als Täter des Mordes an jener Dirne vielleicht in Betracht zu kommen. Sie spalteten sich in zwei Lager, die scharf gegeneinander standen. Die einen traten dafür ein, daß Solneman eine abgründige, herzbeklemmende Scheußlichkeit sein eigen nennen müsse, über der gewiß ein Schimmer von faszinierender Gewalttätigkeit liege; denn eines Mannes Geist und seine Taten prägen sich aus in seinem Gesicht. Die andere Hälfte der Frauen stand nicht an, ihn für leibhaftigen himmlischen Abglanz zu nehmen, der nur deshalb sich verbarg, weil er die Welt davor bewahren wollte – oder sie nicht für wert hielt –, in das blendende Antlitz überirdischer Schönheit zu schauen. War nicht auch Luzifer schön? Ein gefallener Engel, der an seiner Größe litt. Ein Zwiespältiger, der zum Teufel wurde, weil er nicht Gott sein konnte – das war Solneman. Oh, ganz bestimmt war er schön!
Im zweiten Lager tummelte sich Fräulein Claire Bock, die zwanzigjährige Tochter des Oberbürgermeisters, aber sie nahm Solneman nicht allzu teuflisch oder himmlisch – sie wollte sich das Menschliche nicht überwuchern lassen von Luzifer. Sie empfand starke Neugier nach dem *Menschen* Solneman. Diese Neugier verband sich mit dem Mitleid für einen, »der an seiner Verlassenheit und Größe letzten Endes litt«, wie die anderen sagten. Und zu der Neugier und dem Mitleid trat die Hoffnung, diesen einsamen Qualen vielleicht abhelfen zu können und dabei selber zu gewinnen. Weshalb sollten immer nur amerikanische Milliardärinnen deutsche adelige Männer heiraten? Weshalb nicht ein Milliardär ein deutsches untadeliges Mädchen? – Auch sie

liebte das Geld, die Macht des Geldes und die Möglichkeiten, welche aus Reichtum erwuchsen – liebte Automobile, Motorrennboote, Scharen wilder Tiere, riesengroße Privatgärten – hatte Verständnis dafür, daß man eine ganze Welt zum höchsteigenen Gebrauch um sich her erst aufbauen mußte, bevor man sich das Gefühl errang, zu Hause zu sein. Oh, sie war sicher: Solneman und sie paßten nicht schlecht zusammen. Vielleicht galt es nur zu kommen, vor ihn hinzutreten und zu sagen: Da bin ich.
Diese Großen der Erde sind manchmal so hilflos und blind, handelt es sich um letzte Dinge, welche sie benötigen. Sie ahnen gar nicht, was ihnen frommt. Deutet man es ihnen aber freimütig an, so gehen sie zahm und willig darauf ein. Wahrhaftig, es handelte sich vielleicht nur darum, vor ihn hinzutreten.
Fräulein Claire Bock besaß persönlichen Mut. Sie war Vorsitzende des Damenhockeyklubs ihrer Vaterstadt und war im Parke – damals, als er noch der Stadt gehörte – einem Knaben nachgesprungen, der in den Schneckenbach gefallen war. Allerdings hatte schließlich ein Herr die beiden aus dem seichten Wasser herausziehen müssen und dabei mit der jungen Dame mehr Mühe gehabt als mit dem Kind. Aber jedenfalls hatte sie gezeigt, daß sie zu handeln verstand. Die Rettungsmünze konnte ihr leider nicht verliehen werden, obwohl sie als Tochter eines in hohem Amte stehenden Vaters zu solchen Verleihungen mehr befähigt war als mancher andere.
Fräulein Bock war auch schon einmal verlobt gewesen. Sie kannte demnach die Männer und getraute sich, es mit jedem aufzunehmen. Sie reckte entschlossen die oberen Partien ihrer jünglinghaften Figur aus dem schwarzen Lackgürtel, setzte sich hin und unternahm den folgenden Brief:

»An den Unsichtbaren im Park! In Kürze diese Worte: Sie mögen sein, wer Sie sein mögen, jedenfalls sind Sie Kavalier. Ich ersuche den Kavalier in Ihnen, einer Frau die Bitte um eine Unterredung nicht abzuschlagen.
Sie sind ein Unerlöster, Hciebel Solneman. Ich weiß Erlösung für Sie und die Stadt.«
Anonym? Nein. Nur beherzt den Namen darunter: Claire Bock, und die volle väterliche Adresse. Er sollte merken, es war ihr ernst. Und sollte sehen, mit wem er es zu tun hatte. Sicherlich bekam er viele Briefe – nun ja, vor allem von Frauen. Er sollte wissen, wer sie war.
Solneman – Fräulein Bock erstaunte doch – ging auf den Brief ein. Schrieb nur zurück:
»Bin bereit. Freitag morgen sieben Uhr vor dem Bilde der zerlegten Violine. Ergebenst Solneman.«
Als Nachtrag schrieb er noch: »Bitte, bringen Sie keinen Revolver mit.« – Fürchtete er ein Attentat? Sie fühlte sich geschmeichelt durch diese Zumutung. – Aber morgens sieben Uhr? War sein Schlaf schlecht wie der von Verbrechern? – Dann bedachte sie, daß er die morgendliche Stunde wohl wählte, um sicher vor Spaziergängern und ganz ungestört zu sein, und sie fand es gut so. Aber es war nicht leicht für sie, so früh unter Vorwänden aus dem väterlichen Hause zu kommen. Man mußte irgend etwas zusammenlügen – Komödie spielen.
Die hatte übrigens schon begonnen. Wie sie an den Frühstückstisch kam und Solnemans Schreiben vorfand, hatte ihr Vater gesagt: »Ein Brief an dich. Es wird in der Stadt Mode, die Buchstaben zu türmen, wie es der Mensch da in seinem Parke tut. Eine ganz ähnlich unsinnige Handschrift zeigt diese Adresse.«
Der Morgen kam. Sie wählte ein dunkles Kleid, dessen

vornehme Gediegenheit sie durch einen hellen Hut und helle Schuhe heiter umrahmte, nahm ihren Photographenkasten und ging. Gerade holte der Vater seine Hosen zur Schlafzimmertür herein. Sie sagte, sie müsse so bald schon zur Schneiderin; die sei mit Frühjahrsaufträgen überhäuft. Wolle man zu etwas kommen, so gehe man am besten mitten in der Nacht zu ihr.

Der Krokus

Sie kam an den Platz der Verabredung – eine Viertelstunde zu früh. Er lag zwar fern von den Straßen der Stadt; dennoch trieb sich jemand dort herum, ein schlanker blonder Mensch, der den Hut in der Hand hielt. Sie war betreten. Wollte der hier verweilen? Er ging hurtig auf und ab – in einer schnellen Gleichgültigkeit. Sie mußte an Frühlingskuren denken, an Brunnentrinken, an Morgenspaziergänge und an Darmtätigkeit; sie wandte sich mißmutig und begann auch auf und nieder zu gehen. Immer an gleicher Stelle begegneten sie sich. Er sah eigentlich ganz gut aus, der kleine Blonde. Besaß eine mächtige Hakennase unter guten, blauen Augen und einen dichten rabenschwarzen Schnurrbart. Schade, daß eine verdrehte Eitelkeit ihn trieb, seinen Bart zu färben. Aber dann fand sie, daß diese Eitelkeit so verwegen war, so ganz offensichtlich, daß man sie gelten lassen konnte. Um Zeit hinzubringen und um sich davon zu überzeugen, daß alles an der Kamera klappte, photographierte sie ihn heimlich. Er merkte gar nichts, überhörte sogar das kurze Schnurren bei der Momentaufnahme, über das sie selbst in dieser stillen Morgenfrüh wie über etwas übel Angebrachtes erschrak.

Trotzdem war er lästig. Die Zeit rückte vor, der Erwartete kam gewiß nicht, wenn er merkte, daß hier eine zweite Person herumlungerte. Sie suchte ihn durch Blicke zu vertreiben. Er sah gar nicht nach ihr hin.
Aber plötzlich sprach er sie an, freundlich: »Gnädige Frau – warten?«
Gnädige Frau – ? Ekel! dachte sie und sagte hochmütig: »Wie Sie sehen«, – und ging an ihm vorbei.
Er kam ihr nach. »Warten gnädige Frau auf einen Mann?« fragte er. Es klang kindlich und zugleich auch so, als meine er mit dem »warten« nicht nur den augenblicklichen Zustand.
»Was erlauben Sie sich«, sagte sie eisig. »Vernehme ich Sie darüber, auf wen Sie warten?«
»Warte gar nicht«, wehrte er ab.
Also doch die Brunnenkur, dachte Fräulein Claire mit gerümpfter Nase.
»Guter Frühling«, meinte er und fuhr nachdenklich über die Rinde eines Baumes. Doch sagte er das mehr zu sich selbst. Sie brauchte nicht zu antworten, sie konnte das überhören. Idiot – urteilte sie nur bei sich.
Aber nun geschah etwas Unverschämtes. Er faßte sie am Arm, hemmte ihren Schritt. »Zertreten Sie diese Blume nicht«, rief er und zeigte vor ihr auf den Boden. »Gelber Krokus, einer von den Pionieren. Ganz gewöhnlicher Krokus. Dennoch – schön?« Seine letzten Worte klangen wie eine Frage, fast wie eine Versuchung.
Die Hanswursterei ward ihr zu bunt. Ein Exempel mußte statuiert werden. »Ich zertrete, was mir beliebt«, sprudelte sie, ganz rot im Gesicht. »Vielleicht wäre mein Fuß über dieses Zeug da hinweggeglitten, aber weil Sie mir verbieten, es zu zertreten, darum muß es geschehen.«

»Nicht tun«, bat er fast. »Besinnen Sie sich. Schenken Sie mir die Blume, wie man einen Sklaven verschenkt. Will ihn dann freigeben, den Sklaven – soll sein gelbes Dasein weiterleben«, versuchte er zu scherzen, wie mit einem Kinde.

Er war harmlos und kindisch. Ihr heller Schuh gab ihm die einzig richtige Antwort. Er kratzte über den Wegrand und schmierte das gelbe Ding in den dunklen Erdboden hinein.

Er hinderte sie nicht, schien fast befriedigt. Zuckte nur die Achseln und sagte, als sei nie die Rede von Blumen gewesen, ganz freundlich: »Werden Sie nicht vergeblich warten?«

»Sehr wohl möglich!« schrie sie erbost. »Nämlich, wenn Sie noch länger hier herumlungern. Der Mensch, den ich sprechen möchte, erscheint kaum, solange Sie da sind. Warum gehen Sie nicht hundert Schritte nach rechts oder nach links – und machen sich dort Bewegung?«

Er war erfreut, und er tat gefällig, als habe man ihm ein Rätsel gelöst. »Sehr wohl«, sagte er, mit einem kleinen Diener. »Wie die gnädige Frau befehlen. Nach rechts oder nach links, bitte?«

»Gehen Sie nach links, dort um die Biegung«, entschied sie, als spräche sie zu ihrem Dienstmädchen. – »Ich danke«, fügte sie bei, nun doch benommen von seiner Eilfertigkeit, als er sich sogleich fortmachte.

Allein, sah sie nach der Armbanduhr – es war Punkt sieben – und schaute dann auf, weil sie dumpfes Rollen hörte. – Solneman trat aus dem Stein.

Sie war geneigt, eine Verbeugung zu machen. Sie unterließ es. Sie hatte sich soweit in der Gewalt, das Zusammenknicken ihrer Glieder hintanzuhalten.

Er stand stumm an die Mauer gelehnt, als sei er bereit, in sie zurückzufliehen. Einen grauen weichen Hut hielt er in der Hand. Sie sah helle Haupthaare über einer dunklen Larve.

Dem Schweigen selber stand sie gegenüber. »Herr Solneman?« sagte sie leise. »Ich bin Claire Bock.«

Solneman blieb, wo er war. Er neigte kaum den Kopf. »Angenehm«, sagte er. »Gefällig?«

Sie nahm sich zusammen. Was sie nun gleich sagen wollte, dünkte sie ein wenig unvorbereitet und jäh. Dennoch mußte sie sich entschließen, da zu einer besseren Überleitung der stumme Partner keine Gelegenheit bot. Sie begann deshalb: »Sie leiden, Herr Solneman. All Ihr seltsames Tun und Treiben ist Ausfluß Ihres seelischen Leidens. Sie suchen etwas. Sie sind halb. Sie suchen Ihre Ergänzung. Damit suchen Sie gleichzeitig Erlösung –«

Er war zwei Schritte vorgetreten, er unterbrach sie: »Augenblick! Sie studieren Philosophie?«

»Ich – nein«, sagte Claire, verwirrt durch die Wirkung ihrer Worte. »Warum meinen – ?«

»Bitte, weiter«, sagte er.

Es war ihr auch lieber so. Sie fuhr fort: »Also das ist es: Erlösung suchen Sie. Wodurch wird einzig und allein ein Mann erlöst? – Durch die Frau, Hciebel Solneman!«

Sie machte eine Pause – wartete. Er sagte schließlich: »Bedarf ist gedeckt«, – und schwieg wieder.

Sie wußte damit nichts anzufangen, wollte ihre Absichten weiter fördern und versuchte zu erzählen: »Was heißt glücklich sein, Sie Einsamer? Sie sind es nicht. Bestimmt nicht. Man spricht davon, daß öfters des Nachts eine Gestalt auf der Mauer zu sehen ist, die sich herabbeugt, in die Straßen späht – die aussieht, als ob sie herunter möchte, zu

den Menschen sich gesellen möchte –, eine Gestalt, die unverständliche Worte in das trostlose Dunkel murmelt, Worte, welche den Klang der Klage, den Ton der Sehnsucht haben – Worte, aus denen hervorgeht, daß es Sie nach Menschen verlangt – wie die Menschen nach Ihnen verlangen. Auch ich«, sagte sie leise und zwang ihre Stimme zum Zittern, »auch ich kann mich entsinnen, diese rührende – hehre Gestalt einmal hoch oben gesehen zu haben.«
»Erfreut«, sagte Solneman.
Es ist schwer etwas mit ihm anzufangen, dachte sie. Soll ich nun schon zum letzten übergehen? Er zwingt mich dazu. Sie gab sich einen Ruck.
»Glauben Sie mir«, versicherte sie, »daß ich mit Ihnen fühlen kann. Sie sind einsam und groß. Und ich verehre Sie nicht blind, sondern mit verstehenden Augen. Ja, ich zaudere nicht, freimütig mich zu bekennen und das Wort ›Liebe‹ zu brauchen. Ich liebe Sie in allem, was Sie tun und was um Sie her ist: in dem Feuer, das Sie gegen den Himmel werfen, in dem Wasser, das gewaltig auf hoher Mauer um Ihr Leben kreist, in der Luft, die an diesem Frühlingsmorgen über Ihrem Parke lockt und zittert, in der Erde Ihres Bodens, aus der die neuen Kräfte steigen –«
Er trat vor. »Und diese Blume?« fragte er. »Liebten Sie die nicht?« – und zeigte auf den zertrampelten Krokus.
Sie erschrak sehr. Was war das? Was wußte er? War er doch der Zauberer, wie lächerliche Menschen behaupteten?
»Ein Mann war vorhin da«, sagte sie und schluckte Angst hinunter, »ein Mann hat vorhin –«
»Nein«, beharrte er. »Kein Mann. *Sie* haben – gerade eben – wohl unabsichtlich, wie – ?«
»Ganz unabsichtlich!« rettete sie sich. »Glauben Sie mir! Ebenso, wie Sie glauben müssen, daß ich Sie sehr verehre.«

»Ja«, sagte er und schlug sich mit der Reitpeitsche an hechtgraue Hosen. Er sah dabei aus, als ob er die Peitsche nie für ein Pferd benötigte. »Ja, und Ihr Gatte?«
Sie prallte zurück. Waren denn alle Menschen besessen? Sah sie denn aus wie ein altes Weib, weil alle glaubten, sie müsse schon verheiratet sein? – »Ich habe keinen Gatten und habe noch niemals einen gehabt«, sagte sie gekränkt. »Weshalb dichten Sie mir einen an?«
»Mißverständnis«, erklärte Solneman. »Nannten sich ›Frau‹ in Ihrem Brief.«
Deshalb also! jubelte sie innerlich. Der Ausdruck »Frau«, den sie gebraucht hatte, weil er ihr voller und schöner und gewichtiger erschienen war als das dumme Wort »Mädchen«, der hatte ihn irregeführt. Deshalb wohl auch war er so zurückhaltend! Oh, noch konnte alles gut werden. – Mit neuer Kraft unternahm sie das Werk.
»Sie sind Granit«, gestand sie schnell und vollen Tones. »Sie sind ein Fels in der Brandung dieser aufgewühlten Bürgerseelen um Sie her. Ich habe es schon einmal gesagt: ja, ich verehre Sie – ja, ich liebe Sie. Ich bin gekommen, Ihnen dies zu gestehen. Mir und Ihnen bin ich diese Wahrheit schuldig. – Legen Sie die Larve ab, Hciebel Solneman, ich liebe Sie!«
Sollte er doch sehr scheußlich sein, kann man sich immer wieder entloben – hatte sie schon vorher bei sich ausgemacht. Da hörte sie seine Stimme: »Gewiß«, sagte er ganz langsam. »So etwas kommt vor. Darf ich Ihnen meinen Möbelwagen Nummer siebzehn zur Wohnung anbieten? Vielleicht habe ich später einmal Verwendung für Sie.«
Sie war so gespannt, ob er nun die Larve abnehmen werde, daß sie seine Worte gar nicht recht begriffen hatte. Sie wollte den ersten guten Augenblick, ihn photographieren

zu können, auf alle Fälle nicht verpassen – was auch nachher kommen mochte.
Sie hob den Apparat schon schußbereit.
Er streckte die ausgespreizte Hand vor. »Bitte, lassen Sie –« sagte er. »Genügt nicht die *eine* Aufnahme?«
»Welche Aufnahme?« fragte sie unruhig und ließ die Arme sinken.
»Nun, die«, sagte er langsam und pfiff mit der Reitgerte durch die Luft, »welche Sie vorhin machten – bevor Sie den Krokus zertraten.«
Da polterte der Apparat zu Boden, und sie erkannte schmerzhaft schnell: dieser graue Hut in der Hand und jener vorhin, dies blonde Haar und vorhin jenes, dieser kleine schlanke Mensch und jener: das alles war ja ein und dasselbe.
Dies entdeckte sie, und auch: daß hier für sie wohl nichts mehr zu holen war, daß sie nicht ganz richtig gerechnet hatte.
Er überreichte ihr den kleinen Kasten. »Bitte«, sagte er und trat zurück.
»Herr – Herr Solneman –« versuchte sie.
Er trat noch weiter zurück, bis hart an die Mauer. »Empfehle mich«, beschloß er und verschwand in dem Stein.
Es rollte fern und dumpf. – Fräulein Claire Bock sah sich im Geiste in der väterlichen Loge des Theaters, in einer Pause bei verdunkeltem Raum, und glaubte das murmelnde Geräusch der laufenden Drehbühne zu hören. Sie spähte die Mauer hinauf, immer höher, bis sie den blauen Morgenhimmel erreichte, dann verfing sich ihr Blick in Ästen, sie ging ihnen nach und gelangte über verwehendes Grün und stärkere Zweige zum Stamm und den Stamm hinab wieder auf festen Boden.

Sie kam sich vereinsamt vor – auch ein wenig kläglich. – Pah, so etwas überwindet man, sagte sie sich. – Und auf einmal durchzuckte sie ein großer freudiger Schreck. Sie hatte ja eine Aufnahme von Solneman! Hatte also doch mehr erreicht bei ihm als alle Menschen bisher. Eine Aufnahme ohne Maske, den unverhüllten Solneman besaß sie. Welch ein glücklicher Zufall! – Da ließ das andere sich schließlich schon verschmerzen.

Sie rannte sehr schnell nach Hause und gleich in die Dunkelkammer.

Es zeigte sich, daß die Aufnahme gut geworden war. Nun galt es noch, ein Märchen über das Zustandekommen des Bildes zu erfinden. Sie gestand ihrem Vater Brief und Gegenbrief und die Zusammenkunft und erklärte, daß sie dem Menschen habe ins Gewissen reden wollen. Das Elend der Stadt, besonders den Ärger und Kummer des eigenen geliebten Vaters länger untätig mit anzusehen sei ihr nicht mehr möglich gewesen. Ob ihre Tat etwas genutzt habe, werde die Zukunft zeigen; jedenfalls sei es ihr geglückt, den Eigenbrötler kurzerhand zu knipsen – und hier sei das Bild.

Bock machte große Augen. Die Familie wurde gerufen und staunte mit. Und dann beschloß man, dem Ruhm der Tochter länger nichts in den Weg zu legen. In allen Zeitungen und Zeitschriften der Stadt, bald in allen des Landes, erschien die Photographie, und darunter stand: aufgenommen von Fräulein Claire Bock, Tochter des Oberbürgermeisters Bock. – Viele Blätter brachten auch das Bild der schneidigen jungen Dame selbst. Postkarten wurden zu Tausenden hergestellt; da Fräulein Bock prozentual am Gewinn beteiligt war, verdiente sie ein kleines Vermögen.

Sie war Mittelpunkt der Stadtgespräche, stand hierin neben den zwei zur Zeit berühmten Dichtern der Stadt, neben den drei beliebtesten Künstlern und den vier geehrtesten Künstlerinnen und neben der neuen Pariser Kokotte, die so fabelhafte Kostüme trug.
Sie war sehr glücklich. Bis nach vierzehn Tagen ein Paket ins Haus kam, welches groß und steil geschrieben ihre Adresse trug und eine mächtige falsche Hakennase und einen falschen Schnauzbart enthielt.
Es gab einen großen Krach, erst in der Familie, dann in der Öffentlichkeit. Diese nicht aufzuklären – es auf die Gunst der Umstände ankommen zu lassen, schien dem Oberbürgermeister allzu gefährlich für seine Stellung. Trotz der Drohung der Tochter, sie gehe ins Wasser, stellte er sie ohne Mitleid bloß.

Marabufedern

Des Oberbürgermeisters Ärger über Claire, diese dumme Gans, ward in der Folgezeit in den Hintergrund geschoben durch die vielen Arbeiten und Beratungen, welche die Vorbereitungen zum Empfang einer ausländischen Fürstlichkeit verlangten.
Wieder einmal wurden Straßen und Plätze mit Solnemanschem Gelde ausgeschmückt. Den man erwartete, der Gast war die Prinzessin Santu-Bibi, Tochter des regierenden Fürsten eines Negerstammes am Kongo. Die junge Dame hatte in Paris Nationalökonomie und Statistik studiert und bereiste nun die Großstädte Europas, um die modernen Einrichtungen breit angelegter Gemeinwesen kennenzulernen. Der heimatliche Staat befand sich im Zustande inner-

licher Umwälzungen. Der kluge Regent hatte klar erkannt, daß es sich für ihn, wollte er seiner Dynastie den Thron erhalten, nur darum handeln konnte, dem neuen Geiste nichts in den Weg zu legen, sich ihm anzupassen, ihn zu fördern, soweit die königlichen Interessen irgend es zuließen. Er sandte von seinen dreiundzwanzig Nachkommen, waren sie herangewachsen, einen nach dem anderen auf abendländische Universitäten, dort die Weisheit alter Kulturen, gepaart mit dem Feuer des neuen Morgenrotes, in sich zu schlürfen.
Von seinen Kindern eines der begabtesten war die junge Prinzessin Santu-Bibi. Sie sollte, heimgekehrt, bei der Umgestaltung und dem Ausbau der königlichen Residenzstadt die erste beratende Stimme haben.
Der Besuch, für den Bock nun Vorbereitungen traf, war ein offizieller. Man mußte der Vertreterin jenes mächtig aufblühenden Staates am Kongo mit allen Ehren entgegenkommen. Man konnte nicht wissen, was die Zukunft dem etwas morschen Europa von dort drüben bringen mochte. Es war jedenfalls gut, vorsichtig und höflich zu sein.
Schwere Sorge machte dem Oberbürgermeister der Empfang der jungen Dame. Wenn auch zu vermuten war, daß sie europäische Sitten angenommen hatte, so konnte man doch nicht vorauswissen, welche Zwischenfälle heimtückisch vielleicht im Hinterhalte lagen. Die Prinzessin reiste ganz ohne männlichen Schutz. Ihre Umgebung bestand nur aus Hofdamen ihrer Heimat und aus zwei weißen Sprachlehrerinnen, einer Französin und einer Engländerin. Es war schon bekannt, daß bei den Besuchen des hohen Gastes europäische Augen sich schwertaten, aus dem Schwarm all der schwarzen Damen das königliche Geblüt sofort herauszuspähen.

Dem Oberbürgermeister bangte ein wenig vor dem Begrüßungsaugenblick auf dem Bahnsteige. Die Prinzessin sollte in kühner Weise die bunte Tracht ihres Landes mit europäischen Modevorschriften zu verquicken die Seltsamkeit haben. Daraus erblühende Toiletten wurden auch von ihrer Umgebung getragen. Es ergaben sich also aus der Kleidung, die nur verwirrend wirken mochte, ebenfalls keine Anhaltspunkte.

Bock war bekümmert – bis er den erlösenden Ausweg darin sah, daß man sich mit der französischen Sprachlehrerin in Verbindung setzte, die am Reisetage telegraphisch mitteilen sollte, welchen Hut die Prinzessin bei ihrer Ankunft aufzuhaben geruhen werde. Man ersuchte die Französin, das Telegramm ins Astoriahotel zu senden, wo für den Gast und die Begleitung die Flucht sämtlicher Zimmer des ersten Stockes reserviert wurde. In das Hotel erbat man die Auskunft deshalb, weil in dieser Erkennungsfrage nicht allzu offen die Unsicherheit der Stadt und ihrer offiziellen Vertreter kundgetan werden sollte.

Damit glaubte Bock, versucht zu haben, was in seinen Kräften stand, um die Angelegenheit gut hinauszuführen. Er wartete nur noch auf das Telegramm, das auch wirklich am Nachmittage vor dem Ankunftsmorgen der Prinzessin einlief. Der Direktor des Astoriahotels ließ sich sogleich beim Oberbürgermeister auf dem Rathause melden und entfaltete ein weißes Papier, auf dem zu lesen stand: Ihre Königliche Hoheit werden einen blaugrünen Filz tragen, mit weinroter Seide ausgeschlagen, fünf Goldagraffen mit Amethysten über einem Kranz von Löwenklauen, sieben Marabufedern (königliches Privatgezücht), safrangelb gefärbt.

Dem Oberbürgermeister schwindelte. »Wie sehen denn

Marabufedern aus? – Vielleicht weiß meine Tochter Claire Bescheid«, sagte er zu sich selbst.
Aber der Direktor hatte schon den Brockhaus befragt und sich ein Bild zurechtgemalt: »Wollen Herr Oberbürgermeister an Adlerflaum denken – einfach ins Afrikanische übersetzt«, erklärte er.
»Wenn ich mir nur das weinrote Futter merke, das wird genügen«, tröstete sich Bock. – Aber nachher lernte er doch das ganze Telegramm auswendig.
Die Abendblätter hatten gerade noch die Notiz aufnehmen können. Die Einwohnerschaft war sehr befriedigt, schon heute zu hören, in welchem Hute sie den hohen Besuch morgen werde durch die Straßen fahren sehen. Mit einem Vorgeschmack der kommenden Genüsse ging man schlafen.

Der Sieg des Grübelns

In dieser Nacht drang jemand unbekümmerten Fußes in den ummauerten Garten Solnemans. Professor Lautenschlag war es, der, spazierengehend in der abendlichen Frühlingsluft, über sein neues Buch: »Horn, eine Zwischenstufe zwischen organischer und anorganischer Substanz« nachsann. Er geriet in den Park. Wieso? Nun, er fand sich eben plötzlich darin. Ein Mensch, der über eine Sache angestrengt nachdenkt, weiß oft nicht, wie er von dem Orte A zu dem Orte B gelangt. Es war dem Professor jedenfalls ganz unmöglich, später anzugeben, auf welche Weise er die Mauer wohl überwunden oder durchdrungen haben möchte.
Wo er sich befand, erkannte er, als er vom Boden aufsah,

um, wie es bei scharfem Nachsinnen seine Gewohnheit war, stehenbleibend die Hände in das Gesäß zu stemmen und den Bauch vorzuwölben – eine Stellung, in der er häufig zu packen bekam, wonach er innerlich griff. Als er so verweilte – ohne Glück im Geiste, begriff er plötzlich seine Umgebung: im Mondlicht vor ihm einen Parkweg auf eine Wiese zuführend – hinter ihm, schon ziemlich fern, durch Bäume hindurch den gewaltigen Schatten haushoch getürmten Gesteins.

Er zauderte, was zu tun sei. Da bogen zwei Gestalten um die Baumgruppe vor ihm. In der einen vermutete er Solneman. Neben ihm, in seinen Arm gehakt, ging ein weibliches Wesen mit schaukelnden Seemannstritten. Der Herr kam auf Lautenschlag zu – nur so nahe, daß er ihm gerade noch mit weit vorgestreckter Hand an die Nase greifen konnte.

»Erlauben Sie, daß ich Ihnen die Brille abnehme«, sagte er dazu. »Im übrigen soll Ihre Freiheit nicht angetastet werden.«

Nun stand es für den Professor fest, daß er den unverlarvten Solneman vor sich hatte. Er spähte ihm ins Gesicht, aber seine sehr kurzsichtigen Augen gewahrten nichts als einen verschwimmenden hellen Fleck. Er versuchte es bei der Dame, doch auch dort sah er nicht mehr als ein stark verschleiertes Gesicht und einen ungeheuren wippenden Federhut, der trotz der Dunkelheit in vielen Farben leuchtete.

Lautenschlag fühlte, daß er eine Erklärung schuldig war. – Er habe sich augenscheinlich verlaufen – ja, verirrt, könne man sagen. – So meinte er auf Solnemans kühl fragende Geste hin.

Nichts erfreue ihn mehr, entgegnete Solneman, als dem

Herrn die Tür weisen zu können. Er solle nur unverzüglich mitkommen.

Aber die Dame veranlaßte einen Aufenthalt. Sie lachte fletschend und lautlos, bückte sich und faßte den Professor an einem Bein. Ein dunkler Arm enthüllte sich bis zum Ellbogen. Jedenfalls war es die Negerin. Wer anders sollte es sein? Nur schien sie, die alle Welt riesenhaft nannte, zu klein dafür. Sie wollte dem Professor die Stiefel ausziehen. Der Mond spiegelte sich in buckligen, großen, gut gewichsten Lederflächen – und das gefiel ihr wohl. Solneman, der nie ohne Peitsche zu gehen schien, zog ihr einen Hieb über den beweglichen Rücken. Sie sagte nichts, schrie nicht, grunzte nur dumpf und zerrte weiter an Stiefel und Hosenbein des fallenden Lautenschlag. Da bekam sie einen zweiten pfeifenden Hieb, kreischte zeternd und entfloh. Zum nächsten Baum und mit leichten sicheren Griffen an ihm hinauf. Schnellte sich in eine Gabelung, verschwand im Blättergewühl.

Lautenschlag erhob sich vom Boden. Solneman stand stumm, und durch die Stille der Nacht ging ein Geräusch wie Zähneknirschen. Er spielte mit der Peitsche, machte Bewegungen, als habe er Lust, weiter zu prügeln – wohl den, der da vor ihm stand. Lautenschlag trat hilflos unter den Baum, spähte hinauf. Durch die Zweige flitzte etwas herunter: ein Damenjäckchen, ein weißer Gürtel. Eine lederne Handtasche krachte dem Professor auf den Schädel. Nun kam es auch noch feucht durch die Zweige getröpfelt. Lautenschlag mußte den Schirm aufspannen. »Ist der Dame nicht gut?« fragte er verständnislos zu Solneman hinüber.

»Darf ich ersuchen, mir endlich zu folgen«, sagte der nur und schritt voraus – rasch, eigenwillig, wie gefedert von

einer schwer verhaltenen Gewalt. – Der Professor stand nach drei Minuten jenseits der Mauer auf der einsamen Straße.
»Meine Brille –« wollte er noch sagen, aber er sah schon niemanden mehr, zu dem er es hätte sagen können. Er brauchte eine Stunde, bis er den in der Nähe postierten Schutzmann Nummer zweihundertsechzehn ertastet hatte. Der führte ihn dann nach Hause.

Nächtliche Venus

Derselbe Schutzmann beobachtete, als er wieder in sein Revier zurückgekehrt war, eine auffällig gekleidete Dame, die sich sonderbar benahm.
Sie ging mit wiegenden Schritten die nächtliche Straße entlang, blieb an einem Laternenpfahl, einer Regenrinne, einem Fensterladen stehen und beäugte diese Dinge genau – fast sah es aus, als ob sie sie beroch. Dann schaukelte sie weiter, und als ein Herr ihr entgegenkam, sprach sie ihn an. Da es Damen verboten war, auch den staatlich konzessionierten, Männer nächtlicherweile anzusprechen und zu Lustbarkeiten zu verlocken, zögerte der Schutzmann zweihundertsechzehn nicht länger, gegen die Frauensperson vorzugehen.
Er fing zuerst den Herrn ab, welcher vor der Dame leicht zurückgeprallt war und dann, als diese weiterging, artig den Hut gezogen hatte – und fragte ihn aus, was denn jene Person ihm gesagt, versprochen, ausgemalt habe. Der Herr, noch leicht verwirrt, erklärte, jenes Wesen habe gar nichts gesagt, sondern sei nur schmatzend, als ob es Bonbons lutsche, vor ihm stehengeblieben. Er habe durch einen

dichten Schleier seltsam fern ein Paar Augen gesehen – seltsam nahe einen großen kräftigen Mund – das Gesicht anscheinend dunkelhäutig, das einer Südländerin – ja, vielleicht einer Negerin. Dann sei die Fremde schweigend weitergegangen, und er habe gegrüßt – nun – weil er so sehr verlegen gewesen sei.

Mittlerweile war jene weitergeschaukelt – war schon ziemlich fern, und der Schutzmann mußte eilen, wollte er sie nicht aus den Augen verlieren. Aber er bekam sie doch nicht zu fassen, obwohl er sogar in das Revier seines Kollegen, des Schutzmannes vierhundertdrei, eindrang, also – darauf war er stolz – in dieser Angelegenheit mehr tat, als seine Dienstpflicht ihm vorschrieb. Ebenso wie vorhin, da er den Professor Lautenschlag so aufopfernd nach Hause gebracht und nur fünfzig Pfennige dafür bekommen hatte.

Er holte die Verdächtige nicht mehr ein, denn sie, die schon das Nahen des Gesetzes bemerkt haben mochte, wurde von ihrem schlechten Gewissen getrieben, einen Bretterzaun zu übersteigen – mit ein paar schnellen, gewandten Griffen. – »Eine vom Varieté«, sagte sich der Schutzmann, – »immer das gleiche Gesindel!« – und ging langsamer. Der Zaun umschloß einen Bauplatz. Als der Beamte durch die Bretterritzen spähte, sah er gar nichts mehr. Er spähte übertrieben pflichtgetreu noch einmal und ging dann zufrieden mit dieser Art von Erledigung der Angelegenheit in sein Revier zurück.

In derselben Nacht wurde der Oberbürgermeister durch einen Angestellten des Astoriahotels aus dem Schlafe geklingelt: die Prinzessin sei ganz unerwartet mit dem Nachtschnellzug angekommen. Ohne Gepäck, ohne Dienerschaft, ohne Gefolge. Irgendein schreckliches Mißverständnis oder eine fürchterliche Verwirrung müsse vorliegen. Ja, man denke – soweit man sich das erlauben dürfe – fast an eine Geistesstörung der hohen Dame.

Bock stürzte aus dem Bett und in den schon für morgen bereitliegenden Frack, überlas noch einmal die Brocken der ausländischen Sprache und eilte davon.

Im Hotel, in der Halle, empfingen ihn unharmonische Mienen, geflüsterte Bestürzung, hilflos gehemmte Beine. Also, sie sei da. Vor einer halben Stunde mit dem Hotelwagen als einziger Gast vorgefahren. Man stehe vor einem Rätsel. Kein Wort sei mit ihr zu reden, man unterbreite ihr Englisch, Französisch, Portugiesisch, Holländisch – alles vergebens.

Ob man es schon mit Deutsch versucht habe? fragte eine schüchterne Stimme. Aber der Direktor des Hotels sagte zurechtweisend: »Deutsch ist keine Sprache, die in Betracht kommt, ausländischen Hoheiten gegenüber.«

Der Oberbürgermeister begehrte, Näheres zu wissen. So gewann er wenigstens Zeit. Er scheute sich tief davor, unter diesen sonderbaren Verhältnissen an die hohe Frau herantreten zu müssen – wie etwa an einen Abgrund, in den man hineingezogen werden konnte. Ihn verlangte sehr nach Sammlung.

Mittlerweile berichtete man ihm: Wie und wann sie am Bahnhof den Wagen bestiegen habe, wisse man nicht. Zugverspätungen oder -verfrühungen seien übrigens an der Tagesordnung; ein heilloses Durcheinander herrsche augenblicklich im Bahnverkehr. Der Kutscher und der Portier, diese beiden Esel und Nachtmützen, erböten sich, zu beschwören, die Heimfahrt mit leerem Wagen angetreten zu haben. Die beiden Burschen müßten regelrecht geschlafen haben; sie seien sofort entlassen worden. Das ändere aber jedenfalls nichts daran, daß die Prinzessin wenige Minuten vor ein Uhr den Hotelwagen verlassen und sich in die noch erleuchtete Halle begeben habe. Dort, als man erkannt, wen man vor sich habe, und sich vom ersten Schrecken erholt gehabt habe, seien dann die geschilderten vergeblichen Versuche gemacht worden, mit der hohen Frau zu sprechen.

Man habe auch aus den Mienen der Schweigsamen nichts entnehmen können, da sie sehr tief verschleiert sei. Sie sei umhergegangen: hierhin, dorthin, habe – seltsam und unverständlich genug – die Kappe des Liftboys in eine Schirmvase gestopft und die Lackstiefel des Direktors aufmerksam befühlt. Eben aus diesen Gründen denke man – nun ja: an eine augenblickliche geistige Unordnung.

Der Oberbürgermeister schwitzte schon heftig. Ob der Hut ein weinrotes Futter habe, wollte er wissen.

Der Hut sei in Ordnung, versicherte der Direktor. Er trage unverkennbar den afrikanischen Adlerflaum. Zweifelsohne sei es die Prinzessin. Wenn sie auch – selbst für ihre Herkunft – merkwürdig sich benähme, so zeige sie dennoch gerade in ihrem Auftreten eine königliche Selbstverständlichkeit. Er habe den Blick dafür.

Bock fügte sich. Wo sie sei?

In ihren Appartements. Nur das eine habe man erraten können: daß sie sehr müde sei. Das habe man daraus schließen zu dürfen geglaubt, daß die Prinzessin – wohl einer Sitte ihres Landes folgend – auf dem Läufer der Treppe eine hockende Stellung eingenommen habe. Da habe man sie veranlaßt, indem alle unter Verbeugungen an ihr vorbei und die Treppe hinaufgingen, ihre Gemächer aufzusuchen. Sie sei nachgefolgt und sitze nun wohl in dem großen Prunksalon – bedauerlicherweise ohne irgendeine Gesellschaft. Auf die Frage, ob Speisen oder Getränke erwünscht seien, habe man keine Antwort bekommen. Durch eine nicht mißzuverstehende exotische Fußbewegung sei von ihr darum ersucht worden, allein gelassen zu werden.

Der Herr Oberbürgermeister möge raten – helfen – nachschauen – in dieser rätselhaften, äußerst peinlichen Sache tun, was ihm das beste dünke.

Bock rückte an der Krawatte, ließ sich vom Liftjungen mit der Bürste den Frackkragen behandeln und erstieg, gegen ein schweres Unbehagen anschluckend, die Treppe zum ersten Stock.

Hinter ihm ging der Hoteleigentümer, der ganz unbeteiligt tat und noch gar nichts geäußert hatte – hinter ihm der Direktor, hinter ihm ein Arzt, den man aus ungeklärten Gründen hatte rufen lassen, hinter ihm der Oberkellner, hinter ihm das Zimmermädchen vom Nachtdienst.

Der Oberbürgermeister klopfte schicksals- und dienstergeben an den Flügeltüren zum Salon. Kein Laut kam von innen. Er klopfte stärker. Kein Laut. Er wartete fünf Minuten; man sah sich an, wagte keine Worte. Er pochte wieder, wartete wieder fünf Minuten, die Uhr in der Hand, suchte währenddem nach den ausländischen Brocken in sich. Schwitzte stärker. Atmete tief. Entschloß sich endlich, zu öffnen.

Das elektrische Licht brannte. Gleich an der Tür hockte ein riesengroßer, vielfarbiger Hut, voll gelber Federn. Der Oberbürgermeister mußte ihn mit den Zehenspitzen zur Seite schieben. Er tat es vorsichtig und achtungsvollst. Dann sah er weiter.
Der Smyrnateppich war zu einer Röhre gerollt, die seidenen Fenstervorhänge lagen herabgerissen vor der Röhre oder staken in ihr, aus der ein Kopf mit fernen Augen und einem kräftigen Munde sah – ein Haupt, vor dem der Oberbürgermeister denn doch, ob er gleich auf vieles gefaßt war, zurückprallte.
»Wollen königliche Hoheit – sich nicht – hervorbemühen«, stotterte er.
Da kam sie herausgekrochen. Der Oberbürgermeister hatte es bis zu dieser nächtlichen Stunde nicht für möglich gehalten, daß irgendwo auf der ganzen Welt eine Menschenrasse von solch wehmütiger Häßlichkeit leben sollte. Die Prinzessin richtete sich auf. Bock verbeugte sich und begann: »Königliche Hoheit mögen verzeihen, es müssen höchst bedauerliche Mißverständnisse herrschen –«
Aber sie schien gar nichts von Mißverständnissen wissen zu wollen. Sie kam auf ihn zu, ihre Toilette hatte sich arg verschoben – und Bock mußte wegsehen, um mit den Augen nicht unrettbar in die Tiefen eines schwarzen Busens zu fallen. Er trat einen Schritt zurück, doch sie setzte ihm nach. Und als er, da die Ellenbogen schmerzhaft an die Zimmerwand schlugen, mit dem Mute der Verzweiflung standhielt, kam sie ganz dicht an ihn heran und hob lange haarige Arme. Ihre großen Hände griffen nach seiner Brust und befühlten die bunten Orden. Und als er hilflos begütigend, mit kaum gebändigtem Entsetzen, den Oberkörper seitlich schlängelte, legte sie die dunkle Wange an seinen

Rock und beleckte langsam – schläfrig schmatzend, andächtig, die glitzernden Sterne.
Bock rang gegen eine Ohnmacht. Dabei fiel ihm ein, was er schon als Schuljunge gelernt hatte: daß nämlich die wilden Menschen von den Kulturvölkern durch glitzernden Tand – Glasperlen, Staniolpapier, grellfarbige Lumpen kirre gemacht und herrlich übers Ohr gehauen zu werden pflegen. Er wollte auch hier den Versuch wagen und nestelte bereits an seinen Auszeichnungen, wobei der königliche Speichel der beweglichen Zunge seine zappelnden Finger berührte – als die Stimme des Oberkellners, der ein bißchen Naturgeschichte in seine Servierkünste hinübergerettet hatte und persönlichen Mut besaß, unverschämt laut, ganz nüchtern und so, als sei sie berufen, einen furchtbaren nächtlichen Spuk zu bannen, sagte: »Das Vieh hat Hunger.« – Gleichzeitig griff er nach der Prinzessin wie nach einem gutmütigen Kalb, hielt ihre runzligen kalten Finger fest und sah mit einem aufsteigenden Lächeln maßlosen Triumphes in die erwachenden, abgründig dummen Augen der Umstehenden.
Das Zimmermädchen schrie auf und fiel hin. Der Direktor verlangte Handschellen von dem Arzt und beleidigte diesen damit – weil er Polizeiwerkzeuge zu den ärztlichen Instrumenten rechnete. Bock stand nur und schnaufte und wischte sich die Nässe aus den Augenhöhlen.
Die Prinzessin aber endigte in einer geräumigen Kiste, deren eine Wand mit weitstehenden Latten vernagelt wurde. Sie bekam einen Topf mit warmer Milch, wofür sie sehr dankbar war, und wurde vorderhand neben den großen Küchenherd gerückt, der die ganze Nacht hindurch warm blieb.
Der Oberbürgermeister endigte auch – in einer Droschke,

die den dauernd vor den Kopf Geschlagenen nach Hause beförderte.
Am nächsten Morgen, als die wirkliche Prinzessin ankam, ließ er sich mit Krankheit entschuldigen und durch die beiden anderen Bürgermeister vertreten. Er selbst reiste gegen Mittag in ein Sanatorium für Nervenleidende. Claire brachte den Vater an die Bahn und dachte: Für sein äußerst unfeines Benehmen in der Sache mit der Photographie bin ich nun gerächt. Gott ist groß. –

Rätsel der Abrichtung

Das nächtliche Abenteuer des Oberbürgermeisters wurde laut in der Stadt. Die zwei entlassenen Hotelangestellten hatten es durch das Zimmermädchen vom Dienst erfahren, die der Verpflichtung, über die Sache zu schweigen, ihren beiden Geliebten gegenüber nicht nachkam. Sie flog auch, und nun machten die drei, schon um Rache zu nehmen, sich ein Vergnügen daraus, für möglichste Verbreitung zu sorgen.
Man hielt das Ganze für einen teuflischen Streich Solnemans. Er, der alles wußte, wenn er sich auch scheinbar um nichts kümmerte, war gewiß davon unterrichtet gewesen, daß die Stadt den Besuch jener Prinzessin erwartete. Hatte daraufhin eine gelehrige Äffin ausstaffiert mit Kleidern, wie sie ungefähr als Toilette der Prinzessin erwartet wurden, und dieses Ungeheuer dann auf den Weg geschickt.
Nur wenige Einsichtige wollten erkennen, daß diese ganze Erklärung geboren war aus kurzsichtigem Haß gegen Solneman. Kann er ein Tier solchermaßen abrichten, daß es weiß, wohin es in einer ihm fremden Stadt zu gehen hat –

weiß, daß es unbemerkt in einen Wagen steigen muß –, auch weiß, zu welcher Stunde und in welchen Wagen? Selbst Solneman, der vieles leistete – wahrhaftig –, konnte kaum eine solche Gewalt über ein Tier gewinnen. Schlimme Zufälle waren im Spiel gewesen – wenn auch das mit dem Übereinstimmen der Toilette äußerst verdächtig schien – wie? Sollte Solneman doch vielleicht unerklärbar hinter dem Unheil stecken? – – Schließlich wurden auch die, die sich als vernunftbegabt und einsichtig bezeichnet und gebrüstet hatten, zu verworrenen Zweiflern und hielten gar nichts mehr für unmöglich. Gar nichts mehr!

Kanonendonner

Man gewöhnte sich daran, Solneman dauernd neben sich zu haben. So wie Menschen in Erdbebengebieten sich daran gewöhnen – abgestumpft durch die ständige Gefahr –, neben Kratern und Erdspalten zu hausen, aus denen es heute nur friedfertig raucht, aus denen morgen aber donnernd Ausgespienes ihr verlorenes Leben zudeckt.
Was den Zauberer selbst betraf, so hantierte er unentwegt mit seinen Motorbooten. Die Wochen vergingen; unter immer üppigeren Frühlingshimmeln fuhr er darauf los. Manches Wellchen plätscherte die Mauer hinab auf die Straße; er kümmerte sich nicht darum, bezahlte große städtische Wasserrechnungen und dicke Polizeistrafen.
Dieser Wassersport schien ihm außerordentlich zuzusagen, bis dem eines Tages ein jähes Ziel gesetzt wurde – von seiten der Stadt, wenn auch nicht offiziell und unmittelbar von der Stadt, so doch aus ihrem feindlichen Geist gegen Solneman heraus geboren.

Man verübte ein Attentat. Jener Jüngling, der einst für Solneman gehalten und an seiner Stelle eingefangen worden war, entpuppte sich in der Folgezeit als der Täter. Er hatte seine Strafe abgesessen und war aus der Gefangenschaft entlassen worden, behaftet mit versteckten geistigen Schäden, die nicht zum wenigsten durch die damalige nervenzerrüttende Hetzjagd angerichtet schienen. In einem dumpfen Drange, sich zu rächen an einem Menschen, den er unbilligerweise für sein Elend irgendwie verantwortlich zu machen strebte, vor allem aber in der pervertierten Inbrunst, durch eine grenzenlos heroische, wenn auch gesetzlich unerlaubte Tat die verlorene Achtung seiner Mitmenschen zurückzugewinnen, ging er an sein Werk.
Er führte den Entschluß, jenes Untier zu vernichten, an einem sonnigen Morgen aus, der Solneman früh schon in sein Boot gelockt hatte. Gegen acht Uhr dröhnte, als Solneman das Stück der Wasserbahn abfuhr, welches die breite vornehme Prinzenstraße entlang führte, ein Schuß, der, fast wie Kanonendonner von den Mauern zurückgeworfen, in die noch stille Stadt hineinrollte. Erschrockene Menschen rissen die Fenster auf, andere schossen strahlenförmig auf einen Punkt in der Straße zusammen. Sie sahen ein Motorboot in der Ferne davonpreschen, in ihrer Nähe aber einen armdicken Wasserstrahl auf das Pflaster prasseln, der aus einem Loch hoch oben in der Mauerbrüstung quoll. Und als die auf der Straße sich umwandten und an den Häusern emporstaunten, bemerkten sie in einem vierten Stock einen jungen Mann, der mit allen Zeichen des Irrsinns auf dem Fensterbrett herumturnte, plötzlich wie Flügel die Arme breitete, »Mit Gott für König und Vaterland!« schrie und hinuntersprang. Der spärliche junge Mann, dessen moderner weiter Rock sich blähte wie ein Sack und Luftwider-

stände schuf, schlug nicht allzu hart auf den Rücken des sehr dicken Rentiers Kaselack auf und blieb, zusamt seinem Retter, am Leben. Man ergriff ihn, frug ihn aus, erfuhr nur wirres und ekstatisches Gestammel und führte ihn schließlich in die Wohnung hinauf, aus der er gerade so flink heruntergekommen war.

Dort oben wohnte eine Witwe. Sie erkannte den glücklich Lallenden als ihren Mieter. Er habe vor drei Wochen das vordere Zimmer mit den zwei Fenstern bezogen. – Man ging ins vordere Zimmer. Dort fand sich an dem einen offenen Fenster eine Schußwaffe. In der Erkenntnis, daß für ein Wesen von den Eigenschaften Solnemans eine Gewehr- oder gar nur eine Pistolenkugel nicht genügen werde, hatte der Attentäter eine kleine Kanone – wie sich später herausstellte, eigener Erfindung – aufmontiert und mit raffinierten Zielvorrichtungen versehen. Diese mußten doch wohl nicht genau funktioniert haben, denn wenn man visierte, mochte der Schuß zwar gerade über die Brüstung wegstreichen, in Wahrheit aber hatte die Kugel einen guten Meter tiefer ihr Loch geschlagen.

Aus diesem Loche schoß unentwegt der armdicke Strahl, behämmerte das Pflaster, bis es locker wurde – bis die Steine zur Seite spritzten. Und immer tiefer in diese Grube bohrte sich das Wasser.

Man übergab den seligen jungen Mann, der sich gemäßigt hatte und von einem bescheidenen Stolz gewiegt wurde, der ihm geläufigen Polizei und telephonierte nach der Feuerwehr, dem Wasseramt, dem Hochbauamt und auf das Rathaus.

Die Feuerwehr rasselte heran, hielt in einem klirrenden Ruck, ließ silberne Pfeifchen schrillen und Messing in der Sonne blitzen, reckte Leitern in die Höhe, kletterte hinauf, wurde patschnaß und richtete nichts aus. Die Leitern waren zu kurz. Als die Leitern nicht mehr zu kurz waren, wollte sich das Loch in der Brüstung nicht verstopfen lassen. Schon hatte das Wasser die Wände des Loches durchgekaut und weich gemacht. Diese Wände bröckelten und brachen, wurden weggeschwemmt, wenn man einen herzhaften Keil zwischen sie treiben wollte. Der armdicke Strahl schoß weiter und wurde mannsdick. Rasselnd rückte die Feuerwehr ab.

Das Wasseramt sperrte sämtliche Leitungen. Die ganze Stadt war ohne Wasser. Nichtsdestoweniger blieben die Fluten des Kanals hoch dort oben in ihrer drohenden Bereitschaft. Schon liefen die nächsten Keller voll. Man suchte den Flüssigkeiten eine andere Richtung zu geben, aber man wußte eigentlich gar nicht, wohin damit. Man hätte sie nach der Beschaffenheit des Geländes mitten durch die Stadt leiten müssen. Diesen Weg nahmen sie von selbst.

Am Orte der dauernden Katastrophe erschienen die beiden vorhandenen Bürgermeister. Man sandte Brieftelegramme an Solneman, bat ihn, beschwor ihn, bedrohte ihn. Man schoß Raketen über die Mauer. Er ließ nichts von sich sehen oder hören; er tat nichts, das Unheil einzudämmen.

Der zweite Bürgermeister sah ratlos den dritten an, und der dritte ging alsbald, durchbrach die Menschenwälle und telegraphierte in das Sanatorium. –

– Bock kam gegen Abend in die Stadt. Ihm war sehr

schwach. Der Himmel wollte ihn vernichten. Man zerrte ihn, der sich kaum ein wenig erholt hatte, aus seiner heimlichen Zuflucht mitten in das Entsetzliche. Doch sträubte er sich nicht, er fühlte in sich die Pflicht, gegebenenfalls als Haupt des Gemeinwesens mit diesem zugrunde zu gehen.

Er begab sich sogleich an den Ort der dauernden Katastrophe. Niemand mehr befand sich auf der Straße. Das Verweilen dort war mit Lebensgefahr verbunden. Der mannsdicke Strahl hatte den quirlenden Umfang eines kräftigen Baumstammes bekommen.

Und wenige Minuten nachdem Bock unverwandt und tränenden Auges zur Höhe gestarrt hatte – der Sicherheit halber aus einem Fenster im ersten Stock –, geschah das Letzte. Die Brüstung brach in einem Ausmaß von dreißig Metern! Ein Wasserfall – der Schaffhausener Rheinfall – brüllte in die Stadt, unmenschlich, das Gehirn zerfetzend. Die Luft, welche dieser donnernde Sturm vor sich herpreßte, schlug den Oberbürgermeister ins Zimmer zurück und zu Boden. Er hob sich mühsam auf: eine Riesenwelle, vom Pflaster herprallend, warf sich wiehernd zum Fenster herein und legte ihn abermals um. Als er endlich wieder stehen und sehen konnte, gewahrte er die Straße als einen kochenden Strudel, chaotisch wirbelnd. Gischt sauste stockwerkhoch und unaufhörlich empor – bis in seinen bebenden Bart. Das Getöse trieb ihm die Augen aus dem Kopf. Triefend von Wasser versank er in diesem übermächtigen Brausen. Am Fensterbrett hängend, glaubte er fiebernd auf einem lecken Meerschiff zu sein, das von tosenden Orkanen zur Hälfte schon unter die gierigen Wogen gedrückt war. Neben ihm schwamm eine Fußbank, ein Papierkorb schaukelte über dem Zimmerboden – er sah

beides mit brechenden Augen. Er wartete nur noch auf sein Ende.
Doch kam es nicht. – Eine halbe Stunde dauerte der rasende Sturz der Gewässer. Dann ließ er nach – und sehr bald huschte nur noch harmloses Geriesel die Wand herab, die wundersam wieder erstandene Stille mit leisem Plätschern süß betonend.

Venedig

Dunkel war es mittlerweile geworden. Man unternahm es vorsichtig, die Häuser zu verlassen. Man wollte sich den Schaden besehen, befuhr auf Tischen und Türen die stummen Straßen. In ganzen Stadtteilen war Venedig auferstanden. Mit Fackeln in den Händen ruderte man umher: in Holzkübeln, auf Ottomanen – unter einem frühlingshaften Sternenhimmel. Der Mond blitzte auf neckischen Wellchen, das Silber der Gestirne rieselte über flutumspülte Fenstersimse – fast bis in das Innere der Gemächer.
Irgendwo wagte sich eine Mandoline in die Dunkelheit, wagte Schwermut mit holder Keckheit zu durchzirpen. Über einem Haustor hing eine bunte Papierlaterne. Ihrer Farben Widerschein quirlte in dunkler Flut. Sie besiegte den Kleinmut, lehrte die Überschwemmten, aus dem Unheil Genüsse zu ziehen, unwillkommenes Wasser in venezianische Nächte zu verwandeln – Schrecken und Kummer mit Hilfe eines schmerzlichen, doch weisen Lächelns in eine verschwiegene Lust.
Im neu aufsprossenden Lebenstrieb und begünstigt von den traumhaften Reizen dieser Nacht geschahen Verlobungen. Man war müde und glücklich, wie in der Genesung

nach schwerer Krankheit. Halb schon träumend sah man durch selig gesenkte Lider eine Welt erhaben ruhen, die noch vor kurzem ganz unbegreiflich gedroht und gewütet hatte. Man faßte wieder Vertrauen zur Erde, und dieser Wille zur Hingabe tat unendlich wohl. Man war wie die Kinder, wenn der böse Mann sich getrollt hat und die Mutter einen leise lächelnd an die fraglose Sicherheit ihres Herzens bettet.

Bock, in einem Küchenschranke fahrend, fand seine Familie auf einem Floß aus Leitern, Planken und Gerüststangen. Sie hatten es zu Hause allein nicht mehr ausgehalten, die Lieben. Man fiel sich um die Hälse. Claire dachte: der Arme muß zu sehr büßen; Gott ist nicht nur groß, er ist auch furchtbar in seinem Strafgericht. – Dann küßte sie den Vater innig. Es war eine romantische Nacht.

Das Wasser verlief sich. Venedig versickerte. Die Keller wurden ausgepumpt, die Straßenzüge gereinigt. Was übrig blieb, war nur ein riesengroßes Loch im Boden der Prinzenstraße, dort wo der Wassersturz herabgedonnert war. Diesen Graben legte man trocken und schüttete ihn zu. Dann war auch die letzte Spur getilgt.

Gerichtstag

Aber was sollte man mit Solneman beginnen? Die Beziehungen zwischen ihm und der Stadt wurden immer fragwürdiger, der ganze Zustand unhaltbar. Man mußte Ordnung schaffen, so ging es nicht weiter. Während man noch überlegte, geschah etwas Neues – Grauenhaftes.

Drei Tage nach dem Wasserfall fand sich der Solnemansche Galgen besucht. In einer reinen Morgenfrühe. Viele sahen

es gleichzeitig, so groß war, was da hing. »Ein Storch ist es diesmal nicht«, sagten die Leute. »Etwas Umfangreicheres. Welches von seinen Tieren hat der Narr und Wichtigtuer aufgeknüpft? Ein Zebra – einen seiner Affen?«
Aber als sie mit Ferngläsern hinüber und hinauf spähten, ließen sie die Hände schnell wieder sinken und hielten den Atem an. Denn was dort hing, war ein Mensch. Ohne jeden Zweifel! Ein Mensch in einer Militäruniform.
Wie ein Lauffeuer schwang sich die Kunde durch die Stadt, drang in die Betten, in Badezimmer und an Frühstückstische.
Bock ließ die Buttersemmel liegen und begab sich mit der verzweifelten Spannkraft eines Mannes, dem Entsetzliches zu durchkämpfen zur Gewohnheit geworden ist, an den Ort der Tat. Seine beiden Kollegen waren schon da, ebenso der Polizeipräsident, Stadtrechtsräte, Staatsanwälte.
Er trat in einen Kreis von verwirrten, entsetzten, erbitterten Mienen. Wortlos reichte man ihm einen Operngucker. Er sah hindurch. »Tatsächlich«, sagte er nur. »Also tatsächlich.«
Nun stand man vor einem Fall, wie man ihn – wollte man nur ehrlich gegen sich selbst sein, und in dieser gräßlichen Stunde, weiß Gott, war man es –, wie man ihn eigentlich immer schon heimlich gefürchtet hatte. Den Lohn für unverantwortliches Zaudern heimste man nun ein. Nun war von diesem Scheusal ein Verbrechen begangen worden, das nie wieder gutgemacht werden konnte.
Bock trat zwei Schritte vor und mitten in den stummen Kreis. Er sagte mit einer bebenden, überlauten Stimme: »Meine Herren! Das Maß ist voll! Gehen wir sofort daran, uns des Verbrechers zu versichern!«
Man rief wieder nach der Feuerwehr, die seit der Wasserka-

tastrophe hinreichend hohe Leitern besaß. Man bat bei der Militärbehörde um eine Abteilung Soldaten und ließ Polizeileute in genügender Anzahl herbeirufen.
Fieberhafte Tätigkeit begann. Nur der dritte Bürgermeister suchte eine gemächliche Entwicklung der Dinge zu befürworten. »Der hängt schon lange«, sagte er und wies mit behäbigem Daumen hinauf. »Der ist schon ganz blau. Überhetzen wir uns nicht. Rosig wird er doch nicht mehr.«
Inzwischen nahten fünf Offiziere im Laufschritt. Man begrüßte die Herren erschüttert. Sie brachten Auskunft über die Person des Gehängten. Es konnte niemand anderes sein als der Leutnant von Eckern-Beckenbruch.
Der ehrgeizige junge Offizier hatte keine Ruhe gehabt. Seinem ersten mißglückten Versuch, dem zweifelhaften Solnemanschen Treiben auf die Spur zu kommen – diesen höchstwahrscheinlichen Gesetzwidrigkeiten –, hatte er in vergangener Nacht einen zweiten folgen lassen. Ein glänzender Flieger, zu dem er sich mittlerweile herangebildet hatte, war er auf den Gedanken gekommen, in nächtlicher Dunkelheit Solnemansches Gebiet zu betreten. Gegen zwei Uhr war er aufgestiegen; Kameraden hatten noch beobachtet, wie er die Mauer glücklich überflog.
Und nun hing er da oben, büßte so maßlos für seinen sympathischen Wagemut. Ein blühendes junges Menschenleben war vernichtet. Einen der hoffnungsvollsten und schneidigsten Offiziere hatte die Armee verloren. –
Alles sprang zur Seite, denn die Feuerwehr kam – in einem lebensgefährdenden Ansturm. Rasch waren drei Leitern nebeneinander zum Gebrauch fertig in den Himmel gereckt. Gleichzeitig stellte man Spritzen bereit und richtete sie gegen die Höhe der Mauer – falls Solneman seine Tiger

von der Höhe herab auf die Menge zu hetzen den Cäsarenwahnsinn haben sollte.
Nun mochte der Aufstieg beginnen. Zuerst gewannen drei Schutzleute, in gleicher Linie auf den drei Leitern vordringend, mit schußbereiten Brownings den Mauerkranz. Man konnte nicht wissen, ob man es nicht mit einem schon völlig Irrsinnigen zu tun hatte, der irgendwo versteckt lag.
Aber oben rührte sich nichts. Die drei Männer riefen beruhigend hinunter.
Dann stiegen die Soldaten an. Dann kamen die Herren vom Magistrat und von der Polizei. Es dauerte eine geraume Weile. Bock, der an Schwindel litt, war krampfhaft darauf bedacht, keinen seiner Blicke zwischen den Beinen hindurch in die Tiefe fallen zu lassen. Er wäre nachgefallen. Der Stadtrechtsrat Schlicksupp mußte mit dem Rücken gegen die Sprossen emporsteigen. Sein Bauch verbot ihm die natürliche Kletterstellung. Zwei Soldaten halfen; es verging viel Zeit.
Endlich standen alle oben, schnaufend und fragwürdigen Ereignissen besorgt entgegensehend.
Eine tausendköpfige Menge, die fortwährend wuchs, hatte den Beginn der verantwortungsvollen und gefährlichen Unternehmung beobachtet. Als die sämtlichen Expeditionsmitglieder oben waren, erbrauste ein begeistertes Hoch, dem durch die Nähe des Toten ein Hauch von schwerer Weihe verliehen wurde. Der Oberbürgermeister grüßte und dankte feierlich bewegt hinunter.
»Genügen wir vor allem der traurigen Pflicht, den unglücklichen Toten abzuschneiden«, schlug Bock, sich entschlossen umsehend, vor.
Aber es zeigte sich, als man an den Galgen herankam, daß

dies nicht ohne weiteres zu machen war. Der Galgen war sehr hoch, unmittelbar aus dem Garten hart neben der Mauer aufragend, sein sehr langer Arm erstreckte sich über die ganze Mauerbreite hinweg – bis hinaus auf die Straße. Das Ende des Strickes, an dem der Tote hing, war auch nicht zu entdecken. Man mußte ihn vorläufig hängen lassen.

»So bedauerlich der Zustand des Herrn Leutnants ist – versäumen wir uns nicht länger«, drängte der Polizeipräsident. »Wir laufen Gefahr, den Verbrecher Vorbereitungen zu stärkerer Gegenwehr treffen zu lassen.«

Übrigens wußte der Präsident zu berichten, daß im Laufe der vergangenen Nacht in jene Schaubude eingebrochen worden war, die den falschen Solneman enthielt. Pelz und Bart und Hut und Locken waren mitgenommen worden. Doch habe der Dieb für seine Unverschämtheit schon büßen müssen, insofern er bei dem lichtscheuen Handel eine Brieftasche mit zwölftausend Mark Inhalt, die wahrscheinlich woanders gestohlen war, auf dem leeren Klappthron habe liegenlassen. –

Die Frage, wie man in den Park hinunterkommen sollte, bot keine Schwierigkeiten. Von mehreren Stellen der Mauer führten Treppen abwärts. Gerade bei dem Galgen befand sich eine breite massive Stufenanlage. Man stieg vorsichtig hinunter. Polizeileute und Soldaten zogen einen schützenden Kreis um die Herren in Zivil. So bewegte man sich vorwärts – hinein in den Park.

Einmarsch

Fürs erste geschah nichts. Die Bäume standen, wie man sie zum letzten Male hatte stehen sehen, die Wege schlängelten sich immer noch in den gleichen Linien. So viel übersah man schon: tief eingreifende Veränderungen waren nicht vorgenommen worden. Das alte liebe Gesicht des Parkes war im großen geblieben.

Hier lud immer noch jene Bank zum Sitzen ein, die dem Oberbürgermeister teuer geworden war, da er auf ihr eines Nachts als blutjunger Student, über ihre Lehne gebeugt, von allzu vielem Bier sich erleichtern durfte und in ihrer Obhut wohlig erschöpft seinen ersten Rausch ausschlief.

Und der Rechtsrat Schlicksupp bedachte nicht ohne Rührung und durch alles Unbehagen des Augenblickes hindurch, daß er auf gerade diesem Parkwege zum ersten Male Mathilde, seine spätere Gattin, geborene Resch, entschlossen umarmt und ihr die Versicherung geboten hatte, er werde ihre an das Leben zu stellenden Wünsche – heißt das: soweit sie diskutabel seien – voll und ganz zu erfüllen wissen.

Nein, die Romantik dieser dunklen Baumgruppen, dieser hellen Wege und breiten Rasenflächen schien erfolgreich nicht angetastet worden zu sein. Sie hatte sich sieghaft erhalten. –

Nun waren aber doch Solnemansche Einflüsse zu bemerken. Auf einer eingezäunten Wiese tummelten sich die Gnus zwischen den weißen belgischen Hengsten. Längs eines Baches zogen sich Gemüsebeete hin, sorgsam gepflegt. Mitten auf dem Wege kam der Kommission das Trampeltier mit majestätischem Schaukeln entgegen. Die Soldaten schwärmten aus und hielten ihre Bajonette vor. Aber der zottige Riese trat angewidert zur Seite, verfügte sich hinter einen Baum und steckte den hochmütigen Schädel durch die Gabelung der Äste. So von Laub umrahmt und wie ein Abbild der Anmaßung ließ es die ängstlichen Herren passieren.

Die höckerige Bestie abgezogen, war bis jetzt alles so selbstverständlich, so vertrauenerweckend, so ganz erdentsprossen und erdgebunden. Das Behagen von Landwirtschaft und Viehzucht strömte aus jener Wiese dort drüben mit der Schafherde; von den jungbegrünten Hängen des kleinen Hügels mit dem Griechentempel kamen Düfte der Frühlingsblumen hergestrichen – kamen geschäftige Bienen summend getaumelt – der Oberbürgermeister mußte denken: ganz wie in seinem Gärtchen hinter dem Hause. Eine – jawohl, eine schöne Genügsamkeit, die man lieben mußte, weil sie bequem und harmlos war, herrschte hier. Nichts von Dämonie, nichts von Rätseln, nichts von befremdenden oder gar schaudervollen Anblicken.

Und immer noch kein Solneman. Keine Spur von einem Luftschloß, einer Gartenvilla, einer Blockhütte. »Der Mensch ist imstande, in einer Erdhöhle zu hausen«, empörte sich Schlicksupp. »Da können wir lange suchen.«

»Wenn er nicht vielleicht ganze Teile des Gartens unterminiert hat«, führte der Polizeipräsident den Gedanken weiter aus. »Ein Netz von Gängen, in dem er kaum zu fassen sein wird. Bei genügendem Proviant hält er Monate dort unten durch.«

Da gab Schlicksupp, der – bei der Menge der Teilnehmer – seitab vom Wege im Grase gegangen war, einen fetten Schrei von sich. Als man hinsah, fand man ihn seitlich umgefallen und sein eines Bein bis zum Knie im Erdboden versteckt.

»Was habe ich gesagt von unterirdischen Gängen«, rief der

Präsident mit Genugtuung. »Ich kenne die Taktik dieser lichtscheuen Subjekte.«
Man richtete Schlicksupp auf, zog das Bein ans Licht und forschte sogleich in die Tiefe. Aber es enthüllte sich kein unterirdischer Bau – nur ein mäßiges, mit Zweigen überdecktes Loch, in dem bei Regenzeiten Wasser sich vom Wege her sammelte.
Der kleine Zwischenfall hatte immerhin forschenden Eifer frisch entfacht. Er ward belohnt, denn als man an den See kam, fand man endlich unmittelbare Spuren jener gesuchten Person. Ein gemeiner Holzsteg, der früher das vornehme Landschaftsbild nicht verunziert hatte, führte in das Wasser. Über seinem Geländer hingen zwei Handtücher und ein blauer Bademantel mit gelben Aufschlägen – so, als sei er eben ausgezogen worden. Er hing farbenfroh und lustig da. In einer leichten Brise spielten seine weißen Quasten. Der Zweite Staatsanwalt strich im Vorbeigehen mit der Hand darüber: der Mantel war, ob er gleich in praller Sonne hing, feucht. Der Verbrecher hatte also in aller Gemütsruhe heute morgen noch gebadet.
Das luftige Rund des kleinen griechischen Tempels tauchte auf. Aller Augen wandten sich der Anhöhe zu. Da der Marmortempel, von hier unten gesehen, Veränderungen zu zeigen schien, beriet man, ob man es verantworten könne, vorbeizugehen, oder ob man sich nicht lieber den Mühen eines Aufstieges unterziehen solle. Um die Möglichkeiten wichtiger Aufschlüsse für die weiteren Nachforschungen nicht ungenutzt vorbeigehen zu lassen, wurde beschlossen, aufzusteigen.
Als man oben war, boten sich die Säulen in einer wilden und rätselhaften Bemalung. Die Marmorbüste des königlichen Stifters dieses Bauwerkes, einst aufragend inmitten des

Tempels, war entfernt. An ihrer Stelle stand auf einem blautönernen Sockel eine geschnitzte Holzfigur von erhabener Scheußlichkeit. Die in Wut versteinerten gelben Augen irgendeines Dämons begegneten den wässerigen Blicken des Rechtsrates. Der braune nackte Körper, wie im Haß verrenkt, erschreckte durch die Unerbittlichkeit seiner großen einfachen Linien. Unerklärliches Leben lag in dieser harten Form versteckt – geduckt in diesen gedrungenen Armen, gezirkelten Fäusten, in der Muschel dieses gedrechselten Riesenohres – ein Leben, das sich tot stellte, in Wahrheit aber wohl pochte unter brauner Oberfläche – ganz nahe und sprungbereit. Wenn man länger vor ihm verweilte, fuhr es einem wohl an den Hals, würgte sein Opfer – unter schrillen Schreien, die nach dem Urwald und nach großen fernen Strömen klangen.
»Gehen wir weiter«, sagte Bock fröstelnd. »Hier ist nichts zu holen für uns.«
»Er scheint Götzendienst zu treiben. Zu welcher Religion hat er sich seinerzeit bekannt?« fragte der Zweite Staatsanwalt.
Der Oberbürgermeister gab die Auskunft, Solneman habe sich als Freidenker bezeichnet.
»Natürlich«, sagte der Polizeipräsident. »Das waren allemal noch die Unfreiesten, die Fanatiker, die Fetischanbeter.« Er schnüffelte hinter dem Götzenbild am Boden. »Hier melden sich Flecken wie von verwaschenem Blut. Wer weiß, ob von hier aus nicht Spuren führen zu dem seit dem dreizehnten Januar dieses Jahres vermißten neunjährigen Paul Neumeister, Sohn des Milchhändlers Otto Neumeister in der Spitalgasse.«
»Vielleicht ist es nur die Negerin, welche hier ihren religiösen Bedürfnissen Genüge leistet«, sagte jemand.

»Vielleicht«, sagte der Erste Staatsanwalt, der in den Gerichtsferien zu malen pflegte, »kommen in dem Ganzen bloß pervertierte ästhetische Bedürfnisse Solnemans zum Ausdruck. Ich kann verstehen, wie diese Verquickung von reinem und leichtem Griechentum mit der starren Wildheit barbarischer Kunstformen auf exzentrische Personen eine bedenkliche Anziehung ausübt. Durch die gleiche rote Bemalung der dorischen Säulen, des primitiven Götzen und des Fußbodens wird eine scheinbare Vereinigung von niemals zu vereinigenden Gegensätzen erzielt, die einem phantastischen Kunstempfinden wohl eine verkommene Befriedigung zu verschaffen imstande ist.«

Man stieg bergab – ließ den Götzen weiter seine fremden und wilden Urwaldblicke über diesen wohlgeordneten deutschen Park senden und stieß nach einigem Weiterspüren auf Anzeichen, aus denen hervorging, daß nun Behausungen wirklich nicht mehr fern sein konnten.

Zur Seite des Pfades fanden sich von Baum zu Baum Stricke gespannt, über denen Damenwäsche zum Trocknen hing. Schlicksupp dachte an die Beinkleider seiner Mathilde, welche, da sie noch Mädchen und unversorgt war, daran gedacht hatte, ihrer Figur wegen Wagnersängerin zu werden. Schlicksupp war also an gute Ausmaße gewöhnt, aber diese mächtigen Stücke, welche hier im Morgenwinde sich blähten, konnten nur dem Riesenkörper der Negerin angemessen sein. In einem verwerflichen Gegensatze zu der schlichten Größe der derben Leinenröhren standen die zierlichen blauen Seidenbändchen, mit denen breite Spitzenrüschen durchzogen waren.

Dem Zweiten Staatsanwalt schien das gleichfalls aufzufallen. »Auch hier finden Sie«, sagte er, auf die Wäsche deutend, »dieses von meinem geschätzten Herrn Kollegen schon genannte bizarre Nebeneinander von Dingen, die sich nicht vertragen. Ein wirres Nebeneinander, das krampfhaft zu etwas Ganzem verschmolzen werden sollte. Der griechische Tempel als Haus einer fratzenhaften Gottheit und – diese Geschmacklosigkeit hier –, sie sind bezeichnend für das Innenleben eines Mannes, der seine Tage mit Exzentrizitäten hinbringt, die schließlich zu Verbrechen sich auswachsen, weil der Urheber jene Grenzen klar zu erkennen nicht mehr vermag, die er unter keinen Umständen hätte überschreiten dürfen.«

Niemand hörte auf die letzten Worte, denn es schimmerten viele Farben durch die Bäume, etwas türmte sich mitten zwischen jungbegrünten Birken. Ein Holzgebäude, bunt bemalt, ragte vor Blicken auf, die einander sagten, daß es nun wohl ernst wurde. Irgendwie schien dieses dumpfe, dennoch grelle Haus mit der wuterstarrten Gottheit verwandt zu sein.

Vielleicht war dies ihr eigentlicher Palast, ihre Winterresidenz, und sie hauste nur im Sommer an schönen Tagen dort oben im griechischen Tempel. Gab wohl, wenn es ihr so paßte, irgendwie geheimnisvoll den stummen Befehl, hinaufgetragen und aufgepflanzt zu werden über Garten und Stadt. Ja, vielleicht war sie die Beherrscherin des Parkes, sie die eigentliche und einzige Bewohnerin – und dieser Solneman war, gemessen an ihr, gar nichts als ein hündischer Sklave, ein winselnder, welcher unerforschlichen Beschlüssen zu folgen hatte – nach außen der große Mann, hier aber gar nichts weiter als – zusammen mit der Negerin – das dienende Opfer, der räudige Hund von einem rätselhaften Stück braunen Holzes, in dem eine alles beherrschende unergründliche Gewalt versteckt lag und hohnvoll triumphierte. Von diesem braunen Holzgötzen ging jedes Unheil aus, durch ihn war Schlimmes geschehen, von ihm allein Schlimmes noch zu erwarten – nicht von Solneman, ach, gewiß nicht von diesem Narren und traurigen Bedienten!

Diese, wie er sich selbst sagte, kindischen Einfälle, die ihn, wenn sie auch albern waren, dennoch plagten, hatte Schlicksupp zu bekämpfen, bevor die Kommission in das Innere des Gebäudes trat.

Aus der hellen Sonne in die Dämmerung einer großen Halle tappend, erkannten die Herren nicht gleich, was dies riesenhaft Bewegte war, das da auf sie zuschwankte. Und während die vorderen zurückprallten, die hinteren aber den Ausgang verstopften, geschah es, daß dem Oberbürgermeister ein weicher und feuchter Wedel tastend über das Gesicht fuhr; der Wedel wurde zu einem einzigen großen, sich krümmenden Finger, der ihm die Brille von den Ohren hakte.

»Die Elefanten«, warnte der Polizeipräsident, der sich zuerst erholt hatte.

Die Feuerwehrleute fanden eine Luke, die sich von außen öffnen ließ. Als Licht eindrang, erkannte man, daß die Dickhäuter frei sich ergingen, aber sie waren friedfertig, betasteten nur mit ihren Rüsseln die Eindringlinge, durchsuchten die Taschen nach Zucker, fanden aber bei Schlicksupp nichts als einen Brocken Schweizerkäse vom gestrigen Frühstück.

Solneman war nicht da. Unnötig, sich länger hier aufzuhalten. Es gab keine Nebenräume, keine Schlupfwinkel, darin sich jemand hätte verbergen können. Der eine große Raum war auf seinen Inhalt hin mit zwei Blicken zu prüfen: Teppiche und Decken an den Wänden und auf dem Boden, goldene Raufen, in denen Heu lag, Wassereimer aus poliertem, kostbarem Holz. Zwischen alledem die beiden stillen Tiere.

»Eine sträfliche Verschwendung«, sagte der Staatsanwalt. »Ich habe keinen ähnlich wundervollen Perser in meiner Wohnung, wie sie hier auf dem Boden verderben, als Unterlage für den Mist dieser Bestien. – Doch forschen wir weiter nach dem Urheber all dieser Unsinnigkeiten. Hier ist er nicht.«

Ein Wiedersehen

Was aber nun offen und ehrlich am Wege dort hinten herüberleuchtete, konnte nichts anderes sein als eine menschliche Behausung, vertrauenerweckend im Stile des zwanzigsten europäischen Jahrhunderts erbaut. Über weißen freundlichen Wänden wölbte sich ein blaues Schieferdach mit Kaminen, aus denen behaglicher Rauch aufstieg.

»Was dieses Negerweib wohl zusammenkochen mag«, höhnte Schlicksupp. »Affenschweifsuppe, Tigerlende, Gnumaulsalat.«

Die Soldaten umstellten das Haus. Da man die Tür verschlossen fand und Anklopfen, Rufen, Hämmern unbeachtet blieben, inspizierten die Feuerwehrleute die hochgelegenen Parterrefenster. Der eine meldete, er sehe drinnen die Negerin, aber so eine entsetzliche Fratze habe sie noch nie gehabt. Gleichzeitig kam von der anderen Seite der kleinen Villa ein Beobachter und erklärte, die Negerin presse ihr abscheuliches Maul an die Fensterscheiben und fahre mit kleinen Augen wie eine Idiotin in der Welt herum.

»Wenn die Negerin am Fenster nach Osten ist, kann sie nicht auch gleichzeitig am Fenster nach Westen sein«, ta-

delte der Staatsanwalt. Und milder fügte er hinzu: »Aber wenigstens ist sie da, das ist die Hauptsache.«
Immerhin wollten durch die seltsame Doppelmeldung stärker schon wieder Unsicherheit und Unbehagen aufkommen, als der Brandmeister meldete, es sei gelungen, die Tür zu sprengen.
Eine heiße Luftwelle schlug den Eindringenden entgegen. »Der Narr heizt an einem sommerlichen Tage wie heute«, stöhnte Bock. Den Herren brach der Schweiß aus, sie standen in einem kleinen Vorraum, der gegen das Innere mit kostbaren blaubestickten Seidenvorhängen abgeschlossen war. Als man den Vorhang hob, fand man sich vor drei Türen, die offen waren und in drei Zimmer führten.
Aber man konnte nicht in die Zimmer gelangen, denn an Stelle der Türen verwehrten große dicke Glasscheiben den Eintritt. Dies konstatierte der Polizeipräsident mit Heftigkeit, der sich an dem nicht gleich erfaßten durchsichtigen Hindernis die Nase blutig rannte.
Von Solneman war nichts zu sehen, auch von der Negerin nicht. Aber die großen Affen, die Wärme liebenden, lebten hier in üppig ausgestatteten Räumen. Und mitten unter ihnen sah man – nun, man mußte den Augen wohl trauen, und der Anblick war, wenn auch ein wenig beschämend, so doch vor allem sehr erlösend, herzerfrischend geradezu! –, mitten unter den Affen sah man den Leutnant von Eckern-Beckenbruch nackend sitzen.
Gott sei gelobt! Gott sei gelobt! Also nur seine Unterwäsche und seine Uniform hingen da draußen am Galgen. – Und Solneman war kein Mörder, wenn er auch ein arger Verbrecher war und blieb.
Man klopfte stürmisch an die Scheiben, lächelte dem Gefangenen ermutigend zu. »Wir gratulieren, wir kommen

gleich. Wie kann man Ihnen helfen? Wo ist der Verbrecher?«
Man verstummte und horchte, denn der Leutnant sprach. Aber man vernahm nichts. Man sah die Lippen auf und zu gehen und den Schnurrbart sich sträuben, jedoch kein Wort drang durch die fingerdicken Scheiben.
Der Leutnant saß zwischen drei Affen in einem Klubsessel. Er schien es, obwohl die Tiere sich nicht bösartig benahmen, doch für gut zu halten, möglichst wenig sich zu rühren. Er deutete mehrmals mit dem Daumen hastig über die Schulter durch das Fenster hinter sich und in eine bestimmte Richtung.
»Er meint, wir sollen schleunigst dorthin gehen«, sagte der Staatsanwalt und wies in die gleiche Richtung. »Wer gute Augen hat, entdeckt dort die vielbesprochene Unzahl von Möbelwagen, anscheinend zu einem Kreis geordnet. Nach Ansicht des Herrn Leutnants ist dort wohl der Gesuchte zu finden. Vorwärts also. Längeres Zaudern könnte sich rächen. Man hat uns vielleicht von dort drüben schon bemerkt. – Der Herr Leutnant fühlt sich hier ja leidlich wohl – ich wollte sagen: da ihm die Bestien bisher nichts getan haben, werden sie ungereizt ihn auch weiterhin verschonen. Befreiungsversuche Hals über Kopf aber könnten sie aufbringen und den Gefangenen eher gefährden als ihm nützen. Auch müssen erst Kleider beschafft werden. Also gehen wir.«
Man verabschiedete sich mit kurz hingeschleuderten Verbeugungen. Der Leutnant dankte gleicherweise, soweit die Situation es erlaubte. Er hielt es offenbar für ratsam, den einen der Affen nicht zu stören, der des Leutnants Bein auf den Schoß genommen hatte und ein Monokel sorgsam zwischen die Menschenzehen klemmte.

Man eilte, immer aufgeregter durch die bisherigen Mißerfolge, zu den Möbelwagen hinüber. Sie standen in einem stummen rätselhaften Kreis, wie ein Eisenbahnzug, der in sich selbst gefahren ist. Mitten auf einer Wiese. Auf ihr trauerte auch der Eindecker des Fliegerleutnants, weiß und keusch, in einer schmerzvollen und hilflosen Haltung, mit einem verkrümmten und eingeknickten Flügel. – Unzählige kleine Aschenhaufen wölbten sich in der Runde. Flaschen lagen umher und Konservenbüchsen. Hier *mußten* Menschenhände für tägliche Bedürfnisse gesorgt haben, hier jedenfalls hatten Menschen gehaust.

Der erste Möbelwagen zeigte sich fest verschlossen, der zweite, der dritte, der vierte auch. Und so weiter. Die Ungetüme standen so nahe aneinander, daß man nicht in das Innere des Kreises sehen konnte, den sie umzirkelten.

Die Kommission mußte sich entschließen, bäuchlings unter einem der Wagen hindurchzukriechen.

Drinnen saß, genau im Mittelpunkt der Manege, auf einem goldenen Thron, Solneman, angetan mit bunten Gewändern und schwarzer Maske – ganz, wie er sich einst auf der Mauer vom Kamel herab den Städtern dargeboten hatte.

Man rief ihn an, man umschritt ihn, man hielt ihm Revolver vor, man gab Schreckschüsse ab – und brachte ihn mit alledem doch nicht zum Aufspringen. Und was die Kritischen gleich gemutmaßt hatten, lag auch wirklich vor. Man stand wieder – wie damals an der Mauer – vor einer schmählichen Puppe, und wieder war, als man den Brokat über der Brust zurückschlug, auf einem Kopfkissen zu lesen: »Hier sitzt Solneman in einer seiner Truggestalten, die Ihr kennt – die Ihr nicht kennt, jene wahre Gestalt, die sieht anders aus.«

»Vorwärts!« schrie der Polizeipräsident wütend. »Keine

Rücksichten mehr! Erbrechen wir diese lächerlichen Möbelwagen. Reißen wir den ganzen Plunder in Stücke.«
Solche Gewaltakte waren nicht nötig. Der eine der Wagen zeigte in der Breitseite eine schmale Tür, die offen stand. Vorsichtig drang man ein. Durch kleine Fenster im Dach war das Innere erhellt. Niemand befand sich darin. Eine eiserne Bettstelle mit grauer Wolldecke stand in dem einen Winkel, daneben ein Küchenstuhl. In einer anderen Ecke lehnte ein Tisch mit drei Beinen, Tintenfaß und zerrissenes Papier darauf. Ein paar große beschriebene Bogen lagen umher.
Der Rechtsrat nahm sie auf und las: anscheinend ganz unsinniges Zeug, Teile eines Manuskriptes zu einer Geschichte oder einem Schauerroman. Auf einem Fetzen fanden sich ein paar unterstrichene Worte, wohl der Titel zu dem üblen Produkt. Er lautete: Der dreimal Gesegnete, der Allgegenwärtige, der Unsichtbare.
Schlicksupp warf die Papierbogen unter den Tisch. »Also auch hier ist nichts zu holen. Vornehm haust der Herr, das muß man sagen. – Gehen wir weiter, durchforschen wir die anderen Wagen.«
Aber der Zweite Staatsanwalt, welcher den alten Tiroler Hut, der auf dem Küchenstuhle lag, zu konfiszieren gedachte, entdeckte unter ihm etwas Wichtiges, nämlich ein großes weißes Kuvert, das verschlossen war und die Aufschrift trug: An den Magistrat dieser Stadt.
Gespannte Mienen begaben sich aus der Enge des Wagens eiligst ins Freie. Schlicksupp, als juristischer Berater der Stadt, ward ermächtigt, das Schreiben zu öffnen und sogleich zur Kenntnis zu geben.

Letzter Gruß

Der Rechtsrat erbrach das Siegel – ein unverständliches Getier darstellend – und las laut:

»Dies ist mein Abschiedsbrief.

Von mir nicht darum gebeten, lest Ihr ihn mitten in meinem Gebiet.

Wußte, daß Ihr kommen würdet mit Gewalt.

Eure Euch heiligen Gesetze haben es nicht vermocht, mich zu schützen. Eure Versprechungen sind nicht gehalten worden.

Habe mir selbst geholfen – und lade mir damit Euch alle auf den Hals.

Habe meine Versprechungen – Drohungen, werdet Ihr sie nennen – immer gehalten. Hat mir nichts genützt. Muß doch auf und davon.

Wollte mich ungestört meinen Experimenten mit Tieren – mit dem Feuer – mit dem Wasser hingeben: meinen Arbeiten über Luftwiderstände, Erdanziehung, über Trägheitsgesetze (nicht nur Eurer Gehirne), über die Beeinflussung der Mondbahnen durch Farbenreize – und anderes. Nötig dazu war großes Gebiet; wollte ebenso ungehindert wie unbeachtet arbeiten können. Beides habt Ihr vereitelt. Ich gehe.

Meinen Pelz, meinen Bart, meine Locken nehme ich mit. Benötige sie für die liebe Welt da draußen. Hätte sie Euch gern als Andenken zurückgelassen. Zweifle nicht, daß die Stadt mich schließlich angekauft hätte – billig, da ich nicht mehr so recht zog. Habe den Eigentümer – sofern ich nicht Eigentümer meiner selbst geblieben bin, was ich mir eigentlich einbilde – anständig bezahlt. Mehr hätte die Stadt auch nicht gegeben.

Lasse Euch den anderen Solneman dafür – den, der umkreist ist von seinen Möbelwagen. Verehrt ihn, verachtet ihn, beklopft ihn, umschnüffelt ihn! – Vermisse übrigens die Brille. He?
Macht Euch nicht die Mühe, mich zu suchen. Ihr findet keinesfalls, da Ihr mich nicht einmal zu nennen wißt. Was ich Euch als meinen Namen hinhielt, dürft Ihr nicht, wie es üblich ist, nehmen. Lest es anders, als Ihr zu lesen gewohnt seid. Dann werdet Ihr finden, daß ich für Euch namenlos war und bin.
Da ich nicht tot bin, lebe ich noch. Da ich lebe, bin ich noch Eigentümer des Parkes.
Tastet mir den dreimal Gesegneten auf der Höhe im Tempel nicht an! Er ist größer als wir alle!!
Ich schaue gelegentlich nach dem Rechten.
Behaltet mich lieb.

Hciebel Solneman.

Nachtrag: Für den Fall meines Todes dies: die Mauer wird Euch Schwierigkeiten machen. Versucht nicht, mit den Plombiermaschinen, die noch im ›Roten Hahn‹ stehen und die ich Euch schenke, Löcher in das Gestein zu bohren. Es wird Euch ebenso sehr mißlingen wie der Versuch, die Mauer durch Dynamit zu sprengen. Fahndet auch nicht nach Türen und Toren, Ihr findet doch keine. Das Beste wird seinerzeit sein, Ihr legt die Grundfesten frei und stellt die Mauer aufrecht wie einen Riesenreif. Ich bürge dafür, daß er nicht auseinanderbricht. Ihr könnt diesen Reif dann davonrollen, wohin Ihr wollt. Vielleicht bewahrt Ihr ihn als Mittel zur Verteidigung im Kriege: Ihr umgürtet – nein, ummauert auf einen Schlag mit ihm ganze feindliche Armeen – hungert sie dann einfach aus.« – –

Schlicksupp ließ den Bogen sinken. Er sah in verständnislose Gesichter, er war aufgebracht. »Mist«, entschied er. »Bockmist!« Er verbesserte sich mit einem Blick auf den Oberbürgermeister und sagte: »Ganz unverschämter Mist.«
Bock, um nicht schweigen zu müssen, erklärte traumhaft: »Die Rechtslage, meine Herren, ist sehr verwickelt, jawohl –«
»Ach was«, tröstete der Stadtrechtsrat. »Er wird es nicht wagen, wiederzukommen. Er hat sich einer schweren Freiheitsberaubung schuldig gemacht, eines ganz groben Unfugs, einer Verhöhnung des Rockes Seiner Majestät –«
»Der kommt wieder, der bringt es fertig«, bestritt der zweite Bürgermeister. »Gott weiß, in welcher Gestalt. Sicher in einer unfaßbaren. Er wird uns weiter belästigen und schädigen und die bürgerliche Ordnung stören. – Man hätte sich – oh, man hätte sich niemals mit ihm einlassen sollen! Ganz gewiß nicht! Wir sitzen dauernd auf dem Pulverfaß. Wir können nichts tun als immerfort warten, was geschehen wird.«
»Gefunden!« fuhr der Zweite Staatsanwalt dazwischen, der aus Schlicksupps hangenden Fingern den Brief gezogen hatte. »Man muß die Unterschrift von hinten lesen.«
Schlicksupp, der sich in seinen Befugnissen verkürzt sah, bemächtigte sich sofort wieder des Bogens und buchstabierte langsam: »namenloS lebe icH.«
Der dritte Bürgermeister, der bisher kein Wort geredet hatte, zerrte die Lippen breit, und man wußte nicht, verbiß er sich ein Lachen oder einen seelischen Schmerz. Er meinte: »Hciebel Solneman – namenlos lebe ich: – wir sind alle nur dieses Narren ärgste Narren gewesen.«
Aber der Polizeipräsident widersetzte sich dem. »Ich für meine Person muß doch sehr bitten –!« sagte er eisig.

»Immerhin«, beharrte Bock, »stehen wir vor arg verworrenen Rechtsverhältnissen, vor ganz außerordentlichen Schwierigkeiten. Allein schon die Mauer – wenn die Andeutungen sich bewahrheiten – ich beschwöre Sie, meine Herren!!«

»Es wird viel, ungeheuer viel Arbeit geben«, bestätigte dumpf der zweite Bürgermeister und überlegte, ob er heute schon seinen Abschied einreichen sollte.

»Viel Kopfzerbrechen –« lallte nur noch Bock.

Aber niemand schien die Lust oder die Fähigkeit zu besitzen, ihn sich sogleich zu zerbrechen.

Alle standen verstummt, wußten nicht, ob sie gehen – wohin sie denn gehen sollten.

Da fand der Polizeipräsident ein befreiendes Wort – und während er sprach, setzte man sich mit erlösten Mienen, froh des wichtigen Geschäftes, in Bewegung.

Er entschied: »Augenblicklich ist wohl die Hauptsache, daß Leutnant von Eckern-Beckenbruch seine Uniform wiederbekommt. Besorgen wir das doch gleich und schleunigst, meine Herren!«

Nachwort

Wer den Solneman »durchgelesen und durchgelacht hat« (so Kurt Tucholskys Reaktion auf diesen Roman), mag sich fragen, wann er wohl entstanden ist, und warum man von seinem Autor nichts gehört hat. In der Tat gibt es dafür besondere Gründe, und deshalb sollen an dieser Stelle einige Informationen nachgeholt werden.

Alexander Moritz Frey wurde am 29. März 1881 in München geboren. Er war das einzige Kind seiner Eltern. Der Vater, Wilhelm Frey (1826-1911), stammte aus einer Beamten- und Pfarrersfamilie, schlug jedoch einen sehr ungewöhnlichen Lebensweg ein, studierte zunächst Malerei, ging dann als Opernsänger zur Bühne und wurde schließlich in seinem fünften Lebensjahrzehnt wieder Maler. Nachdem seine erste Frau kinderlos gestorben war, heiratete er 1879 die aus Schwerin stammende Sophie Block (1842-1918). Obwohl der zweite Vorname des Sohnes sowie das Schicksal Alexander Moritz Freys die Vermutung nahelegen, daß er jüdischen Ursprungs gewesen sei, war dies keineswegs der Fall. Beide Eltern waren lutherischer Konfession, und bis zu seinem vierzehnten Lebensjahr besuchte Alexander eine protestantische Grundschule in München. Dann wurde der Vater zum Galeriedirektor der Großherzoglichen Gemäldegalerie in Mannheim ernannt, und die Familie bezog eine Dienstwohnung im Mannheimer Schloß.

Alexander hätte gerne Medizin studiert, nachdem er einundzwanzigjährig das Abitur bestanden hatte, aber die Eltern bestimmten ihn zum Jurastudium, das er dann auch, sehr ungern zwar, in Heidelberg, Freiburg und München betrieb. Oder vielmehr nicht betrieb, denn nach dreieinhalb

Studienjahren fiel er durchs Staatsexamen. «Ich war mit dem Entschluß hingegangen durchzufallen, der Entschluß fiel mir nicht schwer, ich konnte so gut wie nichts, ich gab mit großem Genuß weiße Blätter ab«, schrieb er in einem späteren autobiographischen Bericht hierzu. Dagegen hatte er nebenbei aus Interesse Philosophie studiert.

Bereits als Primaner war Alexander mit zaghaften schriftstellerischen Versuchen beschäftigt gewesen, nun aber stand sein Entschluß fest: Er blieb in München und wurde freier Schriftsteller. Da es galt, sich mit der eigenen Feder zu ernähren, schrieb er nicht nur Novellen und Romane, sondern betätigte sich zeit seines Lebens auch journalistisch. Vor allem als Rezensent war er unermüdlich tätig. Er kannte die Literatur seiner Zeit und beurteilte sie verständnisvoll und mit Scharfsinn. 1913 wurde sein erster Novellenband »Dunkle Gänge – Zwölf Geschichten aus Nacht und Schatten« veröffentlicht.

Auch an seinem Roman *Solneman der Unsichtbare* hatte er inzwischen gearbeitet und daraus vor Schriftstellerkollegen schon im Jahre 1909 vorgelesen. Unter diesen befand sich Thomas Mann. Später berichtete Alexander Moritz Frey über die Lesung folgendes: »Ich hatte, unerfahrener Anfänger, in privatem Zirkel vor fünfzig Leuten die Ehre vorzulesen. Ich machte es kurz, weil ich befürchtete: die langweilen sich ja doch nur. Als ich bekannte, aufhören zu wollen, erhob sich Thomas Mann und meinte, er spreche im Namen aller, wenn er mich bitte, fortzufahren. Ich entsinne mich gerade dieses Wortes. Fortfahren – argwöhnte ich – das konnte auch bedeuten: sich aus dem Staube machen. Aber ich blieb und las.«

Es war eine schicksalhafte Begegnung. Die Beziehung zu Thomas Mann blieb bestehen, beide trafen sich wieder im

Exil, wo der Nobelpreisträger dem darbenden Schriftstellerkollegen sogar finanziell aushalf und schließlich, kurz vor beider Tod, für den letzten Novellenband Freys noch ein freundschaftliches Vorwort schrieb. Mit Thomas' Bruder Heinrich vertiefte sich die Beziehung zur Freundschaft. Zwei andere Begegnungen, die in noch größerem Maße für Frey schicksalhaft werden sollten, fanden in den Jahren des Ersten Weltkrieges statt. 1914 war noch vor Ausbruch des Krieges der *Solneman* im Delphin Verlag, München, erschienen, der 1916 in einer Feldpostauflage und 1920 zum zweitenmal regulär aufgelegt wurde. Inzwischen war Frey in die Armee als Sanitäter eingetreten, und, der groteske Zufall wollte es so, demselben Regiment zugeteilt worden, in dem Hitler als Gefreiter diente. Sein unmittelbarer Vorgesetzter aber war ein gewisser Feldwebel Max Amann, der während der Naziherrschaft Präsident der Reichspressekammer werden sollte. Frey berichtete später, wie ihm Hitler schon damals durch seine Hetzreden aufgefallen war, und ferner, daß Amann von ihm verlangt habe, die freien Stunden mit ihm zu verbringen. »Er wollte von mir lernen, wie man auf literarischem und journalistischem Gebiet geschickt verfährt.«
Indirekt erzwang diese unfreiwillige Kameradschaft 1933 Freys Flucht aus Deutschland. Als ›ehemaliger Kamerad‹ und ›reiner Arier‹ wurde er wiederholt aufgefordert, bei der ›Bewegung‹ mitzumachen. Da seine Überzeugungen denen der Nazis entgegengesetzt waren und er sich weigerte mitzumachen, wurde bereits im März 1933 seine Verhaftung verfügt.
Zum Glück war er zu diesem Zeitpunkt nicht zu Hause und konnte sich rechtzeitig über die Grenze retten, während die SA in München seine Wohnung demolierte.

Über seine Erfahrungen im Ersten Weltkrieg hatte sein 1929 erschienener autobiographischer Roman *Die Pflasterkästen* schon unmißverständlich Aufschluß gegeben. Nach Kriegsende, wieder in München, hatte Frey geheiratet (seine Frau starb nach anderthalbjähriger, kinderloser Ehe) und bis zu seiner Emigration dort gewohnt. Seine Produktivität zwischen 1918 und 1930 war beachtlich, er veröffentlichte nicht weniger als fünfzehn Bücher, sechs davon Romane, die anderen neun Novellenbände.

1933 nun floh er zunächst nach Salzburg, dann, 1938, in die Schweiz, um nie mehr nach Deutschland zurückzukehren. Dabei war sein Schicksal während des Exils hart, ohne daß es ihn jedoch verbitterte. Er blieb bewundernswert produktiv, obwohl bis zum Ende des Zweiten Weltkrieges fast nichts mehr von ihm veröffentlicht wurde außer einigen wenigen Erzählungen in den Exilzeitschriften *Sammlung*, *Neue Deutsche Blätter* und *Maß und Wert* und in Schweizer Tageszeitungen. Den Lebensunterhalt bestritt er von dem kärglichen Ertrag seiner Rezensionen, für die er fünf oder zehn Franken Honorar erhielt. Der über Fünfzigjährige, der stets zurückgezogen lebte, lernte jetzt, in Mansarden zu wohnen und auf Mahlzeiten so weit wie möglich zu verzichten. Zwar blieb ihm die Internierung in einem der Schweizer Lager erspart, dafür wurde ihm aber 1942 sein Recht, in Schweizer Zeitungen zu veröffentlichen, von der Abteilung Presse und Funkspruch der schweizerischen Armee streitig gemacht. Er wies diesen Angriff mit Erfolg zurück, indem er feststellte, daß er sich nicht zu Tagesfragen äußere, also keine Journalistik, sondern Belletristik betreibe.

Mit dem Ende des Krieges besserte sich seine Lage allmählich. Die Aufträge für Buchbesprechungen wurden zahlreicher, 1945 und 1946 erschien ein großer Teil seiner im Exil geschriebenen Werke, und er wurde in den Vorstand des 1945 neu gegründeten *Schutzverbandes deutscher Schriftsteller* gewählt. Seine Tierfabel *Birl, die kühne Katze* (1945) erschien sogar in englischer Übersetzung in England und Amerika, aber in Deutschland wurde erst 1955 wieder ein Buch von ihm publiziert: *Kleine Menagerie,* eine Sammlung von zum großen Teil schon in den zwanziger und dreißiger Jahren entstandenen Tiergeschichten, mit einem freundschaftlichen Vorwort von Thomas Mann und Illustrationen von Hans Arp, mit dem er sich nach dem Krieg angefreundet hatte. In seinen letzten Lebensjahren sind Hunderte seiner Erzählungen in zahlreichen Tages-, Wochen- und Monatsblättern publiziert worden.

Bei derart großer Produktivität ist es kaum möglich, die Kunst Alexander Moritz Freys auf einen Nenner zu bringen. Katrin Hoffmann-Walbeck, die sein Werk in einer Dissertation an der Freien Universität Berlin erforscht hat, charakterisiert es folgendermaßen: »Neben scharfer Satire und zeitkritischer allegorischer Phantastik zeigt ein nicht unerheblicher Teil seines Werks einen harmloseren, spielerischen Charakter, bei dem das Vergnügen an der komischen Verwicklung und der Pointe überwiegt.« In der Tat besaß Frey eine Begabung für das Komische, wie sie in der deutschen Literatur nicht eben häufig anzutreffen ist. »Hintergründig« nannte Thomas Mann seine Kunst. Beides, das Komische und das Hintergründige, kann dem Leser des *Solneman* die Freude an der Lektüre vermehren und vertiefen. Dazu kommt eine stilistische Treffsicherheit, der man die Schulung am Stil Thomas Manns gelegentlich anzumerken vermeint, die aber gleichwohl originell ist. Expressionistisch ist Frey hingegen weder in seiner Einstellung noch in seinem Stil. Seine Menschenfreundlichkeit artet nicht in eine ›Oh-Mensch‹-Pathetik aus. Dazu war er zu intelligent und auch zu skeptisch. Die Massen stellt er grundsätzlich negativ dar. In seinen früheren Werken kommen zwar vereinzelt Syntaxverkürzungen und Artikelauslassungen vor, doch war Frey für expressionistische Gewaltsamkeiten im Umgang mit der Sprache so wenig zu haben wie für Gewaltsamkeit überhaupt. Er selbst charakterisierte seine künstlerischen Intentionen einmal folgendermaßen:

»Immer wieder lockt es mich, den Menschen und seine Welt dort zu packen und zu illuminieren, wo er sein Schönes und sein Schauriges in extravagantem Verhalten enthüllt. Mich beschäftigt wenig das beiläufige Glück seiner oberflächlichen Tage; vielmehr sein ebenso unsicherer wie anmaßender Gang in Irrtümer und Verbrechen, in groteske Scheinsiege und burleske Niederlagen – kurz sein Werdegang schlechthin, der vielleicht eines ganz fernen Tages in eine bessere Zukunft führt. Damit bin ich als eigenwillig, ja, als abseitig gekennzeichnet. Ich bekomme die Folgen zu spüren und trage sie nicht ungern.«

Klug, skeptisch und wohlwollend in einem, war Alexander Moritz Frey ein Schriftsteller, der seine Mitmenschen beobachten, beurteilen und hellsichtig darzustellen vermochte, der nicht »verkündete«, sondern sich nur seine eigenen Gedanken über den Menschen machte. Er schrieb zwar auch Lyrik, blieb aber ohne jede »Dichter«allüren. In seinem Roman *Hölle und Himmel* (1945) portraitierte er sich selbst in der Gestalt eines »ehemaligen Amtsgerichtsrats« wie folgt:

»Er hatte das Reich verlassen aus innerem Drang (. . .). Er war politisch wenig und rassisch gar nicht belastet. Er hätte

bleiben können. Wäre er dabei in den ersten Monaten der Umkrempelung nicht wüsten Übergriffen ... zum Opfer gefallen, so hätte es in der Folgezeit nur seines Ruhigverhaltens – einer tödlich-sanften Selbstknebelung – bedurft, um ›frei‹ weiter zu leben. (...)
Aber er fühlte sich den Anforderungen solch frischaufgebügelten Daseins nicht gewachsen. Er war zu sehr durchtränkt und infiziert von Vorstellungen einer bestimmten menschlichen Würde, einer Zusammengehörigkeit mit allen Geschöpfen dieser Erde, mit ihrer Hilflosigkeit und Ratlosigkeit – mit ihren süßen Träumen und ihrem immerwährend bitteren Erwachen ...«
Für uns wäre es besser, wenn die Stimme eines solchen Autors nicht länger ungehört und namenlos bliebe. Wir können ihn nicht gut entbehren.

Joachim Manfred Wolff

Inhalt

Phantastische Bibliothek in den suhrkamp taschenbüchern

»Phantastische Bibliothek« – das ist Verzauberung der Phantasie, keine Betäubung der Sinne, sondern Öffnen der Augen als Blick über den nächsten Horizont ins Hypothetisch-Virtuelle. Der Zukünftige verbindet sich mit dem Zeitlosen, rationales Kalkül steht neben poetischer Vision, denkbare Wirklichkeit und analytischer Blick in menschliche Abgründe neben Wunsch- und Alptraum. Anregend und unterhaltsam ist es immer.

Die Arche Noah. PhB 242. st 1674
Ballard: Billennium. PhB 96. st 896
– Die Dürre. PhB 116. st 975
– Der ewige Tag und andere Science- fiction-Erzählungen. PhB 56. st 727
– Hallo Amerika! PhB 95. st 895
– Karneval der Alligatoren. PhB 191. st 1373
– Das Katastrophengebiet. PhB 103. st 924
– Kristallwelt. PhB 75. st 818
– Mythen der nahen Zukunft. PhB 154. st 1167
– Die tausend Träume von Stellavista. st 833
– Der tote Astronaut. PhB 107. st 940
– Traum GmbH. PhB 164. st 1222
– Der vierdimensionale Alptraum. PhB 127. st 1014
– Die Zeitgräber. PhB 138. st 1082
Beherrscher der Zeit. PhB 176. st 1274
Bergengruen: Der Basilisk. PhB 205. st 1499
– Das Gesetz des Atum. PhB 196. st 1441
Bierce: Das Spukhaus. PhB 6. st 365
Bioy Casares: Die fremde Dienerin. PhB 113. st 962
– Casares: Morels Erfindung. PhB 106. st 939
Blackwood: Besuch von Drüben. PhB 10. st 411
– Die gefiederte Seele. PhB 229. st 1620
– Der Griff aus dem Dunkel. PhB 28. st 518
– Das leere Haus. PhB 12. st 30
– Der Tanz in den Tod. PhB 84. st 848
Braun/Braun: Der Irrtum des großen Zauberers. PhB 74. st 807
– Das Kugeltranszendentale Vorhaben. PhB 109. st 948
Bringsvaerd: Minotaurus. PhB 237. st 1651
– Die Stadt der Metallvögel. PhB 208. st 1510
Buzzati: Die Maschine des Aldo Christofari. PhB 157. st 1175
Capoulet-Junac: Pallas oder die Heimsuchung. PhB 149. st 1138
Carroll: Das Land des Lachens. PhB 170. st 1247
– Die Stimme unseres Schattens. PhB 222. st 1587

252/1/3.89

Carroll: Das Tal der Träume. PhB 197. st 1442
– Die panische Hand. PhB 233. st 1635
Chesterton: Der Held von Notting Hill. PhB 156. st 1174
Couperus: Das schwebende Schachbrett. PhB 201. st 1466
Dick: LSD-Astronauten. PhB 60. st 732
– Mozart für Marsianer. PhB 70. st 773
– UBIK. PhB 15. st 440
Die dunkle Seite der Wirklichkeit. PhB 199. st 1444
Lord Dunsany: Das Fenster zur anderen Welt. PhB 161. st 1189
Der Eingang ins Paradies. PhB 219. st 1566
Die Ermordung des Drachen. PhB 203. st 1481
Franke: Der Atem der Sonne. PhB 174. st 1265
– Einsteins Erben. PhB 41. st 603
– Endzeit. PhB 150. st 1153
– Der grüne Komet. PhB 231. st 1628
– Hiobs Stern. PhB 223. st 1588
– Die Kälte des Weltraums. PhB 121. st 990
– Keine Spur von Leben. PhB 62. st 741
– Der Orchideenkäfig. PhB 234. st 1643
– Paradies 3000. PhB 48. st 664
– Schule für Übermenschen. PhB 58. st 730
– Sirius Transit. PhB 30. st 535
– Die Stahlwüste. PhB 215. st 1545
– Tod eines Unsterblichen. PhB 69. st 772
– Transpluto. PhB 82. st 841
– Ypsilon minus. PhB 3. st 358
– Zarathustra kehrt zurück. PhB 9. st 410
– Zone Null. PhB 35. st 585
Franke/Weisser: DEA ALBA. PhB 207. st 1509
Frey: Solneman der Unsichtbare. PhB 241. st 1667
Gardner: Grendel. PhB 227. st 1611
Grabiński: Dunst und andere unheimliche Geschichten. PhB 228. st 1612
Grin: Der Rattenfänger. PhB 168. st 1239
Gruber: Die gläserne Kugel. PhB 123. st 997
– Zwischenstation. PhB 216. st 1555
Hasselblatt: Marija und das Tier. PhB 209. st 1511
Hodgson: Geisterpiraten. PhB 188. st 1352
Hoffmann, E.T.A.: Der Magnetiseur. PhB 190. st 1366
Horstmann: Das Glück von Omb'assa. PhB 141. st 1088
Der Insektenmann. PhB 240. st 1666
Ist Gott ein Taoist? Und andere Rätsel. PhB 162. st 1214
Jarzębski: Zufall und Ordnung. PhB 180. st 1290
Jenseits der Träume. PhB 224. st 1595
Kellermann: Der Tunnel. PhB 179. st 1283
Kornbluth: Der Altar um Mitternacht. PhB 189. st 1359
– Der Gedankenwurm. PhB 195. st 1434
Lao She: Die Stadt der Katzen. PhB 151. st 1154
Lem: Also sprach GOLEM. PhB 175. st 1266

252/2/3.89

Lem: Altruizin und andere kybernetische Beglückungen. PhB 163. st 1215
– Die Astronauten. PhB 16. st 441
– Frieden auf Erden. PhB 220. st 1574
– Der futurologische Kongreß. PhB 29. st 534
– Imaginäre Größe. PhB 47. st 658
– Die Jagd. PhB 18. st 302
– Das Katastrophenprinzip. PhB 125. st 999
– Lokaltermin. PhB 200. st 1455
– Mehr phantastische Erzählungen. PhB 232. st 1636
– Memoiren, gefunden in der Badewanne. PhB 25. st 508
– Memoiren, gefunden in der Badewanne. Der Schnupfen. PhB 226. st 1604
– Eine Minute der Menschheit. PhB 110. st 955
– Mondnacht. PhB 57. st 729
– Nacht und Schimmel. PhB 1. st 356
– Phantastik und Futurologie I. PhB 122. st 996
– Phantastik und Futurologie II. PhB 126. st 1013
– Die phantastischen Erzählungen. PhB 210. st 1525
– Die Ratte im Labyrinth. PhB 73. st 806
– Robotermärchen. PhB 85. st 856
– Der Schnupfen. PhB 33. st 570
– Sterntagebücher. PhB 20. st 459
– Die Stimme des Herrn. PhB 97. st 907
– Terminus und andere Geschichten des Piloten Pirx. PhB 61. st 740
– Die Untersuchung. PhB 14. st 435
– Waffensysteme des 21. Jahrhunderts. PhB 124. st 998
– Wie die Welt noch einmal davonkam. PhB 158. st 1181
Über Stanisław Lem. PhB 36. st 586
Levett: Verirrt in den Zeiten. PhB 178. st 1282
London: Phantastische Erzählungen. PhB 243. st 1675
Lovecraft: Azathoth. PhB 230. st 1627
– Cthulhu. PhB 19. st 29
– Das Ding auf der Schwelle. PhB 2. st 357
– Der Fall Charles Dexter Ward. PhB 8. st 391
– Das Grauen im Museum. PhB 136. st 1067
– In der Gruft. PhB 71. st 779
– Die Katzen von Ulthar. PhB 43. st 625
– Lovecraft-Lesebuch. PhB 184. st 1306
– Stadt ohne Namen. PhB 52. st 694
Lovecraft/Derleth: Die dunkle Brüderschaft. PhB 173. st 1256
Über H.P. Lovecraft. PhB 130. st 1027
Marginter: Königrufen. PhB 215. st 1546
Maupassant: Die Totenhand. PhB 134. st 1040
Das namenlose Grabmal. PhB 169. st 1240
Phantastische Aussichten. PhB 160. st 1188
Phantastische Träume. PhB 100. st 954
Phantastische Welten. PhB 137. st 1068
Phantastische Zeiten. PhB 185. st 1307

252/3/3.89

Poe: Der Fall des Hauses Ascher. PhB 27. st 517
Polaris 9. PhB 155. st 1168
Polaris 10. PhB 171. st 1248
Ray: Malpertuis. PhB 165. st 1223
– Das Storchenhaus. PhB 182. st 1299
Renard: Die blaue Gefahr. PhB 225. st 1596
Der rote Mond. PhB 213. st 1536
Schattschneider: Singularitäten. PhB 129. st 1021
Scheerbart: Das große Licht. PhB 194. st 1400
– Die große Revolution. PhB 159. st 1182
– Der Kaiser von Utopia. PhB 218. st 1565
– Kometentanz. PhB 236. st 1652
– Lesabéndio. PhB 183. st 1300
Seltsame Labyrinthe. PhB 198. st 1443
Sonimski: Zweimal Weltuntergang. PhB 166. st 1229
Smith: Das Haupt der Medusa. PhB 221. st 1575
Steinmüller/Steinmüller: Pulaster. PhB 204. st 1490
– Der Traum vom Großen Roten Fleck. PhB 147. st 1131
Strugatzki/Strugatzki: Der ferne Regenbogen. PhB 111. st 956
– Fluchtversuch. PhB 89. st 872
– Die gierigen Dinge des Jahrhunderts. PhB 79. st 827
– Die häßlichen Schwäne. PhB 177. st 1275
– Der Junge aus der Hölle. PhB 238. st 1658
– Ein Käfer im Ameisenhaufen. PhB 152. st 1160
– Eine Milliarde Jahre vor dem Weltuntergang. PhB 186. st 1338
– Montag beginnt am Samstag. PhB 72. st 780
– Picknick am Wegesrand. PhB 49. st 670
– Die Schnecke am Hang. PhB 13. st 434
– Die Wellen ersticken den Wind. PhB 206. st 1598
– Die zweite Invasion der Marsianer. PhB 139. st 1081
Träume und Phantasien. st 954/st 1068/st 1188/st 1307 in Kassette
Viktorianische Gespenstergeschichten. PhB 187. st 1345
Wakefield: Der Triumph des Todes. PhB 181. st 1291
Weiss J.: Das Haus mit den tausend Stockwerken. PhB 235. st 1644
Weisser: DIGIT. PhB 90. st 873
– SYN-CODE-7. PhB 67. st 764
Whitehead: Der Zombie. PhB 172. st 1255
Wolfe: Limbo. PhB 239. st 1659
Wolfkind: Die Boten des Frühlings. PhB 167. st 1230
Wyndham: Die Kobaltblume. PhB 202. st 1474
– Wenn der Krake erwacht. PhB 212. st 1535
– Wiedergeburt. PhB 192. st 1386
Zondergeld: Lexikon der phantastischen Literatur. PhB 91. st 880

252/4/3.89

Stanisław Lem

Sein Werk im Suhrkamp Verlag

Also sprach GOLEM. Aus dem Polnischen von Friedrich Griese. PhB 175. st 1266

Altruizin und andere kybernetische Beglückungen. Der Kyberiade zweiter Teil. Mit Zeichnungen von Daniel Mróz. Aus dem Polnischen von Jens Reuter. PhB 163. st 1215

Die Astronauten. Aus dem Polnischen von Rudolf Pabel. PhB 16. st 441

Dialoge. Autorisierte Übersetzung aus dem Polnischen von Jens Reuter. Mit einem Nachwort des Autors. es 1013

Frieden auf Erden. Science-fiction-Roman. Aus dem Polnischen von Hubert Schumann. PhB 220. st 1574

Der futurologische Kongreß. Aus Ijon Tichys Erinnerungen. Mit einem Nachwort von Franz Rottensteiner. Aus dem Polnischen von I. Zimmermann-Göllheim. BS 477 und st 534

Die Geschichte von den drei geschichtenerzählenden Maschinen des Königs Genius. Aus dem Polnischen übersetzt von Jens Reuter. BS 867

Golem XIV und andere Prosa. Autorisierte Übersetzungen aus dem Polnischen von Klaus Staemmler, I. Zimmermann-Göllheim und Jens Reuter. BS 603

Das Hospital der Verklärung. Aus dem Polnischen von Caesar Rymarowicz. Übersetzung des Vorworts aus dem Polnischen von Klaus Staemmler. st 761

Imaginäre Größe. Aus dem Polnischen von Caesar Rymarowicz und Jens Reuter. PhB 47. st 658

Die Jagd. Neue Geschichten des Piloten Pirx. Aus dem Polnischen von Roswitha Buschmann, Kurt Kelm, Barbara Sparing. PhB 18. st 302

Das Katastrophenprinzip. Die kreative Zerstörung im Weltall. Aus Lems Bibliothek des 21. Jahrhunderts. Aus dem Polnischen von Friedrich Griese. PhB 125. st 999

Lokaltermin. Science-fiction-Roman. Aus dem Polnischen von Hubert Schumann. PhB 200. st 1455

Mehr phantastische Erzählungen des Stanisław Lem. Herausgegeben von Franz Rottensteiner. PhB 232. st 1636

Memoiren, gefunden in der Badewanne. Mit einer Einleitung des Autors. Aus dem Polnischen von Walter Tiel. Einleitung aus dem Polnischen von Klaus Staemmler. Autorisierte Übersetzung. PhB 25. st 508

Memoiren, gefunden in der Badewanne. Der Schnupfen. Zwei Drehbücher von Jan Jozef Szczepański. Aus dem Polnischen von Jens Reuter. PhB 226. st 1604

47/3/8.89

Stanisław Lem

Sein Werk im Suhrkamp Verlag

Eine Minute der Menschheit. Eine Momentaufnahme. Aus Lems Bibliothek des 21. Jahrhunderts. Aus dem Polnischen von Edda Werfel. PhB 110. st 955

Mondnacht. Hör- und Fernsehspiele. Aus dem Polnischen übersetzt von Klaus Staemmler, Charlotte Eckert, Jutta Janke und I. Zimmermann-Göllheim. PhB 57. st 729

Nacht und Schimmel. Erzählungen. Aus dem Polnischen von I. Zimmermann-Göllheim. PhB 1. st 356

Phantastik und Futurologie I. Übersetzt von Beate Sorger und Wiktor Szacki (vom Autor autorisiert). PhB 122. st 996

Phantastik und Futurologie II. Übersetzt von Edda Werfel. PhB 126. st 1013

Die phantastischen Erzählungen. Herausgegeben von Werner Berthel. PhB 210. st 1525

Philosophie des Zufalls. Zu einer empirischen Theorie der Literatur. 2 Bde. Aus dem Polnischen von Friedrich Griese. st 1703

Provokation. Besprechung eines ungelesenen Buches. Autorisierte Übertragung aus dem Polnischen von Jens Reuter. BS 740

Die Ratte im Labyrinth. Ausgewählt von Franz Rottensteiner. PhB 73. st 806

Robotermärchen. Herausgegeben von Franz Rottensteiner. Aus dem Polnischen von I. Zimmermann- Göllheim und Caesar Rymarowicz. BS 366 und st 856

Sade und die Spieltheorie. Essays. Band 1. Aus dem Polnischen von Friedrich Griese. st 1304

Der Schnupfen. Kriminalroman. Autorisierte Übersetzung aus dem Polnischen von Klaus Staęmmler. PhB 33. st 570

Science-Fiction: Ein hoffnungsloser Fall – mit Ausnahmen. Essays. Band 3. Aus dem Polnischen und Russischen von Erik Simon, Hanna Rottensteiner, Jens Reuter, Friedrich Griese und Edda Werfel. st 1439

Sterntagebücher. Mit Zeichnungen des Autors. Aus dem Polnischen von Caesar Rymarowicz. PhB 20. st 459

Die Stimme des Herrn. Roman. Aus dem Polnischen übersetzt von Roswitha Buschmann. PhB 97. st 907

Summa technologiae. Mit einem Vorwort des Autors zur deutschen Ausgabe. Aus dem Polnischen übersetzt von Friedrich Griese. st 678

Terminus und andere Geschichten des Piloten Pirx. Aus dem Polnischen übersetzt von Caesar Rymarowicz. PhB 61. st 740

Über außersinnliche Wahrnehmung. Essays. Band 2. st 1372

Die Untersuchung. Kriminalroman. Aus dem Polnischen von Jens Reuter und Hans Juergen Mayer. PhB 14. st 435

47/4/8.89

Stanisław Lem

Sein Werk im Suhrkamp Verlag

Die vollkommene Leere. 15 fiktive Rezensionen. Autorisierte Übersetzung aus dem Polnischen von Klaus Staemmler. »Die neue Kosmogonie« übersetzte I. Zimmermann-Göllheim. st 707

Waffensysteme des 21. Jahrhunderts oder The Upside Down Evolution. Aus Lems Bibliothek des 21. Jahrhunderts. Aus dem Polnischen von Edda Werfel. PhB 124. st 998

Wie die Welt noch einmal davonkam. Der Kyberiade erster Teil. Mit Zeichnungen von Daniel Mróz. Aus dem Polnischen von Jens Reuter, Caesar Rymarowicz, Karl Dedecius und Klaus Staemmler. PhB 158. st 1181

Zu Stanisław Lem

Stanisław Lem / Stanisław Bereś: Lem über Lem. Gespräche. Aus dem Polnischen von Edda Werfel und Hilde Nürenberger. st 1996

Über Stanisław Lem. Herausgegeben von Werner Berthel. Redaktion und Beratung: Franz Rottensteiner. PhB 36. st 586

47/5/8.89